合格必勝！

しんにほんごのうりょくしけん

新日本語能力試験 JLPT Japanese-Language Proficiency Test

新日檢 必考文法總整理

劉文照・海老原博★編著

笛藤出版

♪ MP3音檔請掃描QR Code或至下方連結下載：

https://bit.ly/DTJLPTN1

★請注意英數字母＆大小寫區別★

■日文發聲｜林 鈴子・須永賢一

■中文發聲｜常青

前　言

日本語能力試驗已經實施了 20 多年，日語教育在此期間也有相當不錯的發展，為了適應語言教育的潮流變化和學習多元化測試目的，自 2010 年 7 月份起，日本國際交流基金會與日本國際教育支援協會針對日本語能力試驗進行了大幅度的調整，新的能力試驗更注重日語的實際運用能力。而本書是根據其公佈的《新日本語能力試驗指南》以及新版能力試驗題型編寫而成的。

編者深入研究並總結了能力試驗指南以及近年考試的題庫，精心整理歸納之後編寫了本書。全書由「助詞」、「助動詞」、「接尾語」、「機能語 ・ 文型」、「敬語」五大部分組成，有系統的涵蓋了 N1 新日本語能力試驗要求掌握的語法知識。

本書的主要特點如下：

★ 以新能力試驗的變革為依據　不僅包含教學要求中所需要掌握的語法要點、句型，還根據新能力試驗指導方針，增加了部分語法的表達形式。

★ 按照文法功能分類編寫　日語語法中有不少類似的表達形式，分類編寫可讓學習者在一定程度上區分並清楚各種表達型式的異同。

★ 摘錄題型例解　本書篩選並摘錄了歷年考試的正式考題，將相應的語法考試重點歸納至相關句型的條目中，方便學習者了解該考題的重點。

★ 對比辨析，重點説明　對容易混淆的部分語法、句型，進行較詳盡的對比分析，並針對其中的重點或難以理解的部分作了補充説明、提醒。

★ 相應題型練習　每一個章節後面都有按照新的題型設計了相應的的練習題，有助於學習者及時掌握相關內容並適應新的考試型態，滿足實際上的運用需求。附錄中對練習題的答案進行了簡明扼要的解析，幫助自學者「知其然，並知其所以然」。

本書在編纂過程中，參考了不少書籍與文獻，並借用其中少部分例句，在此向相關著者及編者表達深深謝意。其餘大部分的例句則是由本書另一位作者海老原博老師編寫。

本書除了主編劉文照、海老原博外，其他編纂成員尚有：海老原恭子、陳麗娜、陳平安、陳月琴、張夢海、張子清、李小愛、王瑾、奚桂華、張玲、吳麗萍、錢敏、蕭國英、葉文興、張溯、柴文友、過燕飛、黃秀、蔣新龍、李海燕、劉雁、王紅平、陳賢光、楊華業、王文明、楊超駿等人。

由於作者能力有限，書中難免有錯誤與疏漏之處，敬請諸位批評指正。

編　者　2012 年 7 月

★ JLPT 日本語能力試驗（にほんごのうりょくしけん） ★

日本語能力試驗，一年舉辦兩次，於每年７月及１２月上旬的星期日舉行測驗。
報名期間分別於每年的４月１日～１５日以及９月１日～１５日左右，
採網路登錄資料→繳費→郵寄的方式報名，可別錯過報名時間哦！

<table>
<tr><th>級數</th><th>測驗項目總分</th><th>通過標準</th><th>各項通過門檻</th><th>費用</th></tr>
<tr><td>N１</td><td rowspan="2">言語知識　６０分
（文字・語彙・文法）
讀解　６０分
聽解　６０分
合計　１８０分</td><td>１００分</td><td>言語知識　１９分
讀解　１９分
聽解　１９分</td><td rowspan="5">１５００元</td></tr>
<tr><td>N２</td><td>９０分</td><td>言語知識　１９分
讀解　１９分
聽解　１９分</td></tr>
<tr><td>N３</td><td>言語知識　６０分
（文字・語彙）
文法・讀解　６０分
聽解　６０分
合計　１８０分</td><td>９５分</td><td>言語知識　１９分
讀解　１９分
聽解　１９分</td></tr>
<tr><td>N４</td><td rowspan="2">言語知識（文字・語彙）
文法・讀解　１２０分
聽解　６０分
合計　１８０分</td><td>９０分</td><td>言語知識・讀解　３８分
聽解　１９分</td></tr>
<tr><td>N５</td><td>８０分</td><td>言語知識・讀解　３８分
聽解　１９分</td></tr>
</table>

※ 更多最新資訊請上財團法人語言訓練測驗中心網站查詢—
https://www.lttc.ntu.edu.tw/JLPT_news.aspx

目 次

第一章 助詞

第二章 助動詞

第三章 接尾語

第四章 機能語・文型

★ 壹 ★ 時間、場合、共起、繼起、同時

★肆★ 手段、根據、準據、立場、提示、話題、傳聞

★伍★ 例示、列舉、並列、附加

★陸★ 傾向、樣子、狀態、附帶

★柒★ 比較、對比、基準、相應

★拾壹★ 可能、許可、禁止、價值、義務

★拾貳★ 疑問、推量、推斷、主張、斷定

第五章 敬語

第一章

助　詞

1　に　＊想……也不能……

1-01
格助詞

接續 動詞「辭書形」＋に＋同一動詞「可能形」否定式。

意義 重複同一動詞，表示「即使想那樣做也不能」的意思。適用範圍相對比較狹窄。

例

❶ 人手（ひとで）が足りないので、休むに休めない。　由於工作人手不夠，所以想請假也請不成。

❷ 大学院の試験に失敗して、まったく泣くに泣けない気持ちだった。　研究所沒考上，真是讓我欲哭無淚。

❸ 非常におかしな話だったけど、みんながまじめに聞いているので、私は笑うに笑えなかった。　儘管他的話非常滑稽可笑，可是由於大家聽得很認真，所以即使我想笑也只好忍住。

2　こととて　＊因為……

接續助詞

接續
- 名詞「の形」＋こととて
- ナ形容詞「な形」＋こととて
- イ形容詞「辭書形」＋こととて
- 動詞「辭書形」＋こととて
- 各詞類「た形」＋こととて

意義 表示原因。多用於作為道歉、請求原諒等的依據或說明產生不好後果的緣故。

例

❶ 昼夜（ちゅうや）はにぎやかなこの道も、早朝（そうちょう）のこととて辺（あた）りに人影（ひとかげ）はなかった。　這條馬路本來不管白天晚上都很熱鬧，但因為是清晨，所以周圍連個人影都沒有。

❷ 連絡もなしにお客様がいらっしゃったが、急なこととて、何の持（も）て成（な）しもできなかった。　客人沒事先聯繫就來了。因為來得很突然，所以沒能好好招待。

❸ 時間的に厳しいこととて、みんなは一刻も休まずに働いている。

由於時間很緊迫，所以大家一刻也不停地在工作。

❹ うちの父は病気でいらいらしたこととて、先生に失礼な話をしまして、まことに申しわけありません。

家父因為生病情緒急躁，所以才對醫生說了失禮的話，真的很抱歉。

3 とも ＊(1) 即使…… (2) 即使不……

接續助詞

接續 (1) イ形容詞「く形」＋とも

意義 是「ても」(⇨ N4) 的文語表達形式，表示即使出現前項的情況也不會改變後項。

例

❶ 愛があれば、たとえ貧しくとも、この世は生きていく価値がある。

只要有愛，即使日子過得苦一點，活在世上也有意義。

❷ 母はどんなに辛くとも、決して愚痴を言わなかった。

我媽媽她再怎麼辛苦，也從沒有任何怨言。

❸ 健康だからこそ、お金がなくとも、平和な毎日が送れる。

正因為身體健康，即使沒有錢也能過著和睦的生活。

接續 (2) 動詞「未然形」＋ずとも

意義 表示即使不做前項也不會改變後項。

例

❶ あの方は顔色を見ただけで体に触らずとも病気が分かる名医だ。

他是一位只要看一眼患者的氣色，即使不用檢查患者的身體也能診斷出病因的名醫。

❷「日本語の漢字には読み方が分からずとも意味が分かるものが多い」と中国人の彼が言った。

身為中國人的他說「有不少日語漢字，即使不知道讀音也能明白意思」。

❸ 40 年も共に暮らしてきた二人は、何も言わずとも相手の気持ちが推測できる。

一起走過風風雨雨 40 年的兩人，即使對方不說話，也能猜到對方想說什麼。

❹ よし、よし、泣かずともいい。今日その玩具を買ってやるから。

好了，別哭了。今天我就把你要的玩具買給你。

④ ながら

1-02
接續助詞

接續 ◆ 名詞＋ながら（に、の）
◆ 動詞「連用形」＋ながら（に、の）

意義 表示持續不變的狀況。適用範圍比較狹窄，多為固定用法。

例

❶ 十年ぶりに昔ながらの校舎（こうしゃ）や校庭（こうてい）を見て懐かしかった。
看到闊別十年的校舍和校園和以前一樣地保存著，真令人十分懷念。

❷ 生まれながらに持っている才能を大切にしなさい。
要珍惜與生俱來的才華。

❸ まだ幼（おさな）かったが、あの地震による大津波（おおつなみ）の恐ろしさは、おぼろげながらに記憶（きおく）している。
儘管當時年紀還小，但是那場因為地震引發的大海嘯所帶來的恐懼感至今仍留有模糊的記憶。

❹ インターネットのおかげで、いながらにして買い物をしたりすることができる。
由於有網絡，人們不用出門就能在家購物。

❺ 国に早く対策（たいさく）を立ててほしいと、被害者（ひがいしゃ）たちは涙ながらに訴（うった）えた。
受害者們哭訴著，希望政府早日擬定對策。

⑤ なり

＊（1）剛……就……　（2）放置不管／一直
（3）一直…沒有…

接續助詞

接續（1）動詞「辭書形」＋なり～（過去式作謂語）

意義 跟「と」（⇨ N4）的文法意義基本相同，表示前項剛出現，緊接著又做了或出現了後項。

例

❶ バスが着くなり、みんな乗り込んだ。
公車剛一到站，大家就爭先恐後地上車了。

❷ 私の料理を一口（ひとくち）食べるなり、父は変な顔をして席を立ってしまった。
父親他剛吃了一口我燒的菜，就板起臉離席而去。

❸ 「あっ、だれかおぼれてる」と言うなり、彼は川に飛び込んだ。
「哎呀，有人溺水了。」他才剛這麼說，就跳進了河裡。

接續 (2) 動詞「た形」+なり(で)

意義 跟「〜たまま」(⇨ N4) 的文法意義基本相同，表示在前項情況不變的狀況下就做了後項。

例

❶ あの男の子は自転車のハンドルから両手を放したなり、猛スピードで坂道を下りて来る。
那個男生雙手放開腳踏車的把手，用很快的速度衝下坡來。

❷ 二人は黙ったなりで、窓から遠くに見える山を眺めていた。
他們倆都默默無語地從窗戶眺望著遠處的群山。

❸ 今年の夏の暑さは格別だったので、毎晩クーラーをつけたなり寝ていた。
由於今年夏天特別熱，所以我每天晚上都開著冷氣睡覺。

接續 (3) 動詞「た形」+なり(で)〜ない

意義 跟「〜たまま〜ない」(⇨ N4) 的意思類似，表示前項做完以後就不管了，到說話時再也沒有去做本來應該做的後項。或表示前項完成以後，長時間就再也沒有出現預計中本來應該出現的後項。

例

❶ 大切な物だからといって、タンスにしまったなりで使わないのじゃ、ないのも同然ね。
雖然是很貴重的東西，但是如果一直藏在衣櫃裡不拿出來使用，那就跟沒有一樣。

❷ 彼は外国に渡ったなり、何の便りも寄越してくれなかった。
他自從去了國外後，一直音信全無。

❸ その本を友だちから借りたなり、まだ返していない。
那本書從朋友那借來後一直沒有歸還。

6 ものを ＊(1) 可是……　(2) 假如……就好了　接續助詞

接續 (1) ◆ 名詞「の形」+ものを
◆ ナ形容詞「な形」+ものを
◆ イ形容詞「辭書形」+ものを
◆ 動詞「辭書形」+ものを
◆ 各詞類「た形」+ものを

意義① 跟「のに」(⇨ N4) 的文法意義基本相同。表示逆接，帶有惋惜、不滿、後悔、遺憾等心情。口語和書面語均可用。

例

❶ もう少し早く病院に行けば助かったものを、放(ほう)っておいたので、手遅(ておく)れになってしまった。

如果再早一點到醫院就有救了，因為放任不管，結果耽誤了治療。

❷ 先輩があんなに親切に言ってくれるものを、彼はどうして断るのだろうか。

前輩說得那麼誠懇，但他還是拒絕了，這到底是為什麼呀？

❸「知っていれば教えてあげたものを、全然知らなかったんです。ごめんなさい。」

「我要是知道的話一定會告訴你的，問題是我當時什麼都不知道。真抱歉。」

意義② 置於句末，起著語氣助詞的文法作用。

❶ 休みの時、宿題を済ませばよかったものを、毎日遊んでいたんだ。

如果利用放假的時間把作業做完就好了。可是每天只知道玩。

❷ もっと前から試験勉強をしていたら、直前(ちょくぜん)になってから慌てずにすんだものを……。

如果更早就開始準備考試，考前就不至於這麼慌張……。

❸ こんな悪天候(あくてんこう)の中を歩いていらっしゃったんですか。電話をくだされば車でお迎えにまいりましたものを。

天氣這麼惡劣，您還走路過來。如果打個電話給我，我就會開車去接您了。

接續 (2) ◆ 動詞「ば形」＋いいものを
◆ 動詞「た形」＋ら＋いいものを

意義 帶有悔恨、遺憾或譴責等心情。

例

❶ A：ああ、もう間に合いそうもない。
B：もう少しはやく起きられたらいいものを。

A：哎呀，看來已經來不及了。
B：你要是早一點起床就好了。真是的！

❷ A：ああ、寒いなあ。
B：セーターやコートを持って来ればよかったものを。

A：啊，好冷啊。
B：你要是帶件毛衣和大衣來就好了！

❸ 奥様に怒られたって？本当のことを言わなかったらよかったものを。

你說你太太生氣了？你不說出實情就好了嗎？

7 や／やいなや ＊剛……就……

接續 ◆動詞「辭書形」＋や～（過去式作謂語）
◆動詞「辭書形」＋やいなや～（過去式作謂語）

意義 跟「～なり」（⇨本節 P.17）的文法意義類似。表示前項剛出現，緊接著又做了或出現了後項。

例

❶ いたずらをしていた生徒たちは、教師が来たと見るや一斉(いっせい)に逃げ出した。
剛才還在搗蛋的學生們一看見老師，一下子就逃走了。

❷ 彼は空港に着くやいなや、恋人の入院先にかけつけた。
他一下飛機，就直奔女朋友住院的地方。

❸ 電車が駅に止まり、ドアが開くやいなや、彼は飛び出していった。
電車進站了，車門才剛打開，他就飛奔了出去。

8 ゆえ ＊因為……

接續助詞

接續 ◆名詞＋ゆえ（に、の、だ）
◆名詞「の形」＋ゆえ（に、の、だ）
◆ナ形容詞詞幹＋ゆえ（に、の、だ）
◆ナ形容詞「な形」＋ゆえ（に、の、だ）
◆イ形容詞「辭書形」＋（が）ゆえ（に、の、だ）
◆動詞「辭書形」＋（が）ゆえ（に、の、だ）
◆各詞類「た形」＋（が）ゆえ（に、の、だ）

意義 表示原因，書面語。作為接續詞，也可以用「それゆえ（に）」。

例

❶ 意思決定者(いしけっていしゃ)の無謀(むぼう)のゆえに／無謀(むぼう)であるゆえに、会社の経営が不振(ふしん)を極(きわ)めている。
由於決策者的盲目，公司的經營陷入困境。

❷ 父が大(だい)の相撲(すもう)好きなゆえに／相撲(すもう)好きであるゆえに、ぼくは幼(おさな)い時から力士(りきし)の名前を少なからず覚えていたものだ。
由於我父親非常喜歡相撲，所以我在很小的時候就記住了不少相撲選手的名字。

❸ 貧(まず)しいがゆえに十分な教育を受けられない人々がいる。
有不少人因為貧困，沒能受到良好的教育。

❹ あの大統領(だいとうりょう)は庶民性(しょみんせい)を備(そな)えているがゆえに、人気を集めているという。 據說那位總統因為很親民，所以很受歡迎。

❺ わが子の犯(おか)した過(あやま)ちゆえの不幸(ふこう)に泣く。 由於我的孩子犯下的錯誤而帶來了不幸，我為此感到難過。

9 こそ ＊（1）雖然……但是……（2）只有……絕不會……

副助詞

接續（1）
- 名詞＋こそ～が
- 名詞「で形」＋こそあるが
- ナ形容詞「で形」＋こそあるが
- イ形容詞「く形」＋こそあるが
- 動詞「連用形」＋こそするが

意義 相當於助詞「は」的文法意義，表示讓步。即表示「雖然這是事實，但也存在不同的或相反的情況」的意思。口語中多用「～は～が／ではあるが／はするが」（⇨N3）的表達形式。

例

❶ 彼は言葉づかいこそ悪いが、とても優しい人間だ。 他雖然說話時措辭不文雅，卻是一位很善良的人。

❷ 山田さんは正社員でこそないが、正社員同然に扱(あつか)われている。 雖然山田不是正式員工，卻得到了與正式員工幾乎相同的待遇。

❸ 貧乏(びんぼう)でこそあるが、人に優しい心を持っている。 儘管貧窮，但是待人卻很誠懇體貼。

❹ 恋人は留学でアメリカへ行った。切(せつ)なくこそあるが、しかたがない。 我的男（女）朋友因為留學去了美國。雖然很思念，但也沒有辦法。

❺ 断(ことわ)りこそしなかったが、承諾(しょうだく)しかねるような様子だった。 雖然沒有拒絕，但臉上卻露出不能答應的表情。

接續（2）
- 名詞＋こそすれ～ない
- 名詞「で形」＋こそあれ～ない
- ナ形容詞「で形」＋こそあれ～ない
- イ形容詞「く形」＋こそあれ～ない
- 動詞「連用形」＋こそすれ～ない

意義 用於肯定前項，否定後項。

例

❶ 感謝(かんしゃ)こそすれ／感謝(かんしゃ)しこそすれ、怒ることはなかろう。 感謝你都來不及呢，怎麼會生你的氣呢？

❷ 苦しみこそあれ、決して楽しい毎日ではなかった。

只有痛苦，沒有一天快樂的日子。

❸ 彼女といっしょにいると、愉快でこそあれ、退屈なことはない。

跟她在一起的日子只會感到開心，絕不會感到無聊。

❹ 不況が続いて、苦しくこそあれ、決して楽ではない。

經濟蕭條的狀況還持續著，所以生活只有困苦，沒有半點輕鬆可言。

10 すら ＊(1)(2) 甚至連……

接續 (1) ◆ 名詞＋すら
◆ 名詞＋格助詞＋すら
◆ 動詞「連用形」＋すら
◆ 動詞「て形」＋すら
◆ 疑問句＋すら

意義 接在名詞後面時可代替「が、を」。「すら」跟「さえ」(⇨ N3) 相同。用於舉出一個極端的事例，暗示其他一般性的事例也一樣。

例

❶ あの患者は重い病気のため、一人では食事すらできない。

那名患者由於患有重病，連自己進食都沒辦法。

❷ 彼はお金に困ったあげく、友人を騙してお金を借りることすらしてしまった。

他非常缺錢，最後甚至到了欺騙朋友借錢的地步。

❸ その問題は大学生にすら難しいと言われていますよ。

聽說那個題目連大學生都覺得難呢！

❹ 結婚どころか、だれと恋するかすら決めていない。

別說是結婚，就連跟誰談戀愛還沒決定呢。

❺ ごちそうになったうえ、帰るとき、食事の材料を持たせてすらくださった。

她不僅請我吃飯，回家時甚至還讓我帶做菜的食材回去。

接續 (2) 名詞＋ですら

意義 可代替主題「は」。「ですら」跟「でさえ」(⇨ N3) 相同，表示極端事例。

例

❶ この機械は軽いので、女性ですら簡単に持ち運ぶことができます。もちろん、力(ちから)持(も)ちの君には絶対問題ない。

這部機器很輕，就連一般的女生都能輕而易舉地搬動，所以對你這個大力士來說絕對沒問題。

❷ この機械は重いので、力持ちの君ですら持ち運ぶことができないなら、まして女性には無理だ。

這部機器很重，就連大力士的你都拿不動，更何況是女生呢。

❸ 富士山の上には冬はもちろん、夏ですら雪が残っている。

富士山不用說冬天了，就連夏天也還留有殘雪。

11 だに

＊(1) 甚至連……都……
(2) 甚至連……都不……／根本不……

副助詞

接續 (1) ◆ 名詞＋だに
◆ 動詞「辭書形」＋だに

意義 後接肯定式謂語。

例

❶ 子供のころ、死については考えるだに恐(おそ)ろしかった。

小時候，關於死的問題，光想就讓人覺得害怕。

❷ 目の前に対向車(たいこうしゃ)が迫(せま)ってきたあの瞬間(しゅんかん)は思い出すだに鳥肌(とりはだ)が立つ。

當時有一輛車突然從正對面向我開過來。現在回想起來渾身都起雞皮疙瘩。

❸ その国では、国民が外国のラジオ放送を聴(き)くことだに禁じられている。

在那個國家，就連人民收聽國外的廣播都被禁止。

接續 (2) ◆ 名詞＋だに～ない
◆ 動詞「辭書形」＋だに～ない

意義 文語助詞，基本上跟「も／でも」的文法意義相同，表示極端的事例。後接否定式謂語。

例

❶ 今晩の空は厚い雲(くも)に覆(おお)われて、星一つだにない。

今晚的夜空被厚厚的雲層覆蓋著，連一顆星星也看不到。

❷ 患者(かんじゃ)がもう力がないようだ。声を出せないうえに、口を開くだにできない様子だ。

看來患者已經沒有什麼力氣了。不僅說不出話來，好像連張張嘴巴都費力。

❸ 1億円の宝(たから)くじに当たったなんて、夢にだに思わないことだった。

做夢都沒有想到能中1億日元的彩券。

12 だの ＊(1)……啦……啦 (2)一會兒說……，一會兒又說……

副助詞

接續 (1)◆名詞＋だの、名詞＋だの＋助詞
◆名詞＋だのなんだの＋助詞
◆動詞普通體＋だの、動詞普通體＋だの＋助詞

意義 文語助詞，跟「とか」(⇨N3)、「やら」(⇨N2)的文法意義基本相同，表示從若干同類例子中舉出一到兩個，暗示還有其他。後續的助詞「は、が、を」可以省略，但其他助詞不能省略。

例

❶ お菓子だの、果物だの、いろいろ食べたので、おなかがいっぱいです。
因為吃了點心啦、水果啦等東西，所以現在肚子很飽。

❷ 郵便受けはチラシだのなんだのでいっぱいだった。
信箱裡塞滿了宣傳單等東西。

❸ 午前中、荷物が壊れただの、社員がトラブルを起こしただので、いやなことばかりだった。
上午簡直煩死了。這邊貨物破損了，那邊又有幾個員工吵架。

接續 (2)◆名詞＋だの、～だのと言う
◆ナ形容詞詞幹＋だの、～だのと言う
◆イ形容詞「辭書形」＋だの、～だのと言う
◆動詞「辭書形」＋だの、～だのと言う
◆各詞類「た形」＋だの、～だのと言う
◆句子普通體＋だのなんだのと言う

意義 跟「とかいう」(⇨N3)、「やらいう」(⇨N2)的文法意義基本相同，列舉同類事物，多為負面內容。除了「言う」外，也可以用「騒(さわ)ぐ」「文句を言う」「不満を言う」「愚痴(ぐち)をこぼす」「理由をつける」等表示「說話」意義的語詞。

例

❶ デザインが単調(たんちょう)だの、色が嫌いだのと気むずかしいことばかり言っている。
一會兒說款式單調，一會兒說顏色不喜歡，真不好伺候。

❷ 男が悪いだの、女が悪いだのとみんなが言(い)い争(あらそ)っている。
有人說男人不好，有人說女人不好，大家你一言我一語地爭論著。

❸ 彼は会社を辞めるだの、辞めないだのと、大騒(おおさわ)ぎをしていた。
他在那大吵大鬧。一會兒說要辭職，一會兒又說不辭。

❹ 息子は食欲(しょくよく)がないだのなんだのと言って、ご飯を食べない。
我兒子一會兒說沒食欲，一會兒又找別的理由，反正就是不肯吃飯。

 の

＊（1）（說）……啦……啦
（2）（還用得著問我……嗎？）非常……

1-05 副助詞

接續（1）◆ イ形容詞「辭書形」＋の、～の＋と言う
◆ 動詞「辭書形」＋の、～のと言う
◆ 各詞類「た形」＋の、～のと言う
◆ 句子普通體＋のなんのと言う

意義 跟「～だの」的文法意義相同，用於列舉同類事物。

例

❶ 部屋代が高いの、食事がまずいのと不満を言っている。
他在那兒發牢騷。一會兒說（飯店的）房價太貴，一會兒又說（飯店的）餐點不好吃。

❷ 風邪を引いたの、腹（はら）を壊（こわ）したのと言って、すぐ休む。
他一會兒說感冒了，一會兒又說肚子痛，常請假不上班。

❸ 二人の子は空を見て、あれは木星（もくせい）だの、そうじゃないのと言（い）い争（あらそ）っている。
兩個孩子一邊眺望著星空一邊在爭論著，一個說那顆星星是木星，一個說不是。

❹ 彼は足が痛いのなんのと理由をつけては、サッカーの練習をさぼっている。
他一會兒說腳痛，一會兒又找點別的理由而不來參加足球訓練。

接續（2）◆ イ形容詞「辭書形」＋の、～くないのって
◆ イ形容詞「た形」＋の、～くないのって
◆ 動詞「辭書形」＋の、～ないのって
◆ 動詞「た形」＋の、～ないのって
◆ 句子普通體＋のなんのって

意義 用於表示程度極為激烈。多用於接對方的話題，然後敘述由此發生的事情。

例

❶ A：部屋はあまり汚くないだろう。
A：房間不髒吧。
B：汚いの汚くないのって。まったく話にならない。
B：還說髒不髒呢，簡直髒得無法形容。

❷ A：そこの料理はおいしかったでしょうか。
A：那家店的菜好吃嗎？
B：おいしかったのおいしくなかったのって。のどを通らないほどまずかったよ。
B：還說什麼好吃不好吃，簡直難以下嚥。

❸ A：二人はあまり飲まなかったでしょうね。
A：他們兩個喝得不多吧。
B：飲んだの飲まないのって。二人はずいぶん飲んだよ。
B：還提什麼多不多，他們兩個喝的可多了。

⑭ とて ＊(1) 即使是……　(2) 即使……　(3) 無論……還是……　副助詞

接續 (1) 名詞＋とて(も)

意義 接在人物名詞後面，跟「～ でも」(⇨ N4)、「～ だって」(⇨ N3)、「～ にしても」(⇨ N2) 的文法意義基本相同。用於舉出極端例子，表示「即使是該人物也不例外，也跟其他人相同」的意思。常省略助詞「も」。

例

❶ 最近の電化製品は機能(きのう)が多すぎる。開発者(かいはつしゃ)たちとて、すべての機能が必要とは思わないのではないか。
最近的家電產品功能太多。即使是那些開發這類產品的人也未必會認為所有功能都是必要的吧。

❷ 常(つね)に冷静(れいせい)な彼とて、やはり人間だから、感情的(かんじょうてき)にどなってしまうこともあるのだろう。
即使是平時處事很冷靜的他，因為畢竟也是人，所以有時候也會控制不住地發火吧。

❸ 確かに、ミスを犯(おか)した社員の責任(せきにん)を問(と)わなければなりませんが、部長の彼とても連帯(れんたい)責任を免(まぬが)れないと思いますけど。
的確，應該要追究犯錯員工的責任。但是，我認為即使是身為部長的他也不能免除連帶責任。

接續 (2) ◆ 名詞「だ形」＋とて
◆ 動詞「た形」＋とて

意義 跟「ても／でも」(⇨ N4) 的文法意義類似，表示逆接或順接，即無論是怎樣的前項都不會改變後項的結果。常跟「たとえ／いくら／どんなに」等副詞一起使用。

例

❶ どんなに貧(まず)しい人だとて、人間としての尊厳(そんげん)はある。
再怎麼貧窮的人，也有作為一個人的尊嚴。

❷ いくら悔(く)やんだとて、落としたお金は戻らないよ。くよくよしないでね。
再怎麼後悔，丟掉的錢是不會回來的，所以還是想開點吧。

❸ たとえ彼に頼んだとて、お金を貸してくれないだろう。
就算去求他，他也不會借錢給我吧。

接續 (3) ◆ 名詞「だ形」＋とて～とて
◆ 動詞「た形」＋とて～とて

意義 跟「～でも～でも／ても～ても」(⇨ N4) 的文法意義類似，表示逆接或順接，用於舉出兩個對立的例子，表示「無論哪個都一樣」的意思。

❶ 今度の選挙（せんきょ）は与党（よとう）だとて、野党（やとう）だとて、あまり期待（きたい）できない。
這次選舉，無論是對執政黨還是對在野黨，我都不抱多大的希望。

❷ 泣いたとて、嘆（なげ）いたとて、死んだ人は戻ってきてくれはしない。
哭也好，嘆息也罷，人死不能復生啊。

❸ 成功したとて驕（おご）るな、失敗したとて力を落すな。
成功了不要驕傲，失敗了不要氣餒。

15 なり／なりと／なりとも

副助詞

＊ (1) 哪怕是……　(2) 不論……／不管……
(3)(5) 之類的……　(4) 或者……

接續 (1) 名詞＋なり／なりと／なりとも

意義 跟「せめて～だけでも」的意思基本相同，用於從若干事物中舉出一個作為例子，指出這是最起碼的、最基本的事項。

例

❶ せっかくだから、せめて一日なりともお泊まりなさい。
來一趟不容易，所以至少請在我家住一晚吧。

❷ 彼女にひと目なりとも会いたいです。どうか、そういう機会を与えてくれませんか。
哪怕是看一眼也好，我想見她一面。請給我一次機會好嗎？

❸ 食事は出ないかもしれませんが、せめてお茶なりとも、用意してくれるでしょう。
對方或許不會請我們吃飯，不過至少還是會給我們喝一杯茶的吧。

接續 (2) 疑問詞（＋助詞）＋なりと

意義 用「どうなりと」「だれとなりと」「どこへなりと」「なんなりと」等固定的表達形式，表示「無論什麼都可以根據自己的喜好進行選擇」的意思。

例

❶ どうなりと（＝どうなってもいいから）、ぼくが責任（せきにん）を持って最後までやりぬくつもりだ。
不管什麼結果，我都打算負責做到底。

❷ 誰となりと（＝誰とでもいいから）、共同（きょうどう）でこの仕事をやりたい。
無論是誰都可以，希望能跟我一起做這份工作。

❸ どこへなり（＝どこへでもいいから）、好きなところにすればいい。
去哪裡都可以，你自己選個你喜歡的地方吧。

接續 (3) ◆ 名詞（＋助詞）＋なり／なりと／なりとも
◆ 動詞「辭書形」＋なり／なりと／なりとも

意義 跟「でも」（⇨ N4）、「とか」（⇨ N3）的文法意義類似，表示隨意舉例。

例

❶ A：お腹（なか）が空（す）きました。
B：私も空いています。じゃ、クッキーなりとも買って食べましょう。
A：我肚子餓了。
B：我也餓了。那我去買點餅乾之類的一起吃吧。

❷ 今年のゴールデンウィークにハワイへなりとも行ってみようか。
今年黃金週，我們去夏威夷或其他什麼地方玩吧。

❸ ストレスを解消（かいしょう）するべく、たまに温泉に行くなりともする。
為了消除工作壓力，我有時候會去泡溫泉之類的。

接續 (4) 名詞＋なり～なり（＋助詞、する）
動詞「辭書形」＋なり～なり（＋助詞、する）

意義 跟「～か～か」（⇨ N4）的意思相同，表示兩者取一。後項多用命令、請求、建議、指示等句子。後接「は、が、を」時常被省略，其他助詞不能省略。

❶ 今日は私がご馳走（ちそう）します。中華料理なり、日本料理なり、お好きなものを選んでください。
今天我請客。中華料理或者日本料理，挑你愛吃的吧。

❷ 奨学金（しょうがくきん）のことは先生になり、学生課の人になり、相談してみたらどうですか。
獎學金的事情可以找老師或找學務處的人商量，你覺得怎麼樣？

❸ 分からない単語があったら、辞書を引くなり、だれかに聞くなりして調（しら）べておきなさい。
如果有不懂的單字，要不查詞典，要不向人請教，總之要想辦法搞清楚詞意。

❹ 買うなり買わないなり、はやく決めてください。
買還是不買，請你快點做決定吧。

接續 (5) 名詞＋なり、疑問詞＋なり（＋助詞）

意義 用「～なりだれなり、～なりどこなり、～なりなんなり」等形式，表示「只要是與此類似的事或物，什麼都可以」的意思。跟「～か～か」（⇨ N4）的意思相同。

例

❶ そのことは部長なりだれなりに聞いてみましょう。　那件事情問問看部長或其他人吧。

❷ 今度の夏休みに山なりどこなりへ行きたい。　今年暑假，我想去山上或其他地方玩。

❸ ここは私がおごるから、コーヒーなりなんなり、好きなものを注文(ちゅうもん)してください。　今天我請客，所以不管是咖啡還是什麼，你喜歡喝什麼就儘管點吧。

助詞「へ、に、と、で、から、まで」等置於「なり」的前面或後面均可，意思不變。

■ **夏休みに山なり、海なりへ／山へなり、海へなり行ってみようか。**
／暑假我們去山上或海邊玩吧。

16 なぞ／なんぞ ＊ …等等／…之類的

1-06 副助詞

接續 ◆ 名詞＋なぞ／なんぞ＋助詞（は、が、を、の）
◆ 名詞＋なぞ／なんぞ＋助詞（へ、に、と、で、から、まで）

意義 跟「など」「なんか」（⇨ N3）的意思相同，用於口語中，但語氣比較隨意、粗俗，多為中老年人使用。

例 1. 用於隨意舉例。

❶ A：何か食べるものあるか？　A：有沒有什麼可以吃的？
B：クッキーなぞあるけど、食べる？　B：有些餅乾之類的東西，要不要吃？

❷ そんなものはスーパーでなぞ買えるだろう。　那種東西在超市之類的地方就能買到吧。

❸ 中学校時代、ぼくは星や月なぞの天体(てんたい)に興味があったんだ。　我中學的時候，對星星啦、月亮啦等天文很感興趣。

例 2. 例舉的同時還帶有說話者「蔑視、輕視、不屑一顧」等感情色彩。謂語多為否定形式或反問形式。

❶ わたしは金なぞほしくて、この仕事をやったのではありません。　我才不是為了錢而做這份工作。

❷ アルバイトなぞすると、勉強する時間がなくなる。　要是去打工的話，念書的時間就會減少。

❸ 他人の無責任な言動なんぞ、問題にするにたらない。大切なのはあなた自身の気持ちだ。

無需在意別人那些不負責任的言行，重要的是你自己的態度。

17 ばかり ＊ 幾乎……／眼看就要……

副助詞

接續 ◆ イ形容詞「辭書形」＋ばかり（に、の、だ）
◆ 動詞「辭書形」＋ばかり（に、の、だ）

意義 相當於「～そうだ（樣態）」的語法意義，用於描述某狀態馬上就要出現的樣子。多用於比喻，屬於書面語，但用法比較狹窄。

例

❶ まばゆいばかりの花火に目を奪われた。
耀眼的煙火光彩奪目。

❷ 歌手が舞台に上がったとき、みんなで手が割れるばかりに拍手を送った。
當歌手站上舞台時，全場爆出如雷鳴般的掌聲。

❸ 毎日、肌も凍るばかりの寒さが続いて、とても耐えられなかった。
每天冷得身體都快結冰似的，簡直受不了。

18 ほど

副助詞

接續 お（ご）＋名詞「の形」＋ほど

意義 副助詞「ほど」表示範圍。「お（ご）～のほど」相當於「お（ご）～くださよう／お（ご）～を賜りますよう」的意思，謂語多為表示「感謝、祈禱、祝願、拜託」等意義的表達形式，多用於書信、商務文書等的寒暄語中。

例

❶ ご自愛の程（＝ご自愛くださるよう）お祈り申し上げます。
希望您多多保重身體。

❷ 引き続きご愛顧の程（＝ご愛顧くださるよう／ご愛顧を賜りますよう）お願い申し上げます。
請繼續地賜予關照。

❸ このたびの不始末、なにとぞご寛恕のほど（＝ご寛恕くださるよう）お願い申し上げます。
上次都怪我没規矩，還請您多多原諒。

也有相當於「～をいただいたこと」「～をなさったこと」的意思，表示該名詞所涉及的範圍。

■ ご厚意の程を心より感謝する。／衷心感謝您的盛情厚意。

■ ご親切の程は忘れません。／忘不了您對我的恩情。

■ みなさまのご心労のほど、拝察いたします。／我明白各位很操勞。

19 まで ＊ 甚至……

1-07 副助詞

接續 ◆ 名詞＋までして
◆ 動詞「て形」＋まで

意義 表示為達到某種目的付出超乎尋常的努力或不擇手段等意思。

例

❶ 環境に配慮したエンジンを開発するため、各企業は必死に研究を続けている。担当者は休日出勤までして力を注いでいるらしい。

為了開發有利於環保的引擎，各企業都在拼命地研究。聽說負責人甚至連假日都上班，為產品研發竭盡全力。

❷ この絵は、昔父が借金までして手に入れたものです。

這幅畫是父親在世時不惜舉債才買到手的。

❸ 環境を破壊してまで、工業化を推し進めていくのには疑問がある。

我對那種不惜破壞環境來推動工業化發展的做法抱持著疑問。

❹ 好きなことを我慢してまで長生きしたいとは思わない。

我並不想為了長壽而放棄自己喜歡的事情。

★ 練習問題 ★

問題 1 次の文の（　　）に入れるのに最もよいものを、1・2・3・4から一つ選びなさい。

(1) 幽霊に会ったって？　幽霊（　）あるもんか？

1　なんぞ　　2　とて　　3　だの　　4　ですら

(2) あの時は、あまりの痛みで水（　）喉を通らなかった。

1　すら　　2　とは　　3　からの　　4　といったら

(3) 彼女は気が狂う（　）村の東にある川のほうへ駆けつける。

1　こととて　　2　ばかりに　　3　やいなや　　4　ゆえに

(4) コーヒー（　）飲みながら待っていよう。

1　こそあれ　　2　とても　　3　なりとも　　4　ですら

(5) 歌手だ（　）、ファンだ（　）、コンサートの主催者に不満があった。

1　なり／なり　　2　とて／とて　　3　だに／だに　　4　すら／すら

(6) 父はうちに（　）なり、冷蔵庫を開けて冷やしてあるビールを飲んだ。

1　入る　　2　入った　　3　入り　　4　入ろう

(7) たとえ生活に困っていても（　）までして暮らすなんて考えたこともない。

1　盗んで　　2　盗んだ　　3　盗む　　4　盗み

(8) 子供のこととて、少しぐらいいたずらをしても（　）。

1　しかたがないのだろうか　　2　しかたがないだろう
3　許されない　　4　許されてはならない

(9) ポケットに手帳だの、財布だの詰め込むと、膨れて（　）。

1　感心してなりませんよ　　2　さしつかえないですよ
3　すてきに見えますよ　　4　みっともないですよ

(10) 夫婦の間なんだから、口に出さずとも（　　）。

1　知ってもらおうと思うけど
2　知ってあげようと思うけど
3　分からないだろうと思いがちだよなあ
4　分かるだろうと思いがちだよね

(11) 私に言ってくれれば相談に（　　）、どうして黙っていたのだろう。

1　乗ってあげたいものの　　2　乗ってあげたものを
3　乗せてあげたいものの　　4　乗せてあげたものを

(12)（　　）、彼女の歌は多くの人に歌われている。

1　名歌手でこそないが　　2　名歌手でこそあるが
3　名歌手でこそすれ　　4　名歌手でこそあれ

(13) A：休日（きゅうじつ）には旅行に行くなり、親しい友人と一緒に話し合うなりして、（　　）。
B：なるほど。いいアイデアだね。

1　気分転換（てんかん）を図（はか）るにすぎないんじゃない
2　気分転換を図ったほうがいいんじゃない
3　気分転換でなくてなんだろう
4　気分転換にほかならないだろう

(14) あの辺はもう完全（かんぜん）に砂漠化（さばくか）され、草一本だに（　　）そうだ。

1　見せられない　　2　見せられる
3　見られない　　4　見られるまい

(15) この不景気（ふけいき）のゆえに、昇給（しょうきゅう）どころか、（　　）。

1　ボーナスの日が望（のぞ）ましい　　2　ボーナスの日が待ち遠しい
3　ボーナスも出ている　　4　ボーナスも出ない

(16) 近代化（きんだいか）の名（な）のもとでの大規模（だいきぼ）な開発（かいはつ）のおかげで、この町は昔ながらの面影（おもかげ）を（　　）とどめていない。

1　さぞかし　　2　さも　　3　あたかも　　4　みじんも

(17) A：大学の生活がいくらつまらなくとも、卒業するまで（　　）。
B：ねえ。大卒でなくちゃ、就職（しゅうしょく）はもっと難しくなるだろうね。

1　がまんすることはない　　2　がまんするほかない
3　がまんしようがない　　4　がまんしてはならない

(18) あなたは彼女のために色々やってきた。感謝されこそすれ（　　　）。

1　恨まないものでもあるまいよ

2　恨まれる必要がないよ

3　恨まれてもしかたがあるまいよ

4　恨まれる筋合はないよ

(19) 車は高速道路に入るや、（　　　）。

1　猛スピードで走り出した

2　スピードを出したいと思う

3　スピードを出しすぎてはいけない

4　どれぐらいのスピードだったのか

(20) あれがほしいの、これがほしいのって、あの子ったら、（　　　）。いったい誰に似たのかしら。

1　わがままくさい　　2　わがままだらけ

3　わがままを言い放題　　4　わがままのしっこない

(21) いくら（　　　）、電話なりともかけてくれればいいものを。

1　忙しいといったところで　　2　忙しくないといっても

3　忙しいというだけで　　4　忙しくないというだけで

(22) あんな男とデートするなんて、想像だに（　　　）もどしたいほどだ。

1　気分が悪くて　　2　都合が悪くて

3　具合がよくなくて　　4　雰囲気がよくなくて

(23) 例の試合は大雨で（　　　）、まだ再開されていない。

1　中止されるやいなや　　2　中止されたなり

3　中止するばかりに　　4　中止するゆえに

(24) 乱筆にてお見苦しいこととは存じますが、どうかご判読の（　　　）お願い申し上げます。

1　ゆえ　　2　ばかり　　3　ほど　　4　こととて

問題2 次の文の ＿★＿ に入る最もよいものを、1・2・3・4から一つ選びなさい。

(25) どんなに後悔(こうかい)した ＿＿ ＿＿ ＿＿ ＿★＿ のだろう。

1 ことはない　2 とて　3 失った　4 財布は戻る

(26) そこまでマージャンに夢中 ＿＿ ＿＿ ＿＿ ＿★＿ だろう。

1 になって　2 止めるに　3 しまっては　4 止められない

(27) 彼女は ＿＿ ＿★＿ ＿＿ ＿＿ 、母の話を聞いていた。

1 黙りこんで　2 俯(うつむ)いた　3 いて　4 なり

(28) もっと練習して ＿＿ ＿★＿ ＿＿ ＿＿ いたから、こんな結果になったんだよ。

1 よかった　2 怠(おこた)って　3 おけば　4 ものを

(29) 親ですら時には、 ＿＿ ＿＿ ＿＿ ＿★＿ ある。

1 自分の　2 ことが　3 区別できない　4 双子(ふたご)を

(30) 子どものとき、行儀(ぎょうぎ)が悪い ＿★＿ ＿＿ ＿＿ ＿＿ ものだ。

1 と　2 言われた　3 のなんの　4 よく親に

第二章

助動詞

1 (よ)う

＊ (1) 或許……吧／恐怕……吧
(2) 一定……吧

2-01 意向助動詞

接續 動詞「う形」

用法 (1) イ形容詞詞幹＋かろう

意義 是包括否定助動詞「ない」在內的イ形容詞推量形表達形式，在現代日語口語中基本上被「～だろう」所代替，只在慣用句或慣用表達形式中才出現，而且多屬於書面語用法。

例

❶ あの人が来ることはなかろうと思う。　我想他絕對不可能過來的吧。

❷ 雪が降りそうだ。明日もきっと寒かろう。　好像要下雪了。明天一定會很冷。

❸ 彼女が作った料理はたぶんおいしかろう。　她做的菜應該很好吃吧。

❹ 不景気(ふけいき)はまだ続いていくのではなかろうか。　恐怕經濟上的蕭條還會延續下去吧。

❺ いろいろ本を読むことなしには、いい論文は書けなかろう。　如果不大量閱讀，就寫不出好的論文吧。

用法 (2) 各詞類「た形」＋ろう

意義 用「～だったろう／かったろう／たろう」的形式，跟「～ただろう／～たでしょう」相同，用於對已經完成的事情進行推測。口語和書面語都可以用。用「～たろうか」表示說話者的疑問、疑惑等語氣。

例

❶ おとうさんは若いころはきっとスポーツマンだったろう。　你爸爸年輕的時候一定是位運動員吧。

❷ 連日(れんじつ)の試験でたいへんだったろう。　連續幾天的考試，一定很辛苦吧。

❸ そのとき、君もきっと寂しかったろう。　那個時候你也一定很寂寞吧！

❹ おとうさんは５時の電車に間に合ったろうかしら。

不知道你爸爸是不是已經趕上了５點的電車。

❷ ごとし

比況助動詞

＊（1)(5) 好像……／宛如……　（2）像……那樣的　（3）如……那樣
（4）就像……（所說）的那樣

接續 ◆ 名詞「の形」＋ごとし
◆ 動詞「辭書形」（＋が）＋ごとし

用法 (1) ～ごとし（結尾句）／ごとく＋動詞／ごとき＋名詞

意義 是樣態助動詞「ようだ」（⇨ N4）的文言文表達形式，表示比喻。可跟「あたかも」「さながら」等副詞搭配使用。

例

❶ 光陰(こういん)は矢(や)の如し。あっという間にぼくも中年になった。

光陰似箭，轉眼之間我也變成中年人了。

❷ 暑い日に草むしりをしていたら、汗が滝(たき)のごとく流れてきた。

大熱天裡拔草，熱得我汗如雨下。

❸ 冷たい北風(きたかぜ)が、笑うがごとく、泣くがごとく、吹(ふ)き荒(あ)れている。

刺骨的北風呼嘯著，猶如狂笑，宛如哭泣。

用法 (2) ～ごとき（は、が、に、名詞）

意義 表示舉例。前接名詞時往往省略「の」。其中接在人物後面時多為貶義或自謙的評價。

例

❶ 私ごとき未熟者(みじゅくもの)にこんな重要な役(やく)が果(は)たせるでしょうか。

像我這種初出茅廬的人，能擔當得起如此重任嗎？

❷ うちのせがれごとき（青二才(あおにさい)）に、そんな立派な仕事ができるわけがない。

像我家那乳臭未乾的小子，不可能完成那麼艱巨的工作的。

❸ Ｋ国ごとき圧政(あっせい)国家に世界中が振(ふ)り回(まわ)されるのは情(なさ)けない。

整個世界被Ｋ國那種專制國家擺佈，真是可悲。

用法 (3) ～ごとく＋動詞／ごとき＋名詞

意義 用於事先預告或事後說明的具體內容。常用名詞有「以上／以下／次／右／左」等。

例

❶ 以上のごとく述(の)べましたが、何かご意見がありますか。　如上所述，各位有什麼意見嗎？

❷ 以下のごとき写真は新しく建てたビルの写真です。　下面的照片，就是新建的大樓照片。

❸ 次のごとき日程(にってい)で、来月から研修を行なうので、よろしくお願いします。　下面的日程，就是從下個月開始的研修計劃，到時候請多多關照。

❹ 左の図表(ずひょう)で示(しめ)すごとく、受験生の数は激減(げきげん)した。　如左邊的圖表所示，考生的人數大幅銳減。

用法 (4) ～ごとく＋動詞／ごとき＋名詞

意義 用於引言，即前面所述的事物或已知的事實跟說的事物、事實是一致的。口語中多用「～とおりに」「～ように」。

例

❶ ご覧のごとく、今度の作品はみな優秀(ゆうしゅう)なものです。　就像各位所看到的那樣，這次的參賽作品都很出色。

❷ すでに述(の)べたごとく、地震による損失(そんしつ)が大きかった。　就像剛才所說的，地震所造成的損失相當的龐大。

❸ 試合は予想したごとき結果だから、驚くにはあたらない。　比賽跟預測的結果一樣，所以沒什麼好大驚小怪的。

用法 (5) ◆ 名詞＋である＋かのごとし／ごとく／ごとき
◆ 動詞「辭書形」＋かのごとし／ごとく／ごとき

意義 跟「～かのようだ／かのように／かのような」（⇨ N2）的文法意義相同，表示不確切的推量、推斷。也可以用於比喻。

例

❶ 彼は、事件には関係していないかのごとく、知らぬふりをしていた。　他好像和事件無關似的裝作不知道。

❷ 彼女の、春が来たかのごとき顔を見て、何かめでたいことがあったに違いないと思った。　看到她那春風得意的樣子，我想一定有什麼喜事。

❸ あの男は自分が無能であるかのごときふりをしているが、実は非常にずる賢いやつだ。

他裝得好像自己很無能似的，但是，實際上他比誰都精明。

3 ざり ＊ 不…… 否定助動詞

接續 動詞未然形＋ざり

用法 ◆ 動詞未然形＋ざる＋名詞

◆ する⇨せざる＋名詞

意義 相當於「～ない＋名詞」的文法意義，表示否定。

例

❶ 一流になるためには、絶えざる努力が必要だ。

要達到一流的水準，就需要不斷的努力。

❷ 学ばざる者は知らず。

不善於學習的人不可能獲得知識。

❸ 「三猿」とは、見てはいけないことは見ざること。聞いてはいけないことは聞かざること。言ってはいけないことは言わざること。

所謂的「三不主義」就是指：不該看的就別看，不該問的就別問，不該說的就別說。

說明 雖然助動詞「ざり」還有其他活用形式和用法，但是現代日語中仍在使用的除了「ざる」外，其他活用形式和用法極其少見，故在此省略。

4 たり ◎ 2-02 斷定助動詞

＊ (1)……的　(2) 身為……　(3) 說起……／說到……
(4) 無論是……還是……都

接續 名詞＋たり

用法 (1) 副詞＋たる＋名詞

意義 相當於「である＋名詞」的文法意義，起著修飾名詞的作用，跟中文的「的」類似。能接續的副詞主要有兩類：一是雙漢字疊詞。例如：「堂々、煌々、滔々、洋々」等。二是由「～ 然」構成的雙漢字語詞。例如：「依然、公然、整然、当然、漠然」等。

例

❶ 彼はスポーツ競技で堂々たる成績を収めた。　他在運動會上取得了輝煌的成績。

❷ 諸君の前途には洋々たる未来がある。　你們前途無量。

❸ 整然たる秩序を守るべし。　必須保持井然有序的秩序。

❹ しかられようが、怒鳴られようが、平然たる顔をする。　遭指責也好挨罵也好，他都滿不在乎的樣子。

用法 (2) ◆ 名詞＋たる＋（べき）者
◆ 名詞＋たる＋（べき）名詞

意義 跟「～として」(⇨ N3) 的文法意義類似，表示「身為某種特殊身份或職業的人，就必須做與此相符的事情，而不能去做違背自己身份的事情」的意思。

例

❶ 警官たるもの、そのような犯罪にかかわってはいけない。　身為一名警察，就不該和那樣的犯罪行為有關係。

❷ 選手たるもの、試合においては堂々と戦え。　身為運動員，比賽要堂堂正正地競賽。

❸ 公務員たるべき人間、私腹を肥やすことなど考えてはいけない。　身為公務員，不能想著為自己謀利益。

用法 (3) 名詞＋たるや

意義 是一種強調並提示主體的表達方法。比起用「～は」來提示主體顯出略有些誇張的語氣。沒有「人物名詞＋たるや」的用法。

例

❶ 彼女のデビューの意外性たるや、すべての人の注目を集めるに十分であった。　說起她初登舞台的意外性，那足以引起所有人的關注。

❷ インド洋巨大津波たるや、全世界を驚かす未曾有の惨事だった。　說到印度洋的巨大海嘯，是令全世界震驚的天然災害。

❸ あの先生の演説たるや、聞き入る観衆のすべてを爆睡させた。　說起那位老師的演說，他能讓所有的聽眾呼呼大睡。

❹ その引ったくりの目的たるや、財布の収集だったのだ。　說到那個搶匪的目的，就是為了收集錢包。

用法 (4) 名詞＋たると、名詞＋たるとを問わず

意義 表示無論是 A 還是 B 都一樣對待。

例

❶ 味方の兵士たると敵の兵士たるとを問わず、負傷者には手当てをする。
無論是我方的士兵還是敵方的士兵，凡是受傷者都要給予治療。

❷ 教育は、金持ちの子供たると貧しい家の子供たるとを問わず、平等に扱うべきだ。
無論是富家子弟還是貧困家庭的孩子，在接受教育上都應該一律平等對待。

❸ この法律は日本の国民たると在日外国人たるとを問わず等しく適用される。
本法律不分日本公民還是留日外國人，一律適用。

❹ 大学生たると高校生たるとを問わず、やる気があれば応募できる。
無論是大學生還是高中生，只要願意做都可以報名應徵。

❺ 大国たると小国たるとを問わず、内政干渉は許されない。
無論是大國還是小國，都不允許干涉其國家內政。

説明 雖然助動詞「たり」還有其他活用形式和用法，但是現代日語中仍在使用的只有上述四種，所以其他活用形式和用法的介紹在此省略。

5 なり ＊ (1) ……的 (2) 所謂的……／所說的…… 斷定助動詞

接續 名詞＋なり

用法 (1) ◆ 名詞＋なる＋名詞
◆ ナ形容詞詞幹＋なる＋名詞

意義 相當於「～である＋名詞」的文法意義。

例

❶ 健全なる精神は健全なる身体に宿る。
健康的精神寓於健康的身體。

❷ 華麗なる舞台に憧れている彼女は歌手になろうとがんばっている。
一直嚮往能登上華麗舞台的她，為了當上歌手正在拼命努力。

❸ 皆さんの更なる努力を期待しています。
期待大家更進一步的努力。

❹ Eメールで切なる思いをこめたラブレターを彼女に送った。

用電子郵件寄了一封滿懷殷切愛慕之意的情書給她。

用法 (2) 名詞＋なる＋もの

意義 相當於「～ というもの」的語法意義，表示稱謂等，用法比較狹窄。

例

❶ 宗教なるものは精神上欠かせないものだと言っていいでしょう。

宗教可以說是我們精神上不可或缺的東西。

❷ 科学なるものはそんなに神秘なものでもない。

所謂科學並不是那麼深不可測的東西。

❸ 改革なるものこそ、社会の進歩を促すのだ。

只有改革才能促使社會進步。

説明

雖然助動詞「なり」還有其他活用形式和用法，但是現代日語中仍在使用的只有上述兩種，所以其他活用形式和用法的介紹在此省略。

6 べし

推量助動詞

＊ (1) 應該……／必須……　(2) 禁止……
(3) 不應該……／不可……／不能……　(4) 為了……
(5) 本來必然會（發生）……　(6) 當然無法……

接續 ◆ 第一・二・三類（来る）動詞「辭書形」＋べし
◆ 第三類動詞（する）→べし

用法 (1) 動詞「辭書形」＋べし

意義 相當於「～（よ）う」（勸誘）、「～なさい」（命令）、「～なければならない」（義務）等文法意義。

例

❶ 学生たる者、勉強に励むべし（だ）。

身為學生就應該努力學習。

❷ 明日は7時に集合すべし。

明天7點要集合。

❸ 車に注意すべし。

要注意往來車輛。

❹ 今日の事は今日やるべし。今日できることを明日に伸ばすべからず。

今天的事情就應該今天做。今天能完成的事情不該拖到明天。

用法 (2) ◆ 動詞「辭書形」＋べからず
◆ する⇨す（る）べからず

意義 相當於口語「～してはいけない／～ するな」的意思，表示禁止做某事。

例

❶ 無断欠勤するべからず。　不許擅自缺勤。

❷ 危ないから、黄色い線の中に入るべからず。　危險！黃線之內，禁止進入！

❸ 爆発する恐れがあるので、このスイッチに触るべからず。　有爆炸的危險，此開關禁止觸摸。

❹ 許可なくして掲示板に広告など貼るべからず。　若未經許可，不可擅自在佈告欄裡張貼廣告。

用法 (3) ◆ 動詞「辭書形」＋べからざる＋名詞
◆ する⇨す（る）べからざる＋名詞

意義 相當於口語「～してはいけない＋名詞」（⇨ N4）的意思。

例

❶ 彼は学生として許すべからざる行為を行なったとして退学させられた。　他做了身為一名學生不可饒恕的事情，結果被勒令退學。

❷ 私の研究に欠くべからざるものといえば、それは図書館です。　對於我的研究工作不可或缺的是圖書館。

❸ もらうべきお金はもらわなければならない。もらうべからざるお金はもらわないほうがいい。もちろん、もらうべきお金は何か、もらうべからざるお金は何かは君の判断次第で決まる。　該拿的錢就要拿，不該拿的錢就不要拿。當然，什麼是該拿的錢，什麼是不該拿的錢，就全憑你的判斷了。

用法 (4) ◆ 動詞「辭書形」＋べく
◆ する⇨す（る）べく

意義 跟「～ために」（⇨ N4）的語法意義基本相同，表示為了前項的目的而做後項。

例

❶ ウイルスの感染経路を明らかにすべく、調査が行われた。　為了查明病毒的感染途徑而進行了調查。

❷ 兄は締め切りに間に合わせるべく、昼も夜も論文に取り組んでいる。　哥哥為了趕上截止日，正日夜不停地趕論文。

❸ 彼女は新しい恋人を探すべく、意気揚々(いきようよう)と合(ごう)コンに出かけていった。

她為了找新的男朋友，興高采烈地去參加了聯誼。

用法 (5) ◆ 動詞「辭書形」＋べくして
◆ する⇨す（る）べくして

意義 重復使用相同的動詞，表示該情況的出現是必然的或是理所應當的。

例

❶ 問題は解決すべくして解決した。
問題該解決的都解決了。

❷ 残るべくして残ったものばかりだ。要らないものは全部捨てた。
該留下的都留下了。不要的都丟了。

❸ なすべくしてなしえなかったのは、一体どうしてなのか。
該做的卻沒有做，這到底是為什麼啊？

用法 (6) ◆ 動詞「辭書形」＋べくもない
◆ する⇨す（る）べくもない

意義 因為有前項的原因，所以當然不可能會有後項的發生。

例

❶ 土地(とち)が高い都会では、家などそう簡単に手に入るべくもない。
在地價昂貴的都市，買房子不是那麼容易的。

❷ 終わりまで5分しかない。もう勝利(しょうり)は望(のぞ)むべくもない。
距離結束時間只剩下5分鐘了。已經不可能贏了。

❸ その時、彼はまだ海外にいたから、突然の母の死を知るべくもなかった。
當時他還在國外，所以無法得知母親突然去世的消息。

7 まじ ＊ 身為……不該……

◎ 2-03
推量助動詞

接續 ◆ 第一・二・三類（来る）動詞「辭書形」＋まじ
◆ 第三類動詞（する）→すまじ

用法 ◆ 名詞＋にあるまじき＋（形式）名詞
◆ 名詞＋としてあるまじき＋（形式）名詞
◆ 動詞「辭書形」＋まじき＋（形式）名詞

意義 表示禁止的說法，相當於「～としてあってはいけない」「～としてしてはならない」的文法意義，即表示「作為一個具有某種身份的人不該有某種行為」、「不該做與某種身份不相稱的事情」等意思。

例

❶ 列に割り込むなど紳士にあるまじき行為だ。	排隊時插隊，是身為一名紳士不該有的舉動。
❷ 彼のやったことは、人としてあるまじき残酷な行為だ。	他的所做所為極其殘酷，這不是作為一個人應有的行為。
❸ 彼の言動は社会人としてあるまじきもので、とうてい許すことはできない。	他的言行，作為一個已經步入社會的成年人是不該有的，所以不能原諒。
❹ 言うまじきことは言うべからず。	不該說的話就別說。

★ 練習問題 ★

問題 1 次の文の（　　　）に入れるのに最も良いものを、1・2・3・4から一つ選びなさい。

(1) 故郷へ錦を飾る（　　）、がんばります。

1　べき　　2　べく　　3　べからず　　4　べし

(2) 昨日、テロ事件が起こったばかりなのに、今日はこの町がとても静かで、（　　）。

1　昨日たると今日たるとを問わなかった
2　加害者たると被害者たるとを問わなかった
3　何も起こっていないかのごとき様子だった
4　昨日のごとく騒ぎ立てられていた

(3) 森林破壊の現状からして土砂崩れは（　　）べくして起こったと言える。

1　起こった　　2　起こる　　3　起こっている　　4　起こっていた

(4) 最近、合コン（　　）ものが再び日本の若い人に親しまれるようになったという。

1　ざる　　2　たる　　3　ある　　4　なる

(5) 一般に安売り店の品物は（　　）と言われているが、この店の品物はそうでもないらしい。

1　高いだろうか良いだろうか　　2　安かろう悪かろう
3　安かろう良かろう　　4　高かったろう悪かったろう

(6) いくら賠償金をもらっても、失われた健康と命は（　　）。

1　戻ってくるべくもない　　2　戻ってこないべくもない
3　戻すべきではない　　4　戻さないべきだ

(7) あの欲ばりの政府高官は国のお金を湯水の（　　）使っていた。

1　かのごとし　　2　ごとし　　3　ごとく　　4　ごとき

(8) このようなことは、われわれには考え（　　）ことであった。

1　及ばざり　　2　及ばざる　　3　及びまじき　　4　及びまじく

(9) 事業(じぎょう)を(　　)べく、いろいろと試(こころ)みた。

1　成功になる　　2　成功できる　　3　成功する　　4　成功させる

(10) 業者(ぎょうしゃ)から金品(きんぴん)を受け取るなど、公務員(　　)から、防(ふせ)ぐべしだ。

1　ごとき人間ではないことだ　　2　によくあることだ
3　としてあるまじきことだ　　4　たるものではないことだ

(11) 良識(りょうしき)のあるリーダーたるべき者は、まず第一に国民のために(　　)。というのは国民の税金(ぜいきん)によって暮らしているからである。

1　力を尽(つ)くすものである
2　力を尽(つ)くさなくもない
3　力及(およ)ばずともやむをえない
4　力及(およ)ばずながら働くほかない

(12) 当店(とうてん)は留学生たると日本人の学生たるとを問わず、同じ時給(じきゅう)を(　　)ので、ご安心して応募(おうぼ)においでください。

1　支払ってはいかがかという
2　支払ったらどうかという
3　支払うことになっています
4　支払ったことになっています

(13) それは(　　)から、処分(しょぶん)されてもしかたない。

1　許さざるを得ぬ過失(かしつ)だった
2　許すべからざる過失だった
3　許されずともよい過失だった
4　許してならない過失だった

問題 2　次の文の ___★___ に入る最もよいものを、1・2・3・4から一つ選びなさい。

(14) 窓を通して空を見る ______ ______ ______ ___★___ 輝(かがや)いている。

1　たる　　2　月が　　3　と　　4　皓々(こうこう)

(15) 壁には ______ ______ ______ ___★___ ある。

1　ゴミを捨てる　　2　ここに　　3　と書いて　　4　べからず

(16) あの議員の日ごろの ＿＿＿ ＿＿＿ ＿★＿ ＿＿＿ に十分である。

1　疑(うたが)わせるに　　2　言動たるや　　3　資質(ししつ)を　　4　議員の

(17) わが社は ＿＿＿ ＿＿＿ ＿＿＿ ＿★＿ システムを導入した。

1　コンピューター　　2　生産効率

3　をあげる　　4　べく

(18) その老人は、年金 ＿＿＿ ＿＿＿ ＿＿＿ ＿★＿ 訴(うった)えた。

1　厳しい　　2　問題の　　3　現実を　　4　涙ながらに

第三章

接尾語

1 ～きっての ＊ 首屈一指的……／頭等的……

3-01

接續 名詞＋きっての＋名詞

意義 表示在某個範圍內首屈一指的人物或物品等。

例

❶ あの人は金融業界きっての優れた人物だ。
他是金融業中的佼佼者。

❷ その町きってのワインを出して、客を持て成した。
拿出該鎮上的頭等紅酒來招待客人。

❸ A：上の子はこの学校きってのいたずらっ子で、下の子はこの学校きっての女王だ。
B：なるほど。やっぱり「蛙の子は蛙」だ。父親は軍事学校の教官で、母親はハリウッドの俳優出身で、今は市長をしているんだ。

A：大兒子是這所學校的頭號淘氣鬼。小女兒卻是這所學校最出名的校花。
B：怪不得。真可謂「龍生龍，鳳生鳳」啊。父親是軍校的教官，而母親是「好萊塢」的演員，現在已經當上了市長。

2 ～ぐるみ ＊ 連……全都

接續 名詞＋ぐるみ

意義 相當於「そのものを含めて全部」「それに属するもの残らず」的意思，即「所有的物品、所有的人、所有的地方」的意思。

例

❶ 今日は家族ぐるみで、伊勢神宮を参拝していた。
今天全家一起去參拜了伊勢神社。

❷ 強盗(ごうとう)に遭(あ)い、身(み)ぐるみはがされたが、幸(さいわ)いにも命(いのち)を奪(うば)われなかっただけましだった。　遇到了強盜，身上的財物被洗劫一空。不過還好保住了這條小命。

❸ それは企業ぐるみの犯罪(はんざい)で、取り調べは易しそうもない。　那是一樁企業上下都參與的犯罪活動，所以調查取證有難度。

③ ～越し　＊ (1) 隔著……　(2) 經過……／時隔……

接續 (1) 物體名詞＋越(こ)しに

意義 表示隔著某一物體的意思。

例

❶ あまり人が多くて、頭越しにしか見られなかった。　因為人太多，所以只能隔著站在我前面的人頭往前看。

❷ 息子は壁越しに隣の家の娘さんと話している。　我兒子他隔著牆在跟鄰居家的女兒說話。

❸ 二人は川越しに声をかけ合っていた。　他們倆隔著河在打招呼。

❹ ご主人は塀(へい)越しに道を走っている車を見ている。　您先生隔著圍牆正在看路上行駛的汽車。

接續 (2) 時間名詞＋越(こ)しの

意義 表示時間的經過，而且是持續的時間。

例

❶ 三年越しの計画がようやく実現しそうだ。　長達三年的計劃終於快要實現了。

❷ 四年越しの留学生活はやっと終わって、帰国(きこく)の準備を始めた。　四年的留學生活終於結束了，現在開始做回國的準備。

❸ 彼には五年越しの借金がある。　他有長達五年未還的借款。

～どおし　＊ 一直……／持續……／不停地……　3-02

接續 動詞「連用形」＋通(どお)し（で、に、の、だ）

意義 表示在某段時間內相同的動作和狀態持續、反覆的樣子。

例

❶ 今週は休むことなく、まるまる一週間働き通しで、くたびれた。
這禮拜都沒有休息，整整工作了一個禮拜，累死了。

❷ ラッシュだから、電車内には終点（しゅうてん）まで立ち通しの乗客が多かった。
因為是尖峰時間，電車裡許多乘客一路站到終點站。

❸ 子供を亡くした彼女はひと晩中（ばんじゅう）、泣き通しだった。
失去孩子的她整整哭了一個晚上。

5 ～ずくめ ＊ 全都是……

接續 ◆ 名詞＋ずくめ
◆ ナ形容詞「な形」＋ことずくめ
◆ イ形容詞「辭書形」＋ことずくめ

意義 表示全都是這些東西或事情。既可以用於理想的事物，也可以用於不理想的事物。

例

❶ 実家（じっか）に帰った一週間というもの、好きな料理ずくめでとても満足した。
回到娘家後，整整一個禮拜每天吃的都是我喜歡的菜，非常滿足。

❷ アメリカにいる息子は奨学金（しょうがくきん）をもらった。イギリスにいる娘は恋人ができた。今日は結構（けっこう）なニュースずくめだ。。
在美國的兒子得到了獎學金。在英國的女兒有了男朋友。今天聽到的都是好消息。

❸ 今年はラッキーなことずくめだ。公団住宅（こうだんじゅうたく）に当（あ）たったし、その上宝（たから）くじにまで当たった。
今年碰到的都是些幸運的事情。不但分到了國宅，而且又中了彩券。

❹ この一年間は良いことずくめだったが、来年はどうだろうか。
這一年喜事不斷，但不知明年會怎麼樣。

❺ この会社は厳しい規則ずくめで、私たちは息苦（いきぐる）しさを覚える。
我們公司制定的都是些很嚴厲的規章制度，我們這些員工覺得被束縛得喘不過氣來。

參考

也可以接在顏色後面，表示「清一色」的意思。但實際生活中只有「黒ずくめ、白ずくめ、緑ずくめ」等極少數語詞可以用。

■ 葬式（そうしき）だから、来ている人はみな黒ずくめの服を着ている。／因為是葬禮，所以前來吊唁的人都是身著清一色的黑色衣服。

6 ～まみれ ＊ 1. 2. 沾滿……／滿是……

接續 名詞＋まみれ

意義① 表示身上或物品上沾滿骯髒的液體或細小顆粒狀的東西。

例

❶ 泥まみれになって働いても、もらえる金はわずかだ。
不管怎麼流血流汗，能領到的薪水還是很少。

❷ レスリング場(じょう)の二人は血まみれになるまで戦(たたか)った。
擂台上兩個摔角手一直戰到滿身血淋淋。

❸ そのころ、私たちは毎日汗まみれになって炎天下(えんてんか)で働いたものだ。
那時，我們每天汗流浹背地在烈日下工作。

❹ 煉瓦窯(れんがかま)から出た労働者たちは灰(はい)や煤(すす)まみれになって黒人(こくじん)になったかのごとし。
從磚窯裡走出來的工人們渾身上下都是灰塵和煤煙，簡直像個黑人似的。

意義② 表示充滿了不良習慣、不良作風、不良現象等。

例

❶ 最近、政界(せいかい)の不祥事(ふしょうじ)まみれの話ばかり聞かされて、いやになる。
最近，聽到的盡是些政壇上的舞弊行徑，真受不了。

❷ スキャンダルまみれの業界(ぎょうかい)といえば、まず芸能界(げいのうかい)を思い出すだろう。
說起醜聞最多的行業，會先讓人想到演藝圈吧。

❸ 拝金主義(はいきんしゅぎ)まみれの今では、金銭(きんせん)ですまないことが少ない。
在拜金主義盛行的當今社會，很少有用錢解決不了的事情。

也用「名詞＋にまみれる」的形式，意思跟「名詞＋まみれ」基本相同。

■ **借りるとき、その部屋はほこりにまみれていた。**／當初租房子的時候，那間屋子滿是灰塵。

7 ～さまさま ＊ 多虧了……

3-03

接續 名詞＋さまさまだ

意義 相當於「～のおかげだ」（⇨ N3）的意思，表示某結果的出現多虧了某人、某事。含有說話者的感激之情。

例

❶ 風邪がはやく治ったのは、この薬さまさまだわ。よく効(き)く薬よ。

我的感冒之所以能很快治好，全靠這種藥。很有效。

❷ インターネットさまさまで、いろんな情報が得られる。

由於網路的發達，我們才可以得到各種資訊。

❸ おかげで町も繁栄(はんえい)し、まったく新幹線と高速道路さまさまだ。

多虧新幹線和高速公路的開通，我們的城鎮才得以繁榮起來。

8 ～そのもの

＊ (1)……其本身 (2) 不是別的，簡直就是…… (3) 非常……／極其……

接續 (1) 名詞＋そのもの＋助詞

意義 用於強調該名詞。

例

❶ 先日提出(ていしゅつ)した私の意見書は、単(たん)に決定(けってい)に至(いた)るプロセスの問題點を指摘しようとしたにすぎず、決定そのものに反対するものではありません。

前幾天我遞交上去的意見書，只是想指出作出決定的過程是否恰當，對決定本身我並不持反對意見。

❷ 子供の心を傷(きず)つける要因(よういん)として、「いじめ」の問題もさることながら、不安定な社会そのものの影響(えいきょう)も無視(むし)できない。。

傷害兒童心靈的主要原因，校園暴力就不用說了，不安定的社會環境的影響也絕不能忽視。

接續 (2) 名詞＋そのものだ

意義 用於強調該名詞。

例

❶ 彼女の歌は天使(てんし)の歌声そのものだ。

她的歌聲簡直就是天籟之音。

❷ その交渉(こうしょう)の進み具合は牛の歩(あゆ)みそのものだった。

談判的進度簡直就是老牛拖車（行動緩慢）。

❸ その地方の人々の生活ぶりは典型的(てんけいてき)な日本流そのものだ。

那個地方的人們的生活狀態，就是最典型的日式生活。

接續 (3) ナ形容詞詞幹＋そのものだ

意義 用於強調該形容詞，表示程度很高。

例

❶ 彼は誠実(せいじつ)そのもので、みんなから信頼(しんらい)されている。　他非常誠實，得到了大家的信賴。

❷ 彼は新人だが、働きぶりは熱心そのものだ。　他雖然是新人，但是工作起來非常賣力。

❸ 今の彼は若いころと打って変わってまじめそのものである。　現在的他跟年輕的時候相比簡直判若兩人，變得非常認真。

9 ～がましい ＊ 近似……／類似……／有點……似的

接續 名詞＋がましい

意義 表示和所接續的那個名詞的樣子很接近。用於消極的評價，但能複合的名詞有限。

例

❶ 親切も度が過ぎると、押し付けがましく感じられる。　對人熱情過度的話，會讓人感到有點招架不住。

❷ 今の仕事がいやならやめてもいい。未練(みれん)がましい態度を取るなよ。　如果你不喜歡現在的工作，就乾脆辭掉。不要總是優柔寡斷。

❸ こんな晴(は)れがましい表彰式(ひょうしょうしき)に招(まね)かれまして、光栄(こうえい)の至(いた)りです。　能參加如此盛大的表彰大會，我深感榮幸。

參考

另外常見的還有：弁解(べんかい)がましい、催促(さいそく)がましい、言(い)い訳(わけ)がましい、恨(うら)みがましい、恩着(おんき)せがましい……

10 ～たらしい ＊ 非常……

◎3-04

接續
- 名詞＋たらしい
- ナ形容詞詞幹＋たらしい
- イ形容詞詞幹＋たらしい

意義 表示「いかにも～のような様子だ」的意思，即十分像該名詞或形容詞所代表的性質、狀態，多用於消極的評價。不過能複合的詞並不多。也可以說「ったらしい」，語氣稍稍強烈一些。

例

❶ 彼女は、彼が送ってきた嫌(いや)みたらしいケータイメールをさっさと消した。
她很快的把他那封令人作嘔的手機簡訊刪掉。

❷ 相手の自慢たらしい態度を見て、不愉快(ふゆかい)に思った。憎(にく)たらしいやつだ。
看到對方傲慢無比的態度，我覺得很不舒服。真是一個可惡的傢伙。

❸ 部長の長(なが)たらしくて／長ったらしくて、実質的(じっしつてき)な内容がない発言(はつげん)に飽(あ)きた。
我已經厭倦部長那冗長且空洞的發言。

❹ 上京(じょうきょう)する日、彼は生まれた村を東から西へと歩き回って、とても未練(みれん)たらしい様子だった。
前往東京的那一天，從東到西，他將他從小所生長的村子走了一遍，心中充滿了依依不捨的情懷。

⑪ ～がかる ＊ 帶有……樣子

接續 名詞＋がかった／がかっている

意義 跟「～のようだ」的意思類似，表示多少帶有該名詞所表示的事物性質。用法比較狹隘。

例 1. 接在表示顏色意義的名詞後面，表示多少帶點這種顏色的意思。

❶ 今日、彼は薄く灰色がかったスーツを着て来た。
今天，他穿著淡灰色的西裝來這裡。

❷ ゆうべ、夢の中で、紫色(むらさきいろ)がかった火星人(かせいじん)を見た。
昨晚我在夢中，見到呈現紫色的火星人。

❸ あの壁がグリーンがかっていて、屋根がオレンジがかった建物がわたしの家だ。
那棟有綠色牆壁、橘黃色屋頂的建築就是我家。

例 2. 接在表示事物意義的名詞後面，表示多少帶有這種傾向。

❶ あの力士は神(かみ)がかった力を持っているそうよ。
據說那個大力士擁有超人的力氣。

❷ 彼女の芝居(しばい)がかった動作(どうさ)にもううんざりした。
我已經對她那造作的姿態感到厭煩。

❸ 年が年だから、おじいさんはよく時代がかった言(い)い回(まわ)しで言う。
畢竟是上了年紀的人，我爺爺說話時總是之乎者也。

⑫ ～めく ＊ 帶有……氣息／像……樣子

接續 名詞＋めく

意義 表示「～のように見える、～らしく見える」的意思。雖然不多，但多少帶有該名詞的性質。

例

❶ 雪が溶(と)けて、野の花も咲き始め、日ざしも春めいてきた。 冬雪融化，野花盛開，春光明媚。

❷ 菊(きく)の花も満開(まんかい)になり、すっかり秋めいてまいりました。 菊花盛開，滿園秋色。

❸ 今日の彼女は謎(なぞ)めいたことばかり言って、さっぱり分からない。 今天，她盡說些莫名其妙的話，讓人完全聽不懂。

❹ ぼくが帰る時、やくざめいて見える二人の男が廊下(ろうか)に立っていた。 我回到家的時候，看到有兩個像流氓的男人站在走廊。

❺ 私より一歳上の兄はよく保護者(ほごしゃ)めいた口ぶりで私に話しかける。 只比我大一歲的哥哥老是一副監護人似的口吻跟我說話。

參考

另外較為常見的還有：夏めく、冬めく、時代めく、花めく、昔めく、古(ふる)めく、色(いろ)めく、皮肉(ひにく)めく、矛盾(むじゅん)めく、冗談めく、都会人めく……。

⑬ ～じみる ＊ 彷彿……／看起來好像……

3-05

接續
- 名詞＋じみて
- 名詞＋じみた＋名詞

意義 意思類似上面的「～ めく」，但一般只用於消極的方面。

例

❶ まだ若いのに、どうしてそんな年寄りじみたことを言うんだ。 年紀輕輕的，為什麼講起話來老氣橫秋？

❷ 彼の気違(きちが)いじみた行動を止めさせることはできなかった。 誰也沒能阻止他那看來有點瘋狂的行為。

❸ そんな子供じみた真似(まね)をして、恥かしくないんですか。 做那種像小孩似的事情，不覺得難為情嗎？

❹ 脅迫じみた言い方は止めなさい。　別說那些帶有威脅性的話。

14 ～ぶる ＊ 冒充……／擺出……樣子／假裝……

接續
- 名詞＋ぶる
- ナ形容詞詞幹＋ぶる
- イ形容詞詞幹＋ぶる

意義 跟少數的名詞或形容詞復合，表示故意擺出某種架子、裝出某種樣子的意思。和「～ようなふりをする」(⇨ N2) 的意思類似。

例

❶ 学者でもあるまいし、いつもインテリぶった口ぶりで物を言うとは。
又不是學者，卻總是帶著知識分子的口吻說話。

❷ あの善人ぶった男の、化けの皮を剝いでやりたい。
真想揭開他那副偽善的嘴臉。

❸ 昇進したばかりの課長は偉ぶって部下に指示している。
剛升為科長，就自以為了不起的樣子指揮部下。

參考

除了上面所介紹的例句，還有以下語詞可供參考使用：学者ぶる、紳士ぶる、体裁ぶる、タレントぶる、上品ぶる、高尚ぶる、先輩ぶる、恩人ぶる、大人ぶる、利口ぶる、悪ぶる、高ぶる、もったいぶる……

15 ～そびれる ＊ 錯過機會沒……

接續 動詞「連用形」＋そびれる

意義 跟「～損なう」的文法意義類似，表示因某個原因錯過了做某件事的機會。

例

❶ ぜひ見ようと思っていた映画だったのに、忙しくて行きそびれた。
儘管是我一直想看的電影，但是由於工作太忙，結果沒能去看。

❷ 寝坊して、始発の電車に乗りそびれてしまった。
睡過頭了，結果沒能趕上頭班車。

❸ 友だちのうちへ金を借りに行ったが、たまたま友だちの親戚が来ていたので、言いそびれた。

本來是到朋友家去借錢的，但是碰巧朋友家有親戚來，結果沒能開口。

❹ ベッドに横になって、今後の身(み)の振(ふ)り方(かた)を考えていたら寝そびれてしまった。

躺在床上思考著今後的前途，結果竟然失眠了。

16 〜損なう ＊ 沒能……

3-06

接續 動詞「連用形」＋損(そこ)なう

意義 表示某件事情沒有做成功或失去了做該事情的機會。

例

❶ 空港までの道が込んでいたため、飛行機に乗り損なった。

到機場的路上塞車，結果沒能趕上飛機。

❷ そのとき、部長の機嫌が悪かったので、頼みごとを言い損ないました。

那時候部長的心情不太好，所以沒能開口拜託他。

❸ 残業で、好きなサッカーの生放送(なまほうそう)の試合を見損なった。

因為加班，結果沒能看到我喜歡的足球賽轉播。

參考

1. 其他常見的還有：聞き損う、作り損なう、出来損なう、取り損なう、やり損なう、受け損なう、儲け損なう、溺れ損なう、潰れ損なう……
2. 也有表示「差點發生危險的事態」的意思，但能複合的動詞十分有限。「險些……」、「差點就……」。

■ **彼は数年前に交通事故で死に損ない、今でも寝たきりの状態だ。**
／他在幾年前因交通事故險差點了性命，至今還癱瘓在床。

★練習問題★

問題1 次の文の（　　）に入れるのに最もよいものを、1・2・3・4から一つ選びなさい。

(1) 店のことが放送されて客が増え、（　　）さまさまだ。
　1 当店（とうてん）　2 顧客（こきゃく）　3 テレビ　4 アナウンサー

(2) あの俳優（はいゆう）が現れると、気違い（きちがい）（　　）ファンは涙ながらに、けたたましい叫び声を送った。
　1 じみる　2 じみた　3 ぶる　4 ぶった

(3) 彼の話は弁解（べんかい）（　　）聞こえるが、まったく納得（なっとく）できないでもない。
　1 めく　2 めき　3 めいて　4 めいた

(4) 普段は貧乏（びんぼう）（　　）カッコウをしているが、実（じつ）は大金持（おおかねも）ちだ。
　1 ったらしい　2 がましい　3 がかった　4 どおしの

(5) 父は油（　　）になっている厨房（ちゅうぼう）の排気扇（はいきせん）を下（お）ろして洗った。
　1 まみれ　2 ごとき　3 がかり　4 ずくめ

(6) 子どもが病気（　　）、展覧会を見損（みそこ）なった。
　1 になるばかりに　2 になったゆえに
　3 になってまで　4 になったなり

(7) 食べ物（　　）の味を生（い）かすことにかけては日本人は他のどの国よりも優（すぐ）れていると言われている。
　1 ぐるみ　2 まみれ　3 ずくめ　4 そのもの

(8) この十年間は（　　）、昔を振（ふ）り返（かえ）って感慨（かんがい）に浸（ひた）る暇もなかった。
　1 働きずくめで　2 働きそびれて　3 働くべく　4 働くために

(9) 商店街（しょうてんがい）ぐるみで、年末（ねんまつ）セール合戦（がっせん）に巻（ま）き込（こ）まれていて、（　　）。
　1 街中（まちじゅう）買い物客で賑（にぎ）わっていた　2 軒並（のきな）み値上（ねあ）げばかりだった
　3 夜中（よなか）のごとき静さだった　4 昼夜（ちゅうや）そのものの状態だった

(10) 彼の説明を聞いて、言い訳のし通しだとしか（　　）。

1　思わなかった　　2　思わなくはなかった
3　思えなかった　　4　思えなくはなかった

(11) 父はただ眼鏡（　　）、居間(いま)に座っているぼくの恋人をちらっと見ただけだ。

1　じみて　　2　がましく　　3　がかって　　4　ごしに

問題 2　次の文の ＿★＿ に入る最もよいものを、1・2・3・4から一つ選びなさい。

(12) 林さんは野球業界 ＿＿ ＿★＿ ＿＿ ＿＿ 知られている。

1　人々に　　2　きっての　　3　コーチ　　4　として

(13) 久しぶりに会ったのか、ゆうべ私たち ＿＿ ＿★＿ ＿＿ ＿＿ 寝そびれた。

1　夢中に　　2　話に　　3　二人は　　4　なって

(14) 父は ＿★＿ ＿＿ ＿＿ ＿＿ 解説を始めた。

1　英語の文法　　2　ぶって　　3　についての　　4　学者

(15) 西の空に ＿＿ ＿＿ ＿★＿ ＿＿ 心を奪(うば)われた。

1　赤みがかった　　2　夕焼(ゆうや)けに　　3　現れた　　4　きれいな

(16) 遅刻の理由を ＿＿ ＿＿ ＿★＿ ＿＿ 返事をする。

1　言い訳　　2　とわれると　　3　がましい　　4　彼はいつも

第四章

機能語・文型

★壹★ 時間、場合、共起、繼起、同時

1 ～暁に（は） ＊ ……的時候／……之際

接續 ◆ 動名詞「の形」＋ 暁に（は）
◆ 動詞「た形」＋ 暁に（は）

意義 跟「～時に（は）」的意思基本相同，表示在前項出現之際，後項也相應地發生。

例

❶「当選の暁には、きっと公約を実行します」とその候補者は誓った。
那位候選人信誓旦旦地說：「我當選後一定會履行我的諾言。」

❷ 負傷者の意識が回復した暁には、事故の真相が明らかになるに違いない。
當傷者的意識恢復時，事故的原因就會真相大白。

❸ ライン化され、量産された暁には、その伝統工芸に携わってきた職人も失業してしまうかもしれない。
當那個傳統工藝進入生產線而被大量生產的時候，長期從事這門傳統工藝的工匠們有可能面臨失業的危機。

2 ～折に（は） ＊ ……之際／……的時候

接續 ◆ 名詞「の形」＋折に（は）
◆ 動詞「た形」＋折に（は）

意義 表示「～ときに（は）／際に（は）」的意思，是一種較為慎重、有禮貌的表達方式，多用於書信等，口語中很少用。

例

❶ これらの書類は留学の折に必要となりますから、ぜひ残しておいてください。
這些資料在您留學時用得到，所以請務必妥善保管。

❷ その件は、今度先生にお目にかかった折にご報告いたしましょう。
關於那件事情，等下次我見到老師的時候再報告吧。

❸ 大阪にいらっしゃった折には、ぜひ弊社（へいしゃ）にお立（た）ち寄（よ）りください。

您來大阪的時候，請務必蒞臨本公司指導。

3　～節は　＊……的時候

接續
◆ 名詞「の形」＋節（せつ）は
◆ 動詞「た形」＋節は

意義 相當於「～ときは」「～際は」的意思，表示某個時間點或時期。多用於寒暄語或書信等書面語。作為接續詞，也常用「その節は」的說法。

例

❶ 下記（かき）に転居（てんきょ）しました。お近くにお越しの節は（＝お越しになった節は）ぜひお立ち寄りください。

我新家的地址如下所示。您以後有機會到我們這裡來的時候，請務必來我家玩。

❷ 京都においでの節は、お遊びがてら、ぜひ私どもの所へもお立ち寄りください。

您來京都遊玩時，請務必順便到我家來一趟。

❸ みなさまにお会いできて嬉しかったです。その節は大変お世話になりました。

能見到你們我非常高興。謝謝你們那幾天對我的關照。

4　～都度　＊ 每當……就會……

4-02

接續
◆ 名詞「の形」＋都度（つど）
◆ 動詞「辭書形」＋都度

意義 和「～たびに」（⇨ N3）的意思基本相同，表示反復發生的每一次，即每當前項出現的時候總會伴隨著後項的出現。作為接續詞，也可以用「その都度」。

例

❶ 今年のお盆（ぼん）にも故郷（ふるさと）へ帰る。帰郷（ききょう）の／帰郷する都度、墓参（はかまい）りをする。

今年的盂蘭盆節我打算回老家。每次返鄉的時候我都會去掃墓。

❷ 彼は上京（じょうきょう）の／上京する都度、私の家に泊まります。

他每次到東京來的時候，都會住在我家。

❸ この機械を利用なさる都度、料金をお払いください。

在您使用本設備的時候，請支付相關費用。

❹ 時間にルーズな彼はよく約束どおりに来ない。その都度注意するが、どうしても直らない。

沒有時間觀念的他不可能準時到達。儘管他每次遲到時我都會提醒他，但他就是改不了這老毛病。

5 ～が早いか ＊ 剛…… 就……／一……就……

接續 動詞「辭書形」＋が早いか

意義 跟「～たとたん」（⇨ N2）、「～やいなや」（本書 P.20）的文法意義類似，表示前項剛一發生，緊接著就發生了等待已久的後項。

例

❶ 子供たちは動物園に着くが早いか、おやつを食べ出した。

孩子們一到動物園就開始吃零食。

❷ 授業終了（しゅうりょう）のベルを聞くが早いか、生徒たちは教室を飛び出して行った。

一聽到下課的鈴聲，同學們就飛奔出了教室。

❸ 夏休みになるが早いか、多くの学生たちが海外旅行に出かけました。

才剛放暑假，很多學生就到海外旅行去了。

6 ～はずみ ＊ 剛一……就……

接續
- 名詞「の形」＋はずみに／はずみで
- 動詞「た形」＋はずみに／はずみで

意義 表示前項剛一發生，順勢就發生了後項的事情。

例

❶ 凍（こお）った地面（じめん）を歩いていて、うっかり滑（すべ）ったはずみに、足首（あしくび）をくじいた。

在結凍的地面行走時，一不小心摔了一跤，結果扭傷了腳踝。

❷ ガラス戸（ど）にぶつかったはずみに、めがねが落ちた。

頭撞上玻璃門的瞬間，眼鏡掉了。

❸ 自転車をよけたはずみに、足がドブにはまった。

剛躲開一輛腳踏車，我的腳就踏進了臭水溝。

7 ～拍子に ＊ 剛一……就……

4-03

接續 ◆ 名詞「の形」＋拍子（ひょうし）に
◆ 動詞「た形」＋拍子に

意義 跟「～はずみに」的語法意義基本相同，表示前項剛一發生，順勢就發生了後項的事情。

例

❶ 急に立ち上がった拍子に、椅子を倒した。　剛一站起來，就碰倒了椅子。

❷ 急に押されてよろけた拍子に転びそうになった。　被人猛一推，一個踉蹌差點摔倒。

❸ 転んだ拍子に頭をテーブルの角にぶつけて、たんこぶができた。　剛一摔倒，頭就碰到了桌角，結果撞出個大包。

説明

「～はずみに」「～拍子に」的前後存在必然的「順勢」關係。例如「滑倒的一瞬間」跟「扭傷腳」、「猛地站起來的一瞬間」跟「扭傷了腰」或「碰倒了椅子」、「一個踉蹌的瞬間」跟「頭撞到了牆上」，「公車緊急剎車的一瞬間」跟「乘客的跌倒」等。

8 ～矢先に ＊ 正當……的時候

接續 ◆ 動詞「う形」＋とした矢先（やさき）に
◆ 動詞「辭書形」＋矢先に
◆ 動詞「た形」＋矢先に

意義 相當於「～(よ)うとしたときに」(⇨ N4) 的文法意義，表示正要做某事情或剛剛完成某事情的時候就發生了後項。

例

❶ 自分の気持ちを彼女に告白（こくはく）しようとした矢先に、邪魔者が来た。時もあろうに……。　我正準備向她告白，偏偏這時候有人來。真是的！ 早不來晚不來……。

❷ 椅子に乗って荷物を取ろうとした矢先に、バランスを崩（くず）して床（ゆか）に落ちた。　我站到椅子上，剛要伸手拿行李，結果身體失去了平衡，整個人摔倒在地上。

❸ 外出（がいしゅつ）しようとする矢先に、電話が鳴った。　剛準備要出門，屋子裡的電話就響了。

❹ あの子は８歳の誕生日を迎えた矢先に若死にした。 那孩子剛剛過完 8 歲生日就死了。

9 ～そばから ＊ 才……馬上就……

接續 ◆動詞「辭書形」＋そばから～（現在式作謂語）
◆動詞「た形」＋そばから～（現在式作謂語）

意義 表示即使重複前項的動作也很快就變得無效，即使重複前項的動作也很快就因後項的原因變得徒勞。

例

❶ 私は語学の才能がないようで、新しい言葉を習うそばから忘れてしまう。
我好像沒有語言天賦，剛學的新單字馬上就忘了。

❷ もう遅刻しないと言ったそばからまた遅れるなんて、彼は何を考えているのだろう。
他剛說過「我再也不遲到了」，結果今天又遲到。真不知道他在想些什麼。

❸ 息子はこづかいをやったそばから使ってしまう。
我兒子剛拿到零用錢就花光了。

❹ かたづけるそばから子供が玩具を散らかすので、いやになってしまう。
剛收拾完，孩子又把玩具扔了一地，煩死了。

10 ～んとする ＊ 即將……／正要…… 4-04

接續 ◆動詞「未然形」＋んとする
◆する⇨せんとする

意義 跟「～（よ）うとする」（⇨ N4）的文法意義基本相同，表示正要做什麼事情或剛要發生什麼事情的意思。

例

❶ 溺れんとしたところを通りかかった人に助けられた。
差點溺水身亡時，被一位路過的人救了起來。

❷ 夕日が地平線の彼方に沈まんとする頃、私たちは目的地に着いた。
當夕陽從地平線上消失的時候，我們才到達目的地。

❸ ようやく実行(じっこう)する方向に意見がまとまらんとしたところへ、思わぬ邪魔が入った。
好不容易在實施的方向上意見達到共識，可是沒想到又「節外生枝」。

⑪ ～このかた／てこのかた ＊ ……以來

接續 ◆ 名詞＋このかた
◆ 動詞「て形」＋（から）このかた

意義 跟「～以來」（⇨ N3）的文法意義類似，表示從過去發生某事之後一直到現在的意思，後項的事情必須是持續的，而不是一次性的。

例

❶ 卒業このかた、彼女と一度も会っていない。
畢業後，就一直沒有見過她。

❷ 定年退職(ていねんたいしょく)このかた、ずっと今の状態だ。
退休之後，一直是目前這種狀態。

❸ 生まれてこのかた、村以外の人とは付き合ったことがない。
從出生到現在，從來沒有跟村以外的人交往過。

❹ 写真が趣味で 30 の時、コンクールで賞(しょう)をもらってからこのかた、ずっと日光(にっこう)の風景(ふうけい)を撮り続けているんだけど。
拍照是我的興趣。在我 30 歲那年參加過一次攝影比賽並得了獎。從那以後我一直堅持拍攝日光的風景。

⑫ ～というもの／てからというもの

＊（1）整整……／整個……　（2）自從……就一直……

接續 （1）數量詞＋というもの

意義 接在表示時間的名詞後面，表示在一個較長的時間裡一直處於某種狀態。謂語必須是表示持續意義的句子。常跟指示代名詞「この／ここ」一起搭配使用。

例

❶ 田中さんは、この一週間というもの、仕事どころではないようだ。
田中這整個星期好像都沒有好好上過班。

❷ 彼女はここ一か月というもの、授業を休んでいる。
她整整休息了一個月沒去上課。

❸ この十年というもの、一日もあなたのことを忘れたことはありません。
整整十年，我沒有一天忘記過你。

❹ 地震が起こって以来この一週間というもの、食事らしい食事は一度もしていない。
自從發生地震以來，整整一個星期沒有吃過一頓像樣的飯。

接續 (2) 動詞「て形」＋からというもの

意義 自從前項發生之後，和以前不同的狀態就一直延續著。作為接續詞，也可以用「それからというもの」的形式。

例

❶ 将棋（しょうぎ）のおもしろさを知ってからというもの、彼は暇さえあれば、将棋の本ばかり読んでいる。
自從體會到將棋的樂趣後，他只要一有空就埋頭鑽研棋譜。

❷ Ｅメールを使うようになってからというもの、ほとんど手紙を書かなくなった。
自從學會發電子郵件，就幾乎不寫信了。

❸ カメラを手に入れてからというもの、彼は毎週撮影（さつえい）に出かけている。
自從買了相機後，他每週都會出去攝影。

❹ 十年前、飲酒（いんしゅ）運転で交通事故を起こした。それからというもの、酒を飲まないことにした。
十年前我因為酒駕出過一起交通事故。從那以後我再也不喝酒了。

4-05

13 ～にして ＊（1）僅僅……　（2）到了……（階段）終於……

接續 (1) 數量詞＋にして

意義① 接在表示數量少、程度低的時間、頻率、年齡等名詞後面，用於強調短暫的意思。

例

❶ 地震が起こり、ビルが一瞬（いっしゅん）にして倒れてしまった。
地震發生，大樓在一瞬間就倒塌了。

❷ みんなはお腹（なか）が空（す）きすぎたのか、テーブルに並べるそばから、たちまちにして皿は空になった。
大家大概是肚子太餓了，當菜一端上飯桌，轉眼間就吃個精光。

❸ 15歳にしてオリンピックに出場（しゅつじょう）する資格（しかく）を得た愛ちゃんには感心（かんしん）させられた。
小愛年僅15歲就取得了參加奧運比賽的資格。我真佩服她。

意義② 接在表示數量多、程度高的時間、頻率、年齡等名詞後面，用於強調階段之長和後項的得來不易。常用「～にして（やっと、ようやく、ついに）」等形式。

例

❶ この試験は非常に難しく、私も四回目にしてようやく合格できた。
這個考試很難，我也歷經四次考試才總算及格。

❷ 25年目にしてやっと国を貫通する道路工事が完成した。
經過25年的建設，橫跨全國的公路工程終於完工了。

❸ 111回目にしてとうとう実験が成功してほっとした。
經過111次的實驗，終於成功了，我這才鬆了一口氣。

❹ 彼は40歳にしてようやく自分の生きるべき道を見つけた。
他在40歲時，終於找到了屬於自己的人生道路。

説明

「～にして」還有其他用法，請分別參考本章第七節、第八節以及第十節。

14 ～を限りに ＊ ……為止

接續 名詞＋を限りに

意義 接在表示時間或階段意義的名詞後面，表示以某時間為最後的結束時間，從今以後再也不繼續做以前曾經做過的事情。

例

❶ 鈴木アナウンサーは今日のサッカーの試合の中継放送を限りに引退した。
播報員鈴木主持完今天的足球賽轉播後就退休了。

❷ 今日を限りにタバコを吸うのをやめる決心をした。
今天開始，我決定戒菸。

❸ 1994年の春を限りに彼からの音信が途絶えた。
1994年入春以後，他音訊全無。

説明

「～を限りに」還有表示極限的用法，請參考P.172。

15 ～をもって ＊ 於……／以……

接續 名詞＋をもって

意義 用於事情的開始或結束。用於事情的結束時間時，可以和「を限りに」互換使用。有時也用禮貌體表達形式「～をもちまして」。

例

❶ 4月1日をもって学長に就任(しゅうにん)しました。　4月1號正式任職大學校長。

❷ 生産(せいさん)会議は今月の28日、金曜日をもって開始(かいし)する。　生產會議於本月28號星期五召開。

❸ 当スーパーでは、朝10時をもって開店(かいてん)時間としております。　本超市上午10點開始營業。

❹ 3月31日午後5時をもちまして入居申(にゅうきょもう)し込(こ)み受付を終了(しゅうりょう)させていただきます。　將於3月31日下午5點停止受理入住申請。

說明

「～をもって」還有表示手段、方式的用法，請參考P101。

16 ～を控えて／を控えた

＊ 迫近……／即將……／臨近……／靠近……

4-06

接續 名詞＋を控(ひか)え（て）／を控えた

意義 表示某個事件臨近、迫在眉睫的時期。

例

❶ 駅前の新しい喫茶店は、明日の開店(かいてん)を控えてすっかり準備が整(ととの)い、あとは客を待つばかりになっている。　車站前面的新咖啡館已接近明天開張營業的日子，現在是萬事俱備，只等客人光臨。

❷ 試験を目(め)の前(まえ)に控えて（＝目の前に試験を控えて）、学生はみな忙しそうだ。　考試將近，學生們都顯得很忙碌。

❸ 田中君は先週ずっと授業を休んでいて、試験を受けなかった。卒業を控えた身でありながら、海外へ遊びに行っていたらしい。

田中他從上禮拜就一直沒來學校，也沒有參加考試。雖然快畢業了，但聽說他出國去旅行了。

⑰ ～運び ＊ 到了……階段／即將……

接續 ◆ 名詞「の形」＋運びになる／運びとなる／運びに至る
◆ 動詞「辭書形」＋運びになる／運びとなる／運びに至る

意義 表示事情進展到某一階段的意思。

例

❶ 新入社員のための宿舎はいよいよ着工の運びになった。

為新員工建造的員工宿舍終於快動工了。

❷ 先生の退職記念として、先生の全集を刊行する運びになりました。

當成老師的退休紀念，我們即將出版發行您的全集。

❸ その動物の生態についても研究を始める運びに至ったところです。

有關那個動物的生態學，已經開始進入研究的階段。

⑱ ～かたがた ＊ 順便……／借……的機會

接續 名詞＋かたがた

意義 做前項的同時也做後項。借做前項的機會兼做後項。

例

❶ 近くに用事があったものですから、先日のお礼かたがた、伺いました。

正好有要事到那裡，所以當成是前幾天對我的關照的答謝，順便拜訪了他。

❷ 帰国のあいさつかたがた、お土産を持って先生のお宅を訪問した。

借回國探訪之際，我帶著名產去了老師家。

❸ 温泉旅行かたがた、近くにある古いお寺を見て回った。

去泡溫泉的時候，順便到附近的一個古寺看了看。

19 ～がてら ＊ 順便（到）……

4-07

接續 ◆ 名詞＋がてら
◆ 動詞「連用形」＋がてら

意義 表示做某件事情的時候，順便到某處做了其他事情。後項多數為表示移動性意義的動詞。

例

❶ 駅前のスーパーまで散歩がてら買い物に行った。
散歩時，順便去車站前的超市買了東西。

❷ 買い物がてら、クラスメートの家へ行ってこよう。
出去買東西時，順便到同學家去看看他吧。

❸ 友達からの宅急便（たっきゅうびん）を待ちがてら、礼状（れいじょう）をパソコンで打っている。
一邊等朋友寄來的快遞，一邊用電腦寫感謝信。

❹ 入院しているお婆さんを見舞いに行きがてら、病院の隣の薬局（やっきょく）で風邪薬（ぐすり）を買って帰った。
去醫院探望因病住院的外婆時，順便在醫院旁邊的藥局買了感冒藥回來。

20 ～かたわら ＊ ……同時

接續 ◆ 名詞「の形」＋かたわら
◆ 動詞「辭書形」＋かたわら

意義 一邊做本職工作一邊兼做其他事情。做本職工作的同時，兼做其他。

例

❶ 子育（こそだ）てのかたわら、近所（きんじょ）の子供たちを集めて絵を教えている。
在家帶孩子的同時，還聚集了附近的孩子們教他們學畫畫。

❷ 彼は歌手としての活動のかたわら、小説家としても活躍（かつやく）している。
他不僅以歌手的身份參加各種活動，還以小說家的身份活躍於文壇。

❸ A氏は不動産業（ふどうさんぎょう）を営（いとな）むかたわら、暇を見つけては作家活動をしている。
A先生一邊從事房地產，有空還會進行寫作。

❹ あの老人は小説を書くかたわら絵も描いている。
那位老人寫小說的同時也有在畫畫。

★練習問題★

問題 1 次の文の（　　　）に入れるのに最もよいものを、1・2・3・4 から一つ選びなさい。

(1) ホームステイはとても有意義（ゆういぎ）でした。その（　　）ご迷惑をおかけしました。

1　せつは　　2　おりに　　3　せつが　　4　おりが

(2) 入院した叔母（おば）のお見舞い（　　）、先週末帰省（きせい）した。

1　かたわら　　2　かたがた　　3　のがてら　　4　のやさきに

(3) 五回目（　　）やっとプロポーズに彼女がうなずいてくれた。

1　として　　2　にして　　3　してから　　4　を限りに

(4) 10 月 1 日（　　）もって営業第一課の課長に任命（にんめい）された。

1　で　　2　に　　3　と　　4　を

(5) 結婚式を間近（まぢか）に（　　）、彼女はダイエットに余念（よねん）がない。

1　もって　　2　かぎりに　　3　ひかえ　　4　してから

(6) 山の中で迷ってしまい、（　　）12 時間というもの、飲まず食わずでぐったりしているところを救助隊（ゆうじょたい）に救（すく）われた。

1　この　　2　これ　　3　その　　4　それ

(7) 今年の 4 月を限りに、この商品の取り扱い（とりあつかい）を（　　）。

1　やり始めた　　2　店へ出した　　3　やめた　　4　進めた

(8) あたり一面（いちめん）は火の海になり、あわや火に命（いのち）を（　　）消防士（しょうぼうし）に助けられた。

1　奪われてこのかた　　2　奪われたはずみに

3　奪われんとするところを　　4　奪われようとする拍子に

(9) 何回もやってみた。にもかかわらず、その都度（つど）（　　）。

1　失敗せずに済んだ　　2　失敗に終わった

3　成功しかねなかった　　4　成功しそうになった

(10) 料理をテーブルの上に（　　）、彼はパクパク食べ始めた。お腹がとても空いたのだろう。

1　載るやいなや　　2　載った拍子（ひょうし）に
3　載せるが早いか　　4　載せたはずみに

(11) 彼が政権（せいけん）を（　　）、敵（てき）と見られている人々の末日（まつじつ）となる。

1　取るや　　2　取るが早いか
3　取った暁（あかつき）には　　4　取った運びに

(12) 先生がわたしの国に（　　）、わたしがご案内いたしましょう。

1　おいでになるそばから　　2　おいでになったそばから
3　おいでになる折には　　4　おいでになった折には

(13) 中国人のリーさんはシャンハイの日系会社（にっけいがいしゃ）で通訳（つうやく）として働くかたわら、（　　）そうだ。

1　土、日に日本語を教えている　　2　土、日はもちろん休んでいる
3　日本語を仕事に使っている　　4　日本語が上手になっている

(14) 競馬（けいば）に夢中になっている主人は給料をもらうそばから（　　）。

1　馬券（ばけん）だけですむ　　2　馬場（ばば）にそっぽを向く
3　馬券だけではすまない　　4　馬場へ足を向ける

(15) 結婚してからというもの、一日としてこの村を（　　）。

1　出ないわけではなかった　　2　出ることではなかった
3　出ないわけがなかった　　4　出ることはなかった

問題 2　次の文の ＿＿★＿＿ に入る最もよいものを、1・2・3・4から一つ選びなさい。

(16) あの容疑者（ようぎしゃ）は飛行機に ＿＿＿ ＿＿＿ ＿★＿ ＿＿＿ 逮捕（たいほ）された。

1　乗り込もう　　2　警察に　　3　待っていた　　4　とした矢先に

(17) 本屋でお客様を ＿＿＿ ＿★＿ ＿＿＿ ＿＿＿ 回った。

1　待ち　　2　見て　　3　がてら　　4　書展を

(18) 転んだ ＿＿＿ ＿＿＿ ＿★＿ ＿＿＿ けがをした。

1 額(ひたい)に　2 ぶつけ　3 頭を壁に　4 はずみに

(19) 20年 ＿＿＿ ＿★＿ ＿＿＿ ＿＿＿ ない。

1 彼女のことを　2 一日も忘れた　3 ことが　4 このかた

(20) お書きになった ＿＿＿ ＿＿＿ ＿＿＿ ＿★＿ となりました。

1 映画化　2 シナリオは　3 今回　4 の運び

(21) 今朝、 ＿＿＿ ＿★＿ ＿＿＿ ＿＿＿ 腰(こし)を痛(いた)めた。

1 子供を抱き上げた　2 床に座っていた
3 腰を屈(かが)めて　4 拍子(ひょうし)に

1 ～が～だから／が～だけに

4-08

＊ (1)(2) 畢竟是……／終歸是……

接續 (1) 名詞＋が、名詞＋だから

意義 重複同一名詞，多用於對該名詞作負面評價，後面敘述由此而導致的必然結果。前項多用「～が」「～しかし」等表示轉折的表達形式。除了「から」外，還可以用「ので」「し」「で」「もので」等其他表示原因的助詞。

例

❶ それが気に入ったが、値段が値段だから、店を出ることにした。
我雖然看中了那個東西，但是由於價格不菲，結果還是沒買。

❷ A：親が親なので、子どもがあんなにわがままになるんだ。
B：そうね、子どもを甘やかしてはならないね。
A：連父母都這樣（寵孩子），孩子當然會為所欲為。
B：是啊。不能太縱容孩子啊。

❸ 失業者からすれば再就職したいはずだよ。しかし、年が年だもの、40 歳の女性、50 歳の男性なんか雇ってくれる会社はほどんどないよ。
從失業者的角度來看，他們一定會想重新就業。然而歲月不饒人，很少有公司會雇用已滿 40 歲的女性和已滿 50 歲的男性。

接續 (2) 名詞＋が、名詞＋だけに

意義 跟「～が～だから」的意思基本相同。重復同一名詞，表示某結果的產生都是因為該事物與眾不同的特性所致。積極評價和消極評價均可。

例

❶ 足にけがをしたが、年が年だけに、回復は早い。
雖然腳受傷了，但畢竟年輕，恢復得比較快。

❷ 妊娠して四ヶ月も経たないとはいうものの、体が体だけに、激しい運動は避けたほうがいい。
雖說懷孕還不到四個月，但是正因為身體狀況特殊，所以最好還是避免劇烈運動。

❸ 会社では社員の遅刻•早退は原則的に許されないことになっているが、事情が事情だけに、会社側は特例として当分彼女のことを認めようということであった。
公司原則上規定員工不可以遲到或早退，但是正因為她的情況有點特殊，所以視為特例暫且同意她可以偶爾遲到或早退。

② ～あっての／てのこと／てのもの

＊（1）有了……（之後）才能……
（2）是因為（某個行為），所以才（有了某種可能）

接續（1）◆ 名詞（＋が）あっての＋形式名詞（こと、もの）
◆ 名詞（＋が）あっての＋名詞

意義 表示有了前項的條件，才可能取得某種結果。反過來說，如果不具備這個條件，就不會取得某種結果。助詞「が」常被省略。

例

❶ どんな小さな成功も努力あってのことだ。
再小的成功也是努力換來的。

❷ 国民あっての政治だから、国民の考えを大切にするべきである。
有人民的支持才有穩固的政治，所以必須尊重民意。

❸ こうして私たちが商売（しょうばい）を続けられるのも、お客様あってのものと感謝（かんしゃ）しております。
我們的生意之所以能維持到今天，全靠廣大顧客的支持，為此我們深表感謝。

❹ この世界は生物（せいぶつ）多様性（たようせい）（が）あってのものだ。人間ばかりの世界になってしまったらどんなに恐（おそ）ろしいことだろう。
我們這個世界，是建立在生物多樣性基礎上的組合體。如果這個世界只剩下我們人類，那是多麼可怕的事啊。

接續（2）◆ 動詞「て形」の＋形式名詞（こと、もの）
◆ 動詞「て形」の＋名詞

意義 跟「～あっての」的意思相同。

例

❶ わたしの今日は家族たちが援助（えんじょ）してくれてのことだ（＝家族の援助があってのことだ）。
我之所以有今天，那是因為全家人的幫助。

❷ 今度の優勝（ゆうしょう）はチームメンバーが互（たが）いに協力（きょうりょく）してのものだ（＝チームメンバーの協力があってのものだ）。
這次獲得優勝，全靠隊員們的同心協力。

❸ お前をアメリカへ留学させると決めたのは、お前の将来を考えてのことだ（＝考えていることがあってのことだ）。今度の機会をよく利用するようにね。
這次決定讓你去美國留學，是因為考慮到你的將來才作出的決定。希望你好好把握這次機會。

③ ～もあって／こともあって

＊ 也是由於……／再加上……原因

接續
- 名詞＋もあって
- ナ形容詞「な形」＋こともあって
- イ形容詞「辭書形」＋こともあって
- 動詞「辭書形」＋こともあって
- 各詞類「た形」＋こともあって

意義 舉出一個或兩個原因，暗示還有其他因素的存在。

例

❶ この町の郊外(こうがい)には坂(さか)が多く、湖や池もあって、景色がいい。
這個鎮的郊外有很多小山坡，再加上有湖泊和池塘，所以景色很優美。

❷ 授業が退屈(たいくつ)なこともあって、途中で教室を出ていった。
再加上上課很無聊，所以上到一半就走出了教室。

❸ もともと体が弱いこともあって、すぐ病気になった。
又因為身體原本就不是很好，所以很快就病倒了。

❹ この雑誌は発行部数(はっこうぶすう)が少ないこともあって、なかなか買えないんだ。
又因為這種雜誌原本發行量就很少，所以很難買得到。

❺ 初めて東京に来たこともあって、私の目に映(うつ)るものはすべて新鮮(しんせん)だった。
又因為是第一次到東京，所以我眼前的一切都顯得很新鮮。

4-09

～ではあるまいし／でもあるまいし

＊ 又不是……

接續 （形式）名詞＋ではあるまいし／でもあるまいし

意義 相當於「～ではなかろうし」的意思。表示「如果是其他人或其他情況的話倒情有可原，然而又不是此人、此物、此事情，當然就……」的意思。多帶有批評、忠告等語氣。

例

❶ お客さんにきちんとあいさつするくらい、子供じゃあるまいし、言われなくてもやりなさい。
你又不是小孩子，跟客人打招呼這種事情，還需要別人來教你嗎？

❷ 金の成る木があるわけではあるまいし、なんで湯水みたいにおれのお金を使っているの？

我又不是搖錢樹，為什麼這樣揮金如土地用我的錢呀？

❸ 別にご馳走に足がついているわけではあるまいし、慌てて食べる必要はないと思う。

菜又沒有長腳，沒必要吃得這麼急嘛。

❹ お相撲さんでもあるまいし、そんなにたくさん食べられないよ。

我又不是相撲選手，這麼多的菜我怎麼吃得完呀。

5 ～とあって ＊ 因為……／由於……

接續
- 名詞＋とあって
- ナ形容詞詞幹＋とあって
- イ形容詞「辭書形」＋とあって
- 動詞「辭書形」＋とあって
- 各詞類「た形」＋とあって

意義 由於前項少見的特殊事實，理所當然地就有了後項的特殊事情或情況。

例

❶ 連休とあって、遊園地は相当な混雑だったようだ。

由於連假，遊樂場顯得很擁擠。

❷ 彼のセックスについての発言はあまりにも露骨とあって女性の参加者に白い目で見られた。

由於他談論性方面的話題太過露骨，所以遭來了女性與會者的白眼。

❸ この店は町で一番おいしいとあって利用する客がいつも多い。

因為在這個鎮上這家店的東西最好吃，所以一直是高朋滿座。

❹ 無料で映画が見られるとあって入口の前には1時間も前から行列ができた。

因為可以免費看電影，所以從1個小時前電影院門口就開始排起隊伍。

6 ～ばこそ ＊ 正因為……才……

接續 ◆ 名詞＋であればこそ～のだ
◆ ナ形容詞詞幹＋であればこそ／ならばこそ～のだ
◆ イ形容詞「ば形」＋こそ～のだ
◆ 動詞「ば形」＋こそ～のだ

意義 表示正因為是前項，才有了後項的結果或才做了後項的事情。也有「～のは～ばこそだ」的形式，即先講結果後交代原因的說法。但沒有「～たらこそ／とこそ」的說法。

例

❶ 優秀(ゆうしゅう)なビジネスマンであればこそ／ビジネスマンならばこそ、お客様の意見に耳を傾(かたむ)けるべきなのだ。
正因為是優秀的行銷人員，才更應該傾聽客戶的意見。

❷ 身体(しんたい)が健康であればこそ／健康ならばこそ、勉強や仕事などができるのだ。
正因為身體健康，學習和工作才能夠順利地進行。

❸ 彼女は学校の成績がよければこそ、大手(おおて)会社に雇(やと)われたのだ。
正因為她的在校成績優異，所以才被大公司錄取。

❹ 子供のためを思えばこそ、留学の費用(ひよう)は子ども自身に用意させたのです。
正因為是為了孩子著想，所以才讓孩子自己想辦法籌措留學費用。

❺ こうして君に大学進学を勧(すす)めているのは、君の将来を考えればこそなんだよ。
我之所以建議你上大學，是考慮到你的將來。

7 ～がもとで ＊ 由於……／因為…… ◎4-10

接續 名詞＋がもとで

意義 用於帶來消極後果的起因，主要用於書面語，基本意思和「～ で／から」相同。

例

❶ つまらない争(あらそ)いがもとで、友だちとの間に心の溝(みぞ)ができてしまった。
就為了一點微不足道的爭論，朋友間產生了隔閡。

❷ 空襲(くうしゅう)のときの負傷(ふしょう)がもとで死亡(しぼう)した人が多かった。
由於空襲造成的傷害最終導致多人死亡。

❸ 何がもとでけんかになったのか、どうしても思い出せない。

我怎麼也想不起來到底是因為什麼吵架。

8 〜てまえ ＊既然……就……

接續 ◆動詞「辭書形」＋てまえ
◆動詞「た形」＋てまえ

意義 表示「在前項的條件或事實面前，只能去做後項或不能做後項」的意思。

例

❶ 皆の前でこれが正しいと言ってしまったてまえ、今さら自分が間違っていたとは言いにくい。

既然在眾人面前下了肯定的判斷，事到如今很難承認自己有錯。

❷ 必ず旅行に連れていくと約束したてまえ、借金（しゃっきん）をしてでも行かなくてはなるまい。

既然已經跟人約好了一起去旅行，所以即使是借錢也得去。

❸ いつまででも待っていると誓（ちか）ったてまえ、彼女の帰国（きこく）を待つしかない。

因為我發過誓，說不管到何時都要等她，所以我必須要等到她回國。

9 〜を機に（して） ＊以……為契機

接續 名詞＋を機（き）に（して）

意義 跟「〜を契機に」（⇨ N2）的用法和意思相同。即表示以某一事件為契機，做了從來沒有做過的事情，或者發生了前所未有的事情。

例

❶ 結婚を機に、彼女は山奥（やまおく）から都会に引っ越してきた。

以結婚為契機，她從深山搬到了城市。

❷ 入院したのを機にタバコやお酒をやめることにした。

以生病住院為契機，決定戒酒戒煙。

❸ 山川鉄道（やまかわてつどう）は、3月で開業（かいぎょう）90周年を迎えるのを機に、最新型車両（さいしんがたしゃりょう）を導入（どうにゅう）し、15日から営業（えいぎょう）運転を開始（かいし）する。

山川鐵路公司以迎接今年3月開業90週年為契機，引進了最新型的車廂，預計15號開始營運。

10 ～を手がかりに(して)／を手がかりとして／が手がかりになる／が手がかりとなる ＊ 依據……

4-11

接續 ◆ 名詞＋を手がかりに(して)／を手がかりとして
◆ 名詞＋が手がかりになる／が手がかりとなる

意義 表示以此為解決問題的線索、頭緒、突破，或事情發生轉折的開端。

例

❶ 警察が似顔絵(にがおえ)を手がかりに(して)犯人(はんにん)捜査(そうさ)をスタートした。
警察以模擬畫像為線索，展開了搜捕行動。

❷ 既存(きそん)の文献(ぶんけん)を手がかりとして、研究を進めている。
依據現有的文獻展開研究。

❸ 先生が与(あた)えてくださったヒントが手がかりになって、そのなぞなぞが解けた。
老師給的提示成了靈感來源，終於解開了那個謎語。

11 ～んがため ＊ 為了……

接續 ◆ 動詞「未然形」＋んがため(に、の、だ)
◆ する⇨せんがため(に、の、だ)

意義 為了無論如何也要實現的前項目的而去做後項。和「するために」的意思相同。

例

❶ 国会では法案を通(とお)さんがため、首相(しゅしょう)は根回(ねまわ)し工作(こうさく)を開始(かいし)した。
為了使法案在國會得以通過，首相開始做事前的準備。

❷ あのチームは勝(か)たんがためには、どんなひどい反則(はんそく)でもする。
那個參賽隊伍為了取得勝利，竟然不惜採取犯規的伎倆。

❸ われわれの生きんがための方法は勤勉(きんべん)に働くことにほかならない。
我們生存下去的辦法沒有別的，正是勤奮工作。

⑫ ～を目指す ＊ 以……為目標、為了……

接續 名詞＋を目指し／を目指して／を目指す

意義 接在表示事物意義的名詞後面，表示「～を目標とする」「～をならう」的意思。

例

❶ 戦争のない平和な社会の実現を目指して、国際会議が開かれた。
以實現沒有戰爭的和平世界為目標召開了國際會議。

❷ コストの削減を目指し、商品をテレビで宣伝するのを中止した。
為了達到降低成本的目的，停止在電視上播放商品廣告。

❸ わが社は健全な経営を目指している。
本公司以健全的經營為目標。

❹ 次回のオリンピックでメダル獲得を目指している。
以在下屆奧運會上奪牌為目標。

★ 練習問題 ★

問題 1 次の文の（　　　）に入れるのに最もよいものを、1・2・3・4から一つ選びなさい。

(1) 悲惨な事故（　　）、安全のための管理体制がいっそう強化された。

1　でもあるまいし　2　がもとで　3　を目指して　4　を機に

(2) 私が今の日本語別科へ留学に来ているのは、実はこの大学の日本語教育コースの試験を（　　）。

1　受けんがためにする　2　受けんがためである
3　受からんがためになる　4　受からんがためである

(3) 私にとっては本（　　）人生だ。一日たりとも本を読まないと生きている気がしないんだ。

1　ゆえの　2　こととての　3　とあっての　4　あっての

(4) 君は歌手を（　　）だよ。才能があるんだから。

1　目指すまじき　2　目指すべき
3　目指さんがため　4　目指さんがゆえ

(5) シーツに残ったわずかな血が手がかり（　　）、容疑者が絞られた。

1　となって　2　とあって　3　にして　4　にあって

(6) 子どもなら、できないかもしれないが、（　　）、そんなこともできないの？

1　子どもではあるまいし　2　子どもなのではあるまいし
3　大人ではあるまいし　4　大人なのではあるまいし

(7) 夕食が付くうえ、アルバイト代も（　　）、学生たちが喜んで手伝っています。

1　出るがあって　2　出まいがあって
3　出るとあって　4　出まいとあって

(8) 子供が大変だと知っているが、子どもの将来を考えればこそ(　　)。

1　塾(じゅく)に通わせるのだ
2　塾(じゅく)に通わせないことにしたのだ
3　塾(じゅく)でなくてなんだろう
4　塾(じゅく)のほかにいいところがあろうか

(9) そのとき、彼女のうちに親戚(しんせき)が来ていた。場合が場合だけに、その話をとうとう(　　)。

1　言ってよかった　　2　言えてよかった
3　言わなくなった　　4　言えなくなった

(10) 富士山頂付近(ふきん)は空気が薄いのに加え、登山者(とざんしゃ)が登頂(とうちょう)を急ぐあまり、呼吸(こきゅう)をあまりしなくなる。それがもとで(　　)ようだ。ゆっくり大きく呼吸しながら登ることだ。

1　高い山に登るのを勧めない
2　低い山に登るのを勧めたい
3　高山病(こうざんびょう)にかかることが多い
4　高山病になりかねる

問題 2　次の文の ＿＿★＿＿ に入る最もよいものを、1・2・3・4から一つ選びなさい。

(11) 両国の盛んな ＿＿★＿＿ ＿＿＿＿ ＿＿＿＿ ＿＿＿＿ と言えるでしょう。

1　理解して　　2　互いに　　3　文化交流も　　4　のことだ

(12) 梅雨(つゆ)を迎えた ＿＿＿＿ ＿＿★＿＿ ＿＿＿＿ ＿＿＿＿ しがちだ。
そうした湿気(しっけ)がもとで生(は)えるのがカビだ。

1　湿度(しつど)が高く　　2　この季節は　　3　じめじめ　　4　家の中も

(13) 決定 ＿＿＿＿ ＿＿★＿＿ ＿＿＿＿ ＿＿＿＿ せねばならない。

1　実行　　2　断固(だんこ)　　3　したてまえ　　4　として

(14) 夏休み ＿＿＿＿ ＿＿＿＿ ＿＿★＿＿ ＿＿＿＿ だった。

1　まばら　　2　学生の姿は　　3　キャンパスに　　4　とあって

(15) 漢字を覚えた ＿＿＿ ＿＿＿ ＿★＿ ＿＿＿ と思った。

1　なんて　　2　情けないなあ　3　忘れてしまう　4　そばから

★参★ 條件（逆接・讓步・假定・確定）

4-12

1 ～と思いきや／とばかり思いきや

＊ 我原以為……

接續
- 句子普通體＋と思いきや
- 句子普通體＋とばかり思いきや

意義 跟「～と思ったら」（⇨ N3）的意思類似，表示「原以為是前項的人或事情，不料卻是後項的人或事情」的意思。用於結果和預料的不一樣的場合。

例

❶ チャイムが鳴った。彼女だと思いきや、宅配業者(たくはいぎょうしゃ)の配達(はいたつ)だった。
門鈴響了。我還以為是她呢，結果是快遞公司的送貨員。

❷ 今年もまた不景気(ふけいき)なのかとばかり思いきや、売り上げ額(がく)がどんどん伸びているので、驚いている。
我以為今年還是會不景氣，但是沒有想到，銷售額卻不斷攀升，真的讓我大吃一驚。

❸ 海辺(うみべ)の町で育ったと聞いていたので、さぞかし泳ぎがうまいと思いきや、水に浮(う)くこともできないらしい。
我聽說他是在海邊長大的，原以為他一定很會游泳，但是他好像連浮在水面都不會。

❹ 「考えてみます」と言われたので、了承(りょうしょう)されたと思いきや、「お断(ことわ)りします」という意味だった。
聽到對方說「我會考慮」，以為他答應我了，可是後來才知道那是拒絕的意思。

2 ～とはいえ ＊ 雖說……但是……

接續 句子普通體＋とはいえ

意義 前接名詞和ナ形容詞時可以省略「だ」。表示逆接，相當於「～ と言っても」（⇨ N3）的意思。「とはいえ」也可以作為接續詞使用。

例

❶ 仕事が山のようにあって、日曜日とはいえ、出社(しゅっしゃ)しなければならない。
工作堆積如山，雖說是星期天，也得去上班。

❷ 今年は不況だとはいえ、就職率がこんなに低いのは問題だ。

雖說今年不景氣，但是就業率如此之低確實是個大問題。

❸ 古い習慣には色々な問題が出てきた。とはいえ、それを急に捨て去るのは不可能だ。

雖說舊的風俗習慣問題不少，但是要在一夜之間捨棄它們，那是不可能的。

❹ A 社と B 社は合併することになったらしい。C 社に対抗するためとはいえ、思い切った決断をしたものである。

A 公司和 B 公司好像合併了。雖說是為了跟 C 公司抗衡才這麼做的，但這個決定也夠果斷的。

3 ～といえども

＊ 1. 雖說……可是
2. 就算……／無論……

接續 句子普通體＋といえども

意義① 前接名詞和ナ形容詞時，可以省略「だ」。相當於「～といっても」(⇨ N3) 的文法意義，表示讓步，即承認前項的既定事實，但是有必要透過後項加以修正。

例

❶ 親は子供が漫画を読むのを快く思わない。しかし、漫画といえども立派な文化の産物である。

父母並不太贊同孩子們看漫畫。但是，雖說是漫畫，其實也是一種優良的文化產物。

❷ 猿の脳を食べるなんて、世界広しといえども、あの島の人だけだろう。

雖說世界之大無奇不有，但是吃猴腦這種事情，大概也只有那個島上的人才會做吧。

❸ この辺は静か（だ）といえども、駅まではちょっと遠すぎて不便だね。

雖說這一帶比較安靜，但是因為離車站太遠，所以有些不方便。

❹ 道に迷ったといえども、3 時間も遅れるなら電話をくれればよかっただろうに。

雖說是迷了路，但是遲到 3 個小時也不打個電話，這也太……。

意義② 用於假定，表示無論是怎樣的情況也不會影響到後項。常跟副詞「たとえ／どんなに／どれほど」或「どんな／いかなる」等表示疑問的連體詞一起使用。

例

❶ たとえ宗教といえども、人の心の自由を奪うことはできないはずだ。

就算是宗教，也不應該剝奪人們精神上的自由。

❷ いくら試験が難しいといえども、がんばってどうしても合格してみせる。

考試再怎麼難，我也要努力考及格。

❸ たとえ槍(やり)が降るといえども、今日中に帰らなければならない。 就算是天上下槍雨，今天我也必須回家。

4 ～とは言い条 ＊ 雖說……但是……

◎ 4-13

接續 句子普通體＋とは言(い)い条(じょう)

意義 前接名詞和ナ形容詞時可以省略「だ」。表示逆接，先承認前項，但同時指出與此不相吻合的或與預想不同的後項。

例

❶ 先生とはいい条、実は一緒におやつを食べたり鬼(おに)ごっこをして遊んだりしてくれるんだ。 雖說他是位老師，可是其實常和我們學生一起吃點心，還一起玩捉迷藏。

❷ 専攻は日本語だったとは言い条、ほとんどしゃべれない学生が少なくない。 雖然專攻是日語，但還是有不少不善於開口說話的學生

❸ おいしいとはいい条、こんなにたくさん食べられない。 雖說很好吃，但也吃不了這麼多呀。

❹ 物事(ものごと)は運に左右(さゆう)されるとは言い条、やはり努力が必要である。 雖說有的事情是靠運氣，但是努力還是需要的。

5 ～からとて ＊ 雖說……也不能……

接續 句子普通體＋からとて

意義 跟「～からと言って」（⇨ N3）的文法意義基本相同，表示不能因為有前項的事實存在而去做後項的事情。

例

❶ 激安(げきやす)だからとて、たくさん買うには及(およ)びません。 雖說非常便宜，但也用不著買很多。

❷ 薬がきらいだからとて、飲まないのはよくない。 雖說不喜歡吃藥，但也不可以不吃。

❸ 暑いからとて、やたらに冷たいものを食べたり飲んだりするのは禁物(きんもつ)だ。 雖然天氣炎熱，但也不可以隨便地吃或喝冰冷的東西。

❹ 熱が下がったからとて、油断(ゆだん)はならない。 雖說燒退了，但也不能掉以輕心。

6 ～ところを ＊ 本來的話……但……／原本……然而卻……

接續 ◆ 名詞「の形」＋ところを
◆ 動詞「辭書形」＋ところを
◆ 動詞「た形」＋ところを

意義 相當於「～はずだが／はずなのに」的文法意義，表示本來應該出現的事情卻沒有出現，如果是平時的話應該出現這樣的事情，但此時卻很特殊。

例

❶ 今日がレポートの締切日(しめきりび)のところを、間違えて出す時間に間に合わなかった。
本來今天應該是繳交報告的截止日，可是我搞錯日期了，結果沒能及時交出去。

❷ 山手線(やまのてせん)に乗って、新宿(しんじゅく)へ行くところを、乗り間違えて反対方向への電車に乗ってしまった。
本來是想搭山手線電車去新宿站的，可是我上錯了車，坐上了開往相反方向的電車。

❸ あと5分ぐらいでゴールに着くところを、スピードが落ちて、後ろの人に追(お)い越(こ)されてしまった。
本來再 5 分鐘就可以跑到終點的，可是跑不動了，結果被後面的人追趕過去。

7 ～もあろうに ＊ 什麼不好，可是偏偏……

◎ 4-14

接續 名詞＋もあろうに

意義 相當於「～もあるだろうに／もあるだろうけれど」的意思，表示「儘管有更好的選擇，但是行事者做事時卻不分對象、不分場合、不分時機、不分事理」等意思，用於說話者譴責對方的言行。多為慣用句形式。

例

❶ 場所もあろうに、なんでこんな汚い所に連れてきてくれたのか？
什麼地方不去，為什麼偏偏把我帶到這麼髒的地方？

❷ 人もあろうに、社長とけんかするなんて、ばからしいやつだね。
什麼人不好吵，偏偏跟社長吵架。真是個愚蠢的傢伙。

❸ 折(おり)もあろうに、彼は悪いところにやってきた。
他早不來晚不來，偏偏在不該來的時候來。

❹ 事もあろうに、暴力団（ぼうりょくだん）に加入（かにゅう）するなんて。　什麼事不好做，竟然加入黑社會！

8　～が～なら　＊ 如果……，可是……／要是……，卻……

接續 名詞＋が、名詞＋なら

意義 重複同一名詞，表示「如果跟該名詞相符的話，就能有好的結果」的意思。但實際上這個願望是不可能實現的，所以後項多用「～だろうが／だろうに」等表示轉折、遺憾意思的謂語。

例

❶ 世が世なら、おれも出世（しゅっせ）しただろうに。
如果老天有眼，我也早該出人頭地了，可是……。

❷ 時が時なら、この家はもっと高く売れたのに。
如果遇上好時機，這棟房子的價格應該會更好，可是……。

❸ 出（で）が出（で）なら、うちもこんな貧困（ひんこん）のどん底（ぞこ）には陥（おちい）らなかっただろうが。
要是有一個好的出身背景，我們家也不至於窮到這個地步吧。

❹ 夫が夫なら、わたしも豊かな毎日を送れたかもしれないが。
要是我老公有出息，我或許能過著富裕的日子，然而……。

9　～とあれば　＊ 如果是……

接續
- 名詞＋とあれば
- ナ形容詞詞幹＋とあれば
- イ形容詞「辭書形」＋とあれば
- 動詞「辭書形」＋とあれば

意義 是表示假定或既定意義的「～ たら／なら」的書面語形式，表示如果實際情況是這樣的話，可以盡最大努力或者不得不去做後項。

例

❶ 上司の指示（しじ）とあれば、たとえいやであれ、やらないわけにはいかない。
如果是上司的指示，那麼即使不願意也得做。

❷ このつぼが本物（ほんもの）とあれば、いくらでもいいから譲（ゆず）ってもらいたい。
如果這個陶壺是真品的話，那麼無論花多少錢我也要讓別人轉讓給我。

❸ 彼は、お金のためとあれば、どんな仕事でも引き受ける。

為了錢，他是無論什麼工作都會接受的。

❹ ブランドのイメージを守るためとあれば、たとえ欠陥品が出るという由々しい事態が生じたとしても、企業は必死に隠蔽工作を行なうであろう。

只要能維護品牌形象，即使是由於瑕疵品而導致嚴重的事態，企業也會設法拼命隱瞞的吧。

10 ～とあっては ＊ 如果是……／既然已經…… ◎4-15

接續
- ◆ 名詞＋とあっては
- ◆ ナ形容詞詞幹＋とあっては
- ◆ イ形容詞「辭書形」＋とあっては
- ◆ 動詞「辭書形」＋とあっては
- ◆ 各詞類「た形」＋とあっては

意義 接續助詞「ては」表示假定或既定條件。「～とあっては」表示「如果實際情況是這樣的話」的意思，後項多為否定或消極意義的結果。

例

❶ 日本語は読むのは読めるが、会話とあっては全然だめなんだ。

日語看是看得懂，但如果要我說就完全不行了。

❷ 会議中、自分の意見をはっきり言えないとあっては、納得してもらうのは難しい。

在會議上如果不能清楚地表達自己的意見，那麼想得到大家的理解是很難的。

❸ 勝手に行動するとあっては、大変なことになるかもしれないよ。

如果大家做起事來太隨便的話，可能會出亂子的。

11 ～が最後／たら最後 ＊ (1)1. 既然……就必須……／2. 一旦……就……(2) 一旦……就很難……

接續 (1) 動詞「た形」＋が最後

意義① 表示一旦出現了前項，就再也按捺不住非得要做後項不可。

例

❶ 気に入ったブランド品を一度手に取ったが最後、値段に関係なくどうしても買わずにはいられない。

只要是我喜歡的名牌，一旦被我發現，不管價錢如何，非得把它買下來不可。

❷ この計画を聞いたが最後、あなたにも加(くわ)わってもらおう。
既然你已經知道了這個計畫，那就必須跟我們一起做。

意義② 相當於「～たらおしまいだ」的文法意義，表示一旦做了或發生了前項，就絕對不可能有好的結果。謂語多用否定形式或表示消極意義的語詞。

例

❶ こんな貴重(きちょう)な本は、一度手放(てばな)したが最後、二度と再(ふたた)びこの手に戻ってこないだろう。
這麼珍貴的書，一旦轉讓了就再也買不到了吧。

❷ あの人は話(はな)し好(ず)きで、目があったが最後、最低(さいてい) 30 分は放(はな)してくれない。
那個人喜歡跟人閒聊，誰要是被他遇到，至少要聊上半小時，否則不會讓你走。

❸ それを言ったが最後、君たち二人の友情は完全に壊れてしまいますよ。
要是說出那樣的話，你們兩個人的友情就完蛋了。

接續 (2) 動詞「た形」＋ら最後～ない

意義 跟「～が最後」的第二個意義類似，用於「一旦出現某狀況，就很難改變」的場合。謂語多用否定形式或表示消極意義的語詞。

例

❶ 一度信用を失ったら最後、もう信頼(しんらい)されなくなってしまう。
一旦失信，就再也不會得到別人的信任。

❷ あの男にお金でも貸したら最後、返ってこない。
一旦把錢或什麼東西借給那個男人的話就完了，他絕不可能還給你。

❸ あの女に見込(みこ)まれたら最後だ。
要是被那個女人盯上就完了。

⑫ ～となると／となれば／となったら

＊ (1) 一旦……就……
(2)1. 萬一……也能……／ 2. 到了 (關鍵時候)……卻……

接續 (1) ◆ いざとなれば／いざとなったら
◆ いざ～名詞＋となれば／となったら
◆ いざ～動詞「辭書形」＋となれば／となったら

意義 表示「在實施某事時萬一遇上麻煩或問題時」的意思，後項多是為此採取的措施或態度。此時一般不用「いざとなると」。

例

❶ 冬山登山(ふゆやまとざん)を実行(じっこう)する。いざとなれば、救助隊(きゅうじょたい)に救援(きゅうえん)をしてもらう。

我決定進行冬季登山活動。如果遇到麻煩，就向救援隊求救。

❷ 結婚する前は、「いざとなったら、一人になればよい」という覚悟を決めた。

在結婚之前，我做好了「非不得已時，離婚就離婚」的心理準備。

❸ 院生(いんせい)の入試(にゅうし)を受けることにした。いざ失敗となれば、来年もう一度受けるまでだ。

我決定參加研究所的考試。一旦失敗了，大不了明年再考一次。

接續 (2) ◆ いざとなると／いざとなれば／いざとなったら
◆ いざ～名詞＋となると／となれば／となったら
◆ いざ～動詞「辭書形」＋となると／となれば／となったら

意義① 表示「平時這樣做就是為了防止關鍵的時候出問題，所以即使真的出現問題也無妨」的意思。

例

❶ 保険(ほけん)をかけたほうがいい。いざとなると、助けてもらえるから。

還是買保險的好。萬一遇到什麼事情時可以得到幫助。

❷ 四人来る予定だが、六人分の食事を用意しておく。いざ必要となれば、慌てないですむ。

雖然預計是會來四個人，但是我準備了六人份的菜。一旦多來個人時也可以不用擔心。

❸ わたしはコートとセーターを二枚持っている。いざ使うとなれば、それが役に立てる。

我帶了一件風衣和一件毛衣。一旦需要時就可以派上用場了。

意義② 表示在實施某事的節骨眼上遇到了不想遇到的問題。

例

❶ うちで何回もスピーチの練習をしても、いざとなると、やはりどきどきするわよ。

儘管在家裡把演講稿練習了好幾遍，但是真的輪到我時心中還是不免緊張起來。

❷ いざ本番(ほんばん)となれば、実力を出せないという経験はどの選手にもあるだろう。

無論哪個運動員恐怕都有這樣的經驗：一旦真的上場比賽，有時候卻發揮不出應有的實力。

❸ ああ言おう、こう言おうと思いながら、いざ彼女に会って心を打ち明けるとなったら、一言(ひとこと)も言えずじまいだった。

雖然在心中想好了怎麼跟她說話，但是見到她時真要說出心裡話，卻連一句話也說不出來。

❹ 店には多くの魅力(みりょく)的な品(しな)が並んでいたが、いざ買うとなると、なかなか決心がつかなかった。

雖然商店裡擺滿了許多誘人的商品，但是，一旦真要買的時候，還真不知道買什麼好。

13 ～(よ)うが ＊ 不管……

4-16

接續 各詞類「う形」＋が

意義 跟「～ても」(⇨ N4) 類似，表示無論前項是什麼情況或採取什麼行為，後項都不會受其影響。多跟「いくら／どんなに／たとえ」等副詞或「どんな／いかなる」等疑問詞相呼應。

例

❶ どんなに料理が得意だろうが／であろうが、人前(ひとまえ)であんなに生意気(なまいき)な態度を取る必要があるものか。

就算烹飪技術再怎麼高明，有必要在人前那麼高傲自大嗎？

❷ もう大人なんだから、誰と付き合おうが、また何をしようが、私の勝手じゃありませんか。

我已經是大人了，所以我要和誰交往，要做什麼，難道不是我的自由嗎？

❸ 誰が何と言おうが、私の決意(けつい)は変わりません。

無論別人說什麼，我都不會改變決定。

14 ～(よ)うが～まいが ＊ 不管……／不論……

接續 動詞「う形」＋が～まいが

意義 跟「～ても～なくても」(⇨ N4) 類似，重復使用同一語詞，表示無論做不做前項結果都是相同的意思。

例

❶ もうあなたとは別れたのだから、私が結婚しようが、(結婚)するまいが、わたしの勝手でしょう。

我已經和你分手了，所以我結婚也好，不結婚也好，這是我的自由吧。

❷ がんばろうと、がんばるまいと、彼に任(まか)せたからには信じてください。

努力也好，不努力也好，既然委托給他了就應該相信他。

❸ これは早急(そうきゅう)に結論(けつろん)を出さなければならない議題(ぎだい)だ。全員集まろうが集まるまいが、予定どおりに審議(しんぎ)を始めなくてはならない。

這是一個必須盡早做出結論的議題。不管與會者是否全員到齊，都必須按照預定計劃開始進入審議程序。

15 ～(よ)うと ＊ 不管……

接續 各詞類「う形」＋と

意義 跟「～(よ)うが」的文法意義基本相同，表示無論前項是什麼情況或採取什麼行為，後項都不會受其影響。為強調語氣，也說「～(よ)うとも」。

例

❶ どんな悪人(あくにん)だろうと、心のどこかに良心(りょうしん)は残っているはずだ。
哪怕再壞的人，心中也應該會有善良的地方。

❷ いくら高かろうと、それを手に入れたい。
再貴我也想把那個東西買到手。

❸ たとえ全世界が敵(てき)に回ろうと、自分の家族を裏切(うらぎ)るつもりはない。
即使全世界的人都與我為敵，我也不會背叛我的家人。

4-17

16 ～(よ)うと～まいと ＊ 不管……／不論……

接續 動詞「う形」＋と～まいと

意義 跟「～(よ)うが～まいが」的文法意義基本相同，表示「無論做不做前項結果都是相同」的意思。

例

❶ 周囲(しゅうい)の人が反対しようとしまいと、私の気持ちは変わらない。
不管周圍的人反對不反對，我都不會改變我的主意。

❷ ベストを尽(つ)くしてやれば、成功しようとしまいと関係ないのではないか。
只要全力以赴，最後成不成功又有什麼關係呢。

❸ 彼が本音(ほんね)を言おうと言うまいと、一応(いちおう)聞かせてもらおう。
他說真話也好，不說真話也好，就姑且讓他說給我們聽聽吧。

17 ～であれ ＊ (1) 無論……都……
(2) 就算……也……

接續 (1) ◆ 疑問詞＋であれ
◆ 疑問詞＋名詞＋であれ

意義 跟「疑問詞＋でも」(⇨ N4) 的文法意義類似，表示無論是怎樣的情況也不會改變後項。

例

❶ 何であれ、好きなことをやれるのは一番幸せだ。
無論是什麼，只要能做自己喜歡的事情，那就是最幸福的。

❷ うそをつくことは、どんな理由であれ許（ゆる）されない。
無論是什麼理由，說謊都不會得到原諒。

❸ どんなつらいことであれ、時（とき）が経（た）つにつれて忘れるものだ。
再怎麼痛苦，隨著時間的流逝，一切都會忘記的。

接續 (2) ◆ 名詞＋であれ
◆ ナ形容詞詞幹＋であれ

意義 常跟「たとえ／いくら」等程度副詞搭配，表示「就算處於某種情況也不會改變後項」、「無論是何種情況也不會改變後項」的意思。

例

❶ そんなひどいいたずらは、たとえ子供であれ許（ゆる）せるものではない。
那個惡作劇也太過分了。就算他還只是個孩子也不能原諒。

❷ いくら体が頑丈（がんじょう）であれ、四日間寝ずに働き続けては倒れても当然だ。
不論身體再怎麼結實，四天不睡覺連續工作的話，當然會累倒的。

18 ～としたところで／にしたところで

＊ (1) 無論……，都可以……
(2) 即使……也……

接續 (1) ◆ 疑問詞＋にしたところで
◆ 疑問詞＋句子普通體＋にしたところで

意義 與「～にしても」(⇨ N2) 的意思類似，表示「無論何人、何地、何時或無論什麼場合」等意思。

例

❶ このクラブにはだれにしたところで自由に入れる。
這個俱樂部無論是誰都可以自由出入。

❷ 中華料理なら何にしたところで食べます。嫌いなものはありません。
只要是中華料理，我什麼都吃。沒有不喜歡吃的菜。

❸ どちらにしたところで、そう大（たい）した差があるとは思えない。
感覺無論哪個都差不多，大同小異。

❹ どんなに高いにしたところで、彼女の好きなものだから、買わざるをえない。　不管有多貴，因為她喜歡，所以不得不買。

接續 (2) 句子普通體＋としたところで

意義 前接名詞和ナ形容詞時可以省略「だ」。跟「～としたって」(⇨ N2) 的意思類似，表示即使前項的事情成立，或即使前項是事實，也不會出現前項所期待的結果，甚至會出現相反的結果。後項的謂語多為消極的或否定的。

例

❶ 親にしたところで、いつも子供のことばかり考えているわけではない。　即使是父母親，也不能只想著孩子的事。

❷ いくら授業が退屈（たいくつ）だとしたところで、選んだ以上、最後まで受けなければならない。　不管上課多麼無聊，既然選修了，就必須上到最後。

❸ アメリカほど多くはないにしたところで、日本の離婚率は高いほうだ。　雖然總數沒有美國那麼多，但是日本的離婚率算高的。

❹ 車を買うとしたところで中古（ちゅうこ）だよ。安いうえ、二、三年は走れるからな。　即使買車，也只能買二手車。不僅便宜，而且至少還能跑個兩三年吧。

★ 練習問題 ★

問題 1 次の文の（　　）に入れるのに最もよいものを、1・2・3・4から一つ選びなさい。

(1) 今日は祝日（しゅくじつ）ですから、勉強しようが（　　）、あなたの自由です。
　1 しないが　2 しまいが　3 せぬが　4 せずが

(2)（　　）相手が子どもであれ、いいかげんな態度を取ってはいけない。
　1 いかなる　2 たんなる　3 あたかも　4 たとえ

(3) これから何をしようが、君の勝手で、ぼくは聞きたくない。また、これから君がどうなろうが、ぼくの（　　）。
　1 知ったことではない　2 知ったものではない
　3 知ることではない　4 知るものではない

(4) ところもあろうに、こんな所であいつに出会おうとは（　　）。
　1 思うだけで楽しかった　2 思いもよらなかった
　3 予期以外にはならなかった　4 予期したとおりだった

(5) 取引先（とりひきさき）に急（せ）き立（た）てられて、祝日（しゅくじつ）とはいえ、（　　）。
　1 延期（えんき）させてもらおうとした　2 延期（えんき）させられてしまった
　3 社員は残業をいやがっている　4 社員に残業させざるをえない

(6) 家も買ったし、結婚に必要なお金も用意したとは言（い）い条（じょう）、肝心（かんじん）な結婚相手が（　　）。
　1 まだ見つかっていない　2 まだ見つけていない
　3 そのうちにそばに来るに相違ない　4 そのうちにそばに来るしかない

(7) 再来週に納品（のうひん）することになったところを、（　　）、納期（のうき）が厳しくなった。
　1 一生懸命生産しなければ　2 一生懸命生産したところで
　3 今週に繰（く）り上（あ）げられたので　4 今週に繰（く）り上（あ）げられたのに

(8) 廊下（ろうか）から足音（あしおと）がした。待っていた客が来たと思いきや（　　）。
　1 急いでドアを開けてあげた
　2 上の階へ上っていったと気づいた

3　急いでドアを開けてもらった
4　上の階へ上っていったに違いない

(9) 彼が展示会を開くとあれば、(　　) 見に行かなければならない。
1　なんとかして　　2　なんとなく　　3　なんとも　　4　なんにも

(10) その国は市場経済を取り入れたのは (　　) どんどん発展している。
1　早いといえども　　2　遅いといえども
3　早くも遅くもあるとはいえ　　4　早くも遅くもないとはいえ

(11) 今の仕事にまったく興味がないからとて、就職難の現在ではすんなりと (　　) のである。
1　やめるよりほかはない　　2　やめないよりやめるほうがいい
3　やめるわけにはいかない　　4　やめないわけにはいかない

(12) 時代が時代なら、こんな家の嫁(よめ)にはならなかっただろうにと (　　)。
1　喜(よろこ)んでならない　　2　喜(よろこ)んでもしようがない
3　悔やんではならない　　4　悔やんでたまらない

問題 2　次の文の ＿★＿ に入る最もよいものを、1・2・3・4から一つ選びなさい。

(13) 深窓(しんそう)の令嬢(れいじょう)とあっては、＿★＿ ＿＿＿ ＿＿＿ ＿＿＿ だろう。
1　ガスレンジの付け方　　2　わからないのも
3　一つ　　4　しかたない

(14) 彼は寝たら最後、＿★＿ ＿＿＿ ＿＿＿ ＿＿＿ 目を覚まさない。
1　どんなに　　2　騒いでも　　3　絶対に　　4　周りで

(15) 学問を教えるのは簡単なことですが、＿＿＿ ＿＿＿ ＿＿＿ ＿★＿ いきません。
1　そうは　　2　人の道を説く　　3　いざ　　4　となると

(16) 誰が ＿＿＿ ＿★＿ ＿＿＿ ＿＿＿ 事実だ。
1　であるのは　　2　紛(まぎ)れもない　　3　自衛隊が軍隊　　4　何と言おうと

(17) 親が留学のための学費を ＿＿＿ ＿＿＿ ＿＿＿ ＿★＿ して日本へ留学に行く。

1　なんとか　　2　くれまいと　　3　くれようと　　4　ぼくは必ず

(18) 社長 ＿＿＿ ＿＿＿ ＿＿＿ ＿★＿ ことはできない。

1　行動をする　　2　社員の利益を無視して

3　としたところで　　4　勝手に

1 ～をもって ＊ 根據……／用……／以此……

4-18

接續 ◆ 名詞＋をもって
◆ 名詞＋をもってすれば
◆ 名詞＋をもってしても～ない

意義 表示手段、方式方法或依據、理由等。其中，「～をもってすれば」表示假定或既定條件。「～ をもってしても」表示讓步。

例

❶ 教師としてどう考えるか、彼は身(み)をもって示(しめ)した。
身為教師應該怎樣去思考，（在這方面）他以身作則。

❷ 昨日の飛行機事故は、世界中に衝撃(しょうげき)をもって伝えられた。
昨天發生的飛機事故強烈地衝擊了世人。

❸ 前科(ぜんか)があることをもって彼を犯人と決め付けてはいけない。
不能以有前科為由，就斷定他是犯人。

❹ 君の能力をもってすれば、どこに行ってもやっていけると思う。
我認為以你的能力，無論去到哪裡都可以表現得很出色。

❺ 相撲取(すもうと)りの力をもってしても、その人を負(ま)かすのは難しそうだ。
即使有相撲選手那麼大的力氣，似乎也很難打敗他。

説明

「～をもって」還有表示時間的用法，請參考 P69。

2 ～でもって ＊ 根據……／用……／以……

接續 名詞＋でもって

意義 表示手段、方式方法，意思和「～で」（⇨ N5）「～によって」（⇨ N3）相同，多用於較隨意的口語中。

例

❶ うまいことばかりを言うのじゃない。行動(こうどう)でもって誠意(せいい)を示(しめ)しなさい。
不要光說些好聽的話，要以實際行動來表示你的誠意。

❷ 金銭でもって問題を解決できることもあれば、済まされないこともある。 既有靠金錢就可以解決的事情，也有用金錢解決不了的事情。

❸ 自分の実力でもって暮らして生きたい。 我要靠自己的實力生活下去。

❹ お客様あってのわたしたちという理念でもって顧客を扱う。 我們抱持著「有顧客才有我們」的理念來對待顧客。

③ ～にそくする ＊ 1. 2. 按照……／依據……

接續 名詞＋にそくして(は)／にそくしても／にそくした

意義① 前接表示「法律、規則、契約、規範、前例」等意義的名詞時，寫作「則する」。

例

❶ 結んだ契約に則して債務問題を解決する。 根據已簽訂的契約來解決債務糾紛。

❷ 現行の法律に則して、物事の可否を判断しなければならない。 必須依照現行法律來判斷事情的正確與否。

❸ 外国語教育について、政府の方針に則した計画を立てた。 依據政府的教育方針來制訂外語教學的計劃。

意義② 前接表示「実態、実況、事情、事実、体験、時代」等意義的名詞時，寫作「即する」。

❶ このような規則は、実態に即して柔軟に適用すべきだ。 類似這樣的規定，應該要根據實際情況靈活運用。

❷ 過去の経験に即しても、今度の事態に即してもこの計画には無理がある。 無論是根據過去的經驗，還是根據這次的情勢，都可以說明這個計劃存在著不合理的地方。

❸ 各地域の実情に即した政策を制定すべし。 應該制定符合各地實際情況的政策。

④ ～に準じる ＊ 以……為標準／依……看待

4-19

接續 名詞＋に準じ／に準じて／に準じる／に準じた

意義 表示以某基準為準繩，或按照某規格對待。

例

❶ 試験の結果に準じてクラスを分けることになっている。 以考試的結果為標準來分班。

❷ 彼はアルバイトだが、社員に準ずる給料をもらっている。 他雖然只是打工，但薪水卻以正式員工的薪水為基準。

❸ 彼はフリーターですが、正社員に準ずる待遇(たいぐう)が与(あた)えられています。 他雖然是非正式員工，但卻得到跟正式員工一樣的待遇。

5 ～に照らす ＊ 依照……／對照……／參照……

接續 名詞＋に照(て)らして（は）／に照らしても／に照らす／に照らした

意義 相當於「～にそくして／にしたがって」的用法和意思。即表示依據或對照法律、規則、習慣、常識、條件等去做後項的事情。

例

❶ A 議員の不正行為(ふせいこうい)に対しては、法律に照らして、罰(ばっ)せられるべきである。 針對 A 議員的不法行徑，必須依照法律嚴加懲處。

❷ あの学生の行いについては、校則(こうそく)に照らして処分(しょぶん)することに決めた。 對於那名學生的行為，決定依照校規進行處分。

❸ 新人採用の際には、次の条件に照らして、採否(さいひ)が判断される。 在錄用新職員時，將參照以下條件來判斷是否正式錄用。

6 ～にのっとって ＊ 遵循……

接續 名詞＋にのっとって（は）／にのっとっても／にのっとった

意義 表示以某事情為先例、模範、榜樣去做後項的事情。或表示遵循某原則、慣例、傳統習慣等去做某事情。和「～に照らして／に即して」的意思類似。

例

❶ 商売(しょうばい)にもゲームのごとく、さまざまなルールがある。そのルールにのっとって進めねばならぬ。 做生意就跟如玩遊戲一樣，有著各種規則，我們必須遵循其規則行事。

❷ 祖先伝来の古式と地方の風俗習慣にのっとって、祭りを行う。
依據祖先傳下來的形式以及當地的風俗習慣來舉行祭祀活動。

❸ 国際慣例にのっとって、そして話し合いを通して、問題の解決を図る。
按照國際慣例，力求透過協商來解決問題。

7 ～を踏まえ（て）

＊ 根據……／依據……／在……基礎上　4-20

接續 名詞＋を踏まえ（て）

意義 在前項的基礎上或把前項考慮進去，再去做後項的事情。將現有的或曾經有的事物作為可以借鑒的前提去做後項的事情。

例

❶ 今年度の反省を踏まえて、来年度の計画を立てなければならない。
必須根據今年度的反省檢討來制訂明年度的計劃。

❷ 現在の状況を踏まえて、今後の計画を考え直す必要がある。
有必要依據目前的現實情況，重新審視今後的計劃。

❸ 今までの教訓を踏まえて頑張りさえすれば、必ず成功するでしょう。
只要記取以前的教訓，再加把勁，我想一定會成功的。

8 ～ようだ／よう次第だ／ようによる／ようにかかる

＊ 全憑……／取決於……／根據……／要看……

接續
- 動詞「連用形」＋ようで（は）／によって（は）／よう次第で（は）
- 動詞「連用形」＋ようだ／ようによる／よう次第だ／ようにかかる

意義 表示會不會產生後項的事情，取決於前項的做法、想法等。由於方法不同，當然就會得到不同的結果。

例

❶ この古新聞も使いようによっては何かの役に立つのではないかと思いますが。
我認為舊報紙也可以根據不同的用法，還能派上什麼用場。

❷ やりようによっては、その事件はもっと簡単に済ませることが出來る。
那件事情取決於處理方法。處理得當就能更簡單地解決。

❸ 当時、両親の反対を押し切って彼は中国人の女性と結婚した。しかし、考えよう次第では、これからの国際化社会を先取りしていたとも言える。

當時他不顧父母的反對，和一位中國女性結婚。不過，他的行為從某種意義上來說，是走在今後國際化社會的先端。

❹ 物事(ものごと)の見ようでは、正しいと思っていたものが、正しくなくなることもある。

根據看待事物的角度，有時候以為正確的事情結果卻是錯的。

9 ～ともあろうもの ＊ 身為……竟然卻……

接續 名詞＋ともあろうものが

意義 接在表示「身份、職業」意義的名詞後面，表示「身為顯赫地位的人或團體，卻做出與此不相符的事情」的意思。後項伴隨說話者的驚訝、憤怒、不信任等語氣。

例

❶ 財務大臣(ざいむだいじん)ともあろう者が、賄賂(わいろ)を受け取るとは驚いた。

身為財務大臣卻收賄，真令人驚訝。

❷ 警察官ともあろう者が、強盗(ごうとう)を働くとは何ということだろう。

身為警察，竟然當起強盜，這是怎麼回事呀。

❸ 技術先進国ともあろう国家が環境問題に関心を持たないなんて。

作為技術先進的國家竟然對環境問題漠不關心。

4-21

10 ～とくると／ときたら／ときては

＊ 提起……／說起……／至於……

接續 名詞＋とくると／ときたら／ときては

意義 表示「～について言えば」的意思，用於提示話題，並對其進行評價。其中「ときたら／ときては」的後項多為不滿、指責的句子。但有時也用於積極評價的場合。

例

❶ 姉ときたら、最近おしゃれのことばかり気にしている。

說起我姐姐，她最近只顧著打扮。

❷ あいつの頭ときたら、全(まった)く小学生以下だ。四則題(しそくだい)もろくに解けないらしい。

說起那傢伙的腦袋，簡直不如小學生。好像連加減乘除都不會算。

❸ このパソコンときては、故障してばかりいて、本当に頭に来る。
說起這台電腦，老是故障，真讓人火大。

❹ スポーツとくると、仲間の中で彼より得意な人はいないだろうから、まったく感心しちゃうよ。
說起運動，在我們這些人當中可能沒有人比他更擅長的了，我非常佩服呢。

11 ～と來た日には

＊(1) 說起……／提到……
(2) 要是……／如果是……

接續 (1) 人物名詞＋と来(き)た日(ひ)には

意義 提示極端的人物，後面作批判性的說明。

例

❶ うちのせがれと来た日には、毎日うちでごろごろして、なにもしようとしない。
提起我家那個臭小子，每天待在家裡，無所事事。

❷ うちの夫と来た日には、全然家事を手伝ってくれないので、困っている。
說起我老公，根本不幫我做家事，真拿他沒辦法。

❸ 近ごろの父親と来た日には、子供に甘すぎて、親としての厳しさを欠(か)いている。
說起最近的父親，過分寵愛孩子，缺乏身為父親該有的嚴厲。

接續 (2) ◆ 名詞＋と來た日には
◆ 句子普通體＋と來た日には

意義 表示「當某個極端的情況出現的時候」的意思，後項多為消極或貶義的結果。

例

❶ 毎日残業させるうえ、残業手当もないと来た日には、文句を言われるのも当然だ。
如果每天都讓員工加班，而且還不給加班費的話，有埋怨也是理所當然的。

❷ 働きもしないで、父親としての役目(やくめ)をないがしろにすると来た日には、妻に捨てられてもしかたがない。
如果不上班賺錢，也不善盡作為父親的職責，那麼即使哪一天被妻子拋棄了也沒辦法。

❸ よく約束の時間にも遅れるし、プレゼントなんか何もあげないと来た日には、振(ふ)られるのは無理もない。
如果約會老是遲到，又不送些禮物當賠罪的話，那麼即使被對方甩了也是理所當然的。

⑫ ～としたことが

＊ 像……那樣的人，卻……／作為……卻……／你（我）這個人也真是的，竟然……

接續 人物名詞＋としたことが

意義 相當於「～のような人が」的意思。用於批評那些平時看來很有能力的人，卻做出了與其能力不吻合的事情。用在自己身上時表示自嘲或自我批評。

例

❶ おれとしたことが、こんな情けない点数しか取れなかったなんて、先生にはもちろん、自分にも申し訳ない気持ちでいっぱいです。

我也真是的，只考了這麼一點點分數。不僅對不起老師，也很對不起自己。

❷ あなたとしたことが、とんだへまをしたもんだ。

你啊，竟然犯了這麼大的錯誤。

⑬ ～に至っては

＊ 至於……／談起……／提到……　4-22

接續 名詞＋に至っては

意義 從多個人物或事情中提出一個典型的極端例子，加以消極的、批判性的評價。

例

❶ その時、ぼくの案に対して反対の人が多く、部長にいたってはぼくをメンバーから追い出す意見まで出したほどだ。

當時，有很多人反對我的提案。至於部長甚至說要把我趕出團隊。

❷ 同時に起こった人身事故で何本もの電車が立ち往生した。中央線にいたっては3時間以上も止まったままだった。

同時發生的幾起死亡事故導致許多路線的電車運行癱瘓。至於中央線，竟然被迫停開了3個小時以上。

❸ K国を敵国とする国が多い。A国にいたっては「いっそ武力でK国を滅ぼそう」と脅かしている。

有很多國家將K國視為敵國。至於A國，竟然威脅說：「乾脆動用武力把K國滅掉吧。」

14 ～にあうと／にあったら／にあっては

＊ 對於……／提起……

接續 名詞＋にあうと／にあったら／にあっては

意義 接在第二、第三人稱或表示該人言行的名詞後面，用於提示。後項為表示「對於其人或其人之言行無人能及，只能順從或認輸」等意義的謂語。

例

❶ 鈴木選手にあうと、だれも勝てそうにもないなあ。
提起鈴木選手，好像誰也贏不了他。

❷ 知能犯罪者にあったら現金カードの暗証番号も、たやすく解かれてしまう。
要是遇上了高智慧犯罪者，哪怕是現金卡的密碼他們也能輕而易舉地破解。

❸ 君にあっては敵わないな。そこまで言われては金を貸さざるを得ない。
遇到你算我輸給你。既然你都把話說成這樣了，我只好借錢給你。

15 ～にかかったら／にかかっては／にかかると

＊ 對於……

接續 名詞＋にかかると／にかかっては／にかかったら

意義 跟「～にあっては」的文法意義類似，用於提示。後項為表示「對於其人或其人之言行無人能及，只能順從或認輸」等意義的謂語。不過「～ にかかっては」可以接在說話者（第一人稱）後面。

例

❶ その厳しい先生にかかっては、どんなに怠け者の学生だとて、レポートの締め切りを守らされてしまう。
遇上了那位嚴厲的老師，即使是再偷懶的學生也不得不嚴格遵守在截止時間之前交出報告的規定。

❷ あなたにかかると、わたしもいやとは言えなくなる。じゃ、とりあえず、10 万円貸してやろう。
對於你，連我都無法說不願意。那麼，先借給你 10 萬日元吧。

❸ 田中刑事(けいじ)のするどい目つきにかかったら、いくらずるい犯人のついたうそだって、すぐ簡単にわかってしまうだろう。

田中警官那銳利的眼神，不管再怎麼狡猾的犯人所說的謊言，應該都能輕而易舉地識破吧。

❹ おれにかかっては、プロレスリングの選手も敵(かな)わないぞ。覚悟(かくご)しろ！

遇到我，就算職業摔跤選手也得認輸。覺悟吧！

16 ～由／との由 ＊ 獲悉……／聽說……

◎4-23

接續
- 名詞「の形」＋由(よし)／名詞（＋だ）＋との由
- ナ形容詞「な形」＋由／ナ形容詞詞幹（＋だ）＋との由
- イ形容詞「辭書形」＋由／との由
- 動詞「辭書形」＋由／との由
- 各詞類「た形」＋由／との由

意義 相當於「ということ」「～とのこと」的文法意義，表示傳聞，用於十分鄭重其事的場合。

例

❶ お父さんはお元気の／お元気な由（＝お元気だとの由）、安心しました。

知道您父親身體健康，我們就放心了。

❷ 今度の旅行はたいへん楽しかった由（＝楽しかったとの由）、何よりです。

聽說你們這次的旅行很愉快，真的是太好了。

❸ 別便(べつびん)で新米(しんまい)をお送りくださる由（＝お送りくださるとの由）、家族一同楽しみに待っております。

聽說您另外還寄給我們今年剛收成的稻米，我們全家都很期待。

★ 練習問題 ★

問題 1　次の文の（　　　）に入れるのに最も よいものを、1・2・3・4から一つ選びなさい。

(1) 十分な実力(じつりょく)（　　）、不可能なことなど何もないだろう。
　1　をもってすれば　　2　をもってしても
　3　でもってして　　4　でもってしたら

(2) わたしはありがたいという気持ち（　　）、彼女と付き合っているのだ。
　1　ときては　　2　とあっては　　3　であって　　4　でもって

(3) うちの息子と来た日（　　）、本当に怠け者(なまもの)だ。
　1　には　　2　では　　3　なら　　4　だったら

(4) あわや大きなミスを犯(おか)すところだった。8年間の熟練工(じゅくれんこう)の君（　　）、今日はどうしたのか。
　1　でもって　　2　をもって　　3　としたことが　　4　にあっては

(5) わが社では就業(しゅうぎょう)規則（　　）賞罰(しょうばつ)を行(おこな)うことになっている。
　1　にいたっては　　2　しだいで　　3　に準じて　　4　ようによって

(6) この仕事はわたしたちのやりようによっては、（　　）。
　1　どうしたらいいのだろう　　2　どうすればいいのだろうか
　3　どうにでもなるわ　　4　どうにでもなるものか

(7) 失業してからというもの、家族から白い目で見られてばかりいた。妻にいたっては「いっそこの家を出ていったら？」（　　）。
　1　とまで言わなくてよかったねえ　　2　とまで言ってしまったんだよ
　3　とでも言ってよいだろう　　4　とでも言ったらよいかもしれない

(8) 囲碁(いご)にかけては、9段を取った彼女にかかると（　　）。
　1　お手上げだ　　2　お手上げなものか
　3　おまけだ　　4　おまけなものか

(9) いつの時代でも、どの国でも同じだが、歴史教科書には行政当局の意思に即して、統治者の(　　)作られたものが多い。

1　都合がよさでは　　2　都合がよいらしく
3　都合のよいように　　4　都合のよさそうに

(10) 国会ともあろう機関で、議案を強行採決する(　　)。

1　のもむりもない　　2　のもやむをえない
3　ことはあるまい　　4　ことは許せない

(11) 日本ではC国から来る留学生に対する審査ときたら、最近(　　)。残念でならない。

1　厳しくなっていった　　2　厳しくなってきた
3　厳しくしたほうがいい　　4　厳しくするほどいい

問題 2　次の文の ＿★＿ に入る最もよいものを、1・2・3・4から一つ選びなさい。

(12) 出題をする ＿＿ ＿＿ ＿＿ ＿★＿ が考えられている。

1　にのっとって　2　に際しては　3　問題　4　出題規準

(13) そんな女 ＿＿ ＿★＿ ＿＿ ＿＿ よ。

1　いくつあっても　　2　財布が
3　にあっては　　4　足りない

(14) 生物学研究において名高い ＿＿ ＿＿ ＿★＿ ＿＿ たえません。

1　との由　2　山田教授が　3　残念に　4　ご辞職

(15) そんな ＿＿ ＿＿ ＿★＿ ＿＿ だと分かる。

1　常識　2　行いは　3　道徳違反　4　に照らしても

(16) 我々は伝統を踏まえて ＿★＿ ＿＿ ＿＿ ＿＿ 追求していこう。

1　社会の変化　2　創造の可能性を　3　現実と　4　に対応する

★伍★ 例示・列舉・並列・附加

1 やれ～やれ～ ＊……啦……啦

4-24

接續 やれ＋短句、やれ＋短句

意義 感嘆詞（也有「助詞」一說）「やれ」表示列舉同類。多跟「だ、とか、やら、だの」等呼應使用。

例

❶ 彼女は、このごろやれお花だ、やれお茶だと忙しそうだ。
她最近又是學插花又是學茶道，好像很忙。

❷ 同じ形で同じ素材(そざい)の、国産品をお勧(すす)めしても、やれ使いにくいだの、やれ大きすぎるだの、文句が返って来ます。
儘管我們推薦同種形式同種材料的國產貨，還是有「不好用」、「尺寸太大」之類的抱怨。

❸ 新任(しんにん)した労働大臣(だいじん)の口から、やれ週休二日やら、やれ時間短縮(たんしゅく)やら、やれゆとりの生活などと、われわれにとって別世界の夢物語としか思えない話が飛び出ている。
新任勞動大臣盡說些對我們來說像是天方夜譚的言論，像什麼週休二日啦、縮短勞動時間啦、優裕的生活啦等等。

❹ 彼はやれ給料が安いだの、やれ休みが少ないだのと文句が多い。
他經常抱怨薪水低啦、休假少啦等等。

2 ～わ～わ ＊(1)……了又……／除了……還是…… (2)……啦……啦

接續 (1)動詞「辭書形」＋わ、同一動詞「辭書形」＋わ（で）

意義 重複同一動詞，表示存在的數量多或發生的頻率高的意思。多帶有驚訝、意外等語氣。只用於口語。

例

❶ その日は街じゅう、いるわ、いるわ、黒(くろ)山(やま)の人だった。
那天，滿街都是人，黑壓壓的一片。

❷ あの鶏(にわとり)は、あるわ、あるわ、たくさんの金貨(きんか)を産(う)んだ。
那隻老母雞連續下了很多金蛋。

❸ あの三人は飲むわ飲むわで、あっというまに用意しておいたビールはなくなった。

他們三個人喝了又喝，一眨眼的工夫就把我買來的啤酒全都喝光了。

接續 (2) 各詞類「辭書形」＋わ、各詞類「辭書形」＋わ（で）

意義 跟「～やら～やら（で）」（⇨ N2）的意思類似，用於列舉兩三個同類事項，表示不好的事情都碰在一起。帶有窘迫、為難的心情。只用於口語。

例

❶ その辺りは交通が不便だわ、人も車も多くてうるさいわで、めちゃくちゃだ。

那一帶的交通不僅不方便，而且人車流量都很大，亂糟糟的。

❷ 今の世の中は物騒（ぶっそう）だわ、危ないことだらけだわで、いやだ。

現在這個世上很不安定，危險無處不在，令人感到厭煩。

❸ わがクラスのチームは試合に出ることは出たが、反則（はんそく）で退場（たいじょう）させられるわ、けがをするわで、さんざんだった。

我們班的代表隊雖然參加了比賽，但是有的人因為犯規被判下場，有的人則受傷，真是倒霉透了。

❸ ～かれ～かれ

接續 イ形容詞詞幹＋かれ、～かれ

意義 前後用正反對立的イ形容詞，表示無論哪種場合都一樣的意思。多為慣用形式，其中「良かれ悪（あ）しかれ」為固定說法，一般不說「良（よ）かれ悪（わる）かれ」。

例

❶ 良かれ悪しかれ、自分の子なんだから、大切にしなければならない。

好也好壞也好，因為是自己的孩子，都必須珍惜愛護。

❷ 現代に生きる私たちは多かれ少なかれ科学の恩恵（おんけい）を受けている。

生活在現代社會的我們，多多少少都受到了科學發展所帶來的好處。

❸ 遅かれ早かれ、どうせ嫁（よめ）に行くんだから、はやく結婚したほうがいいよ。

反正遲早要嫁人的，妳還是趁早結婚吧。

❹ おいしかれまずかれ、お腹（なか）が空（す）いているから、どれもおいしく見える。

管它好吃還是不好吃，因為肚子餓了，所以每道菜看起來都是美味佳肴。

4-25

4　～であれ～であれ　＊ 無論……還是……，只要是……

接續　◆（形式）名詞＋であれ、（形式）名詞＋であれ
◆ ナ形容詞詞幹＋であれ、ナ形容詞詞幹＋であれ

意義　跟「～でも～でも」（⇨ N4）的文法意義基本相同，表示無論 A 的場合還是 B 的場合（或是其他場合），情況都一樣。

例

❶ 男であれ、女であれ、誠意のない人とは付き合わないほうがいい。
無論是男人還是女人，沒誠意的人還是不要來往的好。

❷ 生活が豊かであれ、貧乏であれ、家族が一緒に揃って暮らせれば満足だ。
生活上富裕也好，貧窮也好，只要全家人能在一起生活，我就滿足了。

❸ 食糧飢饉の時期なんだから、おいしいものであれ、まずいものであれ、食べられるものなら何でも食べる。
因為是鬧糧食飢荒的時期，所以不管好吃還是不好吃，只要是能吃的什麼都吃。

❹ 学校に通うのであれ、働くのであれ、どちらも選ばず、家でぶらぶらしている人に対してニートという新語が付けられた。
有的人不管上學也好工作也好，什麼都不去做，只是待在家裡無所事事。最近有個新名詞，稱他們為「啃老族」。

5　～（よ）うが～（よ）うが

＊ 無論是……還是……

接續　各詞類「う形」＋が～（よ）うが

意義　跟「～ても～ても」（⇨ N4）類似，表示不管是「A」的情況也好還是「B」的情況也好，後項都不受此約束。「A」和「B」為正反意義或對立意義的詞。

例

❶ 国会議員だろうが、公務員だろうが、税金を納めなければならない。
國會議員也好，普通的公務員也好，都必須繳稅。

❷ 人口が過密であろうが、過疎であろうが、どちらも望ましいことではない。
人口過多也好，過少也好，都不是我們希望看到的現象。

❸ 雨が降ろうが、槍が降ろうが、工事は予定通りに実施する。
不管天上是下雨還是下長矛，工程都必須按照原定計劃進行。

6 ～(よ)うと～(よ)うと

＊ 無論是……還是……

接續 各詞類「う形」＋と～(よ)うと

意義 跟「～(よ)うが～(よ)うが」的文法意義基本相同，表示不管是「A」的情況也好還是「B」的情況也好，後項都不受此約束。也說「～(よ)うとも～(よ)うとも」。

❶ 日本語であろうと、中国語であろうと、その国へ行って勉強するのが一番いい。
日文也好，中文也好，直接去那個國家學習是最好的。

❷ 米の値段が高かろうと、安かろうと買わないわけにはいかない。人間は食べなければ死んでしまうんだから。
白米的價格貴也好，便宜也好都得買。因為人不吃飯是會死的。

❸ 君がどこへ行こうと、また何をやろうと、こっちの知ったことではない。
你要去哪裡，要做什麼，這些都與我無關。

7 ～といわず～といわず

◎ 4-26

＊ ……也好，……也好，都……

接續 名詞＋といわず、名詞＋といわず

意義 用於列舉同類中具有代表性的兩個事物，表示「沒有區別地全都如此」的意思。

例

❶ 部屋の中の物は、机といわず、いすといわず、めちゃくちゃに壊されていた。
房間裡的東西，無論是桌子還是椅子，都被破壞得亂七八糟。

❷ 夏といわず、冬といわず、一年中ビールはよく売れている。
無論是夏季還是冬季，啤酒一整年都很暢銷。

❸ 風の強い日だったから、口といわず、目といわず、砂(すな)ぼこりが入ってきた。
因為刮大風，不論嘴巴還是眼睛裡都被吹進了沙子。

8 ～といい～といい ＊不論是……還是……

接續 名詞＋といい、名詞＋といい

意義 圍繞同一個主體，舉出這個主體的兩個方面並作出「都很出色」的積極評價。偶爾也用於消極的方面。

例

❶ あの店の服は品質(ひんしつ)といい、デザインといい申し分ない。
那家店的服裝不論是品質還是款式都無可挑剔。

❷ この家は、広さといい価格(かかく)といい新婚(しんこん)夫婦にぴったりだ。
這個房子，大小也好，價格也好，正好適合新婚夫婦居住。

❸ その時のアジアは、タイといい、香港(ホンコン)といい、台湾(タイワン)といい、みんな通貨危機(つうかきき)に巻(ま)き込(こ)まれてしまった。
那時的亞洲，無論是泰國，還是香港或台灣，無一不被捲入亞洲金融危機的風暴當中。

9 ～と相まって／も相まって

＊(1) 與……相配合／與……相輔相成　(2) 又遇上……

接續 (1) ◆ 事物Ａは、事物Ｂと(が)相(あい)まって
◆ 事物Ａと事物Ｂと(が)相まって
◆ 事物Ａと(が)相まって、事物Ｂも

意義 表示某事物與其他事物相得益彰，從而帶來了某種必然的結果。

例

❶ 急速(きゅうそく)な少子化(しょうしか)は、高齢者(こうれいしゃ)の増加(ぞうか)とあいまって、日本の人口構造(こうぞう)を大きく変えてきている。
急速下降的出生率，加上老年人口的增加，使日本的人口結構產生了很大的變化。

❷ 今年の米は、温暖(おんだん)な気候(きこう)と適度(てきど)な雨量(うりょう)とがあいまって豊作(ほうさく)となった。(＝今年の米は、温暖な気候と相まって、雨量も適度なので豊作となった。)
今年的稻米，因為有溫暖的氣候和適度的雨量，因此大豐收。

❸ 昨年は、人一倍の努力と幸運と相まって、優勝することができた。(＝昨年は、人一倍の努力と相まって、運もよかったので、優勝することができた。)

比別人更努力再加上好運相助，去年終於獲得了冠軍。

接續 (2) 名詞＋もあいまって

意義 舉一個例子，暗示還受到其他因素的影響，共同作用從而帶來了某種必然的結果。

例

❶ 人一倍の努力もあいまって、よい成績を収めた。

再加上付出比別人多一倍的努力，終於取得了優異的成績。

❷ 場所の雰囲気もあいまって、その喫茶店は特に若い人の中で人気がある。

再加上店內獨特的氛圍，那家咖啡館特別受到年輕人的青睞。

❸ 厳しい経済状況も相まって、就職は非常に困難だった。

也正好受到經濟蕭條的影響，所以找工作非常困難。

⑩ ～はおろか ＊ 別說……就連……

◎ 4-27

接續 名詞＋はおろか、～も／さえ／まで

意義 不用說前項，就連後項也同樣。與「～はもちろん」(⇨ N3) 的意思基本相同，但多用於講述不理想的場合。

例

❶ もうすぐ海外旅行に行くというのに、切符の手配はおろか、パスポートも用意していない。

雖然馬上就要去國外旅遊了，可是別說是機票，就連護照也還沒準備好。

❷ 子どもたちは、机はおろか、ピアノにまで上がって遊んでいた。

孩子們不僅爬到桌子上，甚至爬到鋼琴上玩耍。

❸ 腰を痛めて、歩くことはおろか、立つことも難しい。

腰扭傷了，別說是走路，就連站立都困難。

11 ～は言うに及ばず ＊ ……就不用說了

接續 名詞＋は言うに及(およ)ばず、～も／さえ／まで

意義 表示「前項就不用說了，後項也同樣」的意思。

例

❶ 連休中(れんきゅうちゅう)、海や山は言うにおよばず、公園や博物館(はくぶつかん)まで親子連(おやこづ)れで溢(あふ)れていた。

正好碰上連假，海邊和山區的景點就不用說了，就連公園或博物館也擠滿了攜家帶眷的遊客。

❷ 彼は国内は言うにおよばず、世界的にも有名な映画監督(かんとく)だ。

他在國內就不用說了，在全世界都是著名的電影導演。

❸ 女性は言うにおよばず、男性も化粧(けしょう)をするようになってきた。

別說女性了，現在就連男性也開始化起妝來了。

❹ あの人は数学は言うにおよばず、他の科目も抜群(ばつぐん)である。

就不用說數學了，她連其他科目也都出類拔萃。

12 ～は言わずもがな

＊ (1)……就不用說了，甚至連……
(2) 不說自明、擺明的事實

接續 (1) 名詞＋は言わずもがな～も／さえ／まで

意義 跟「～はもちろん」(⇨ N3) 的意思類似。

例

❶ クラスメートは言わずもがな、先生がたまでぼくの誕生パーティーに来られた。

同學就不用說了，就連老師們也來參加我的生日派對。

❷ 子供は言わずもがな、大人までもこの新しいゲームに夢中になっているそうだ。

據說不只小孩子，就連大人也很熱衷這款剛上市的遊戲。

❸ その大学は進んだ設備(せつび)は言わずもがな、教師陣(きょうしじん)も一流ばかりの人材(じんざい)が揃(そろ)っていることだし、学生たちに憧(あこが)れられても当然だ。

那所大學不僅擁有先進的教學設備，教師陣容也是人才濟濟，學生們會憧憬也是理所當然的。

接續 (2) 名詞＋は言わずもがな（だ、のことだ）

意義 相當於「～は言うまでもないことだ」「～言わずとも知れた」的意思。

例

❶ 夏目漱石(なつめそうせき)がすぐれた小説家であることは言わずもがなのことだ。
夏目漱石是位傑出的小說家，這是毋庸置疑的。

❷ まだ子供なんだから、遊びが好きなのは言わずもがなのことだ。
因為還是個孩子，所以愛玩是理所當然的事情。

❸ お世話になった方々への感激(かんげき)の気持ちは言わずもがなだ。
我對給過我關照的人充滿了感激之情，這一點是毋庸置疑的。

13 ～にとどまらず ＊ 不僅……而且

4-28

接續 名詞（＋助詞）＋にとどまらず

意義 表示不僅在前項範圍內，甚至涉及其他廣泛的地域或空間。

例

❶ 火山(かざん)の噴火(ふんか)の影響(えいきょう)は、ふもとにとどまらず、周辺地域全体(しゅうへんちいきぜんたい)に及(およ)んだ。
火山爆發，不僅影響到山腳地帶，還波及了整個週邊地區。

❷ その流行は東京にとどまらず、千葉(ちば)、横浜(よこはま)などの地方にも広がっていった。
不僅僅是東京，還流行到了千葉、橫濱等週邊地區。

❸ 戦争は当事国(とうじこく)だけにとどまらず、回りの国にも大きな災難(さいなん)を与(あた)えた。
戰爭不僅僅給當事國，也給週邊的國家帶來了重大的災難。

14 ひとり～だけでなく（のみか、のみでなく、のみならず）

＊ 不僅僅……，而且還……

接續
- ひとり～だけでなく
- ひとり～のみか
- ひとり～のみでなく
- ひとり～のみならず

意義 副詞「ひとり」跟「ただ／単(たん)に」的意思相同，用於書面語。此組句型表示「不僅僅是前項，而且還存在著後項」的意思。

例

❶ 彼女はひとり英語が上手（な）だけでなく、日本語も中国語もすらすら話せる。
她不僅英文好，日文和中文也都說得很流利。

❷ 今日はひとり気温が低いのみか、風も強いです。
今天不僅氣溫低，風也很大。

❸ 相手の発言（はつげん）はひとり聞くのみでなく、大切なのはメモをすることだ。
對方的發言，不僅要聽，還應該把重要的內容記下來。

❹ 彼はひとり歌手としてのみならず、歌詞（かし）作家（さっか）としても有名である。
他不僅是有名的歌手，也是一位有名的作詞家。

15 ～もさることながら／もさるものながら

＊ ……就不用說了，……也／……不可忽視，……也是

接續
- 事物名詞＋もさることながら～も
- 人物名詞＋もさるものながら～も

意義 前項的事情（事）、物品（物）或人物（者）當然不能無視或不能不顧，但更應該考慮後項的事情、物品或人物。

例

❶ 経済問題の解決（かいけつ）には、政府（せいふ）や企業（きぎょう）の対応（たいおう）もさることながら、消費者の態度も重要な要素（ようそ）となる。
在解決經濟問題上，政府和企業所採取的應對措施就不用說了，消費者的態度也是很重要的因素。

❷ 親の希望（きぼう）もさることながら、自分もこの大学に入りたかった。
父母的希望不言而喻，我自己也想進這所大學。

❸ ゴッホの絵は、構図（こうず）もさることながら、色彩（しきさい）もすばらしい。
梵谷的畫，構圖技巧不言而喻，色彩運用上也非常高超。

❹ 自家製（じかせい）の梅酒（うめしゅ）もさるものながら、あのレストランならではの雰囲気（ふんいき）も魅力的（みりょくてき）だ。
自製的梅酒就不用說了，那家餐廳的氛圍也很吸引人。

❺ 会社を創立（そうりつ）した元（もと）会長もさる者ながら、会社を大きくした後継者（こうけいしゃ）の娘もすばらしい。
創立公司的前會長就不用說了，繼承公司還把公司發展壯大的會長女兒也很了不起。

儘管生活中有「さるものながら」的用法，但試題中一般以考「さることながら」的用法居多。

4-29

16 ～も～も ＊ ……都取決於……／……也好……也罷，都要看……

接續 ◆動詞「辭書形」＋も、動詞「辭書形」＋も
◆動詞「辭書形」＋も、動詞「ない形」＋も

意義 以「ＡもＢも～だ／次第だ／にかかる」的形式，並使用表示對立意義或正反意義的動詞，用於表示所列舉的兩者均取決於後項的條件。

例

❶ 試験を受けるも諦めるも（＝受けるも受けないも）君次第(しだい)です。
參不參加考試隨便你。

❷ いちおう条件を出すが、承知(しょうち)してくれるも拒絶(きょぜつ)するも（＝承知してくれるもしてくれないも）、向こうの気持ちによる。
我們姑且提出條件，至於對方是否答應，那就要看他們的態度了。

❸ 今度の実験は成功するも失敗するも（＝成功するもしないも）、この新しい添加剤(てんかざい)の働きにかかっている。
這次實驗能不能成功，取決於這種新添加劑的功效如何。

17 ～も～もない

＊ (1) 既不……又不…… (2) 沒什麼……不…… (3) 沒有任何……

接續 (1) ◆名詞＋も、名詞＋もない
◆ナ形容詞詞幹＋も、ナ形容詞詞幹＋もない
◆イ形容詞「く形」＋も、イ形容詞「く形」＋もない
◆動詞「連用形」＋も、動詞「連用形」＋もしない

意義 使用成對的語詞，表示不是任何一方，即全面否定的意思。多為慣用說法。

例

❶ それはまったく根(ね)も葉(は)もないうわさだよ。
那是毫無根據的八卦。

❷ 英語を勉強するのは単(たん)に趣味にすぎない。だから、得意も苦手(にがて)もない。
我學英語只是興趣而已，所以沒有所謂學得好不好。

❸ 今のところ、夫との関係はよくも悪くもない狀態だ。
目前我跟我丈夫的關係處於一種不好也不壞的狀態。

❹ 警察に連れて行かれたっていい。おれは逃(に)げも隠(かく)れもしない。
警察要來抓我就抓吧。我不躲也不藏。

接續 (2) 動詞「辭書形」＋も、動詞「未然形」＋ないもない

意義 重複對方說過的同一動詞，用於強烈否定或責備對方不該那樣說的意思。口語體。

例

❶ A：ちょっと考えてから返事する。
B：考えるも考えないもないだろ？すぐ返事しなさいよ。
A：讓我考慮一下再回覆你吧。
B：有什麼好考慮的，請馬上回答我。

❷ A：あの借金(しゃっきん)、もう少し延期(えんき)させてもらえないかと……。
B：何を言っているんだ。延期するも延期しないもないよ。こっちもたいへんなんだから。
A：那筆借款能不能讓我再緩個幾天？
B：你在說什麼呀。有什麼好延期的。我也快撐不住了。

❸ A：怒ってるの？あなたは。
B：いいえ。感謝(かんしゃ)こそすれ、怒るも怒らないもないわ。
A：你在生我的氣嗎？
B：沒有。感謝你都來不及呢，怎麼還會生你的氣呢？

接續 (3) 名詞＋も何もない

意義 表示不僅不是該名詞或該動詞所表示的事情，而且也沒有其他的意思，用於全面否定。也可以重複對方話中的關鍵字並給予全面否定。口語體。

❶ お体には異常(いじょう)も何もないと思います。
我認為您的身體沒有任何異狀。

❷ 人間性も何もないあいつには、何を言っても無駄だ。
對毫無人性的他說什麼都是白費工夫。

❸ A：犯人(はんにん)を逮捕(たいほ)するかどうか考えております。
B：何を言ってるんだい。考えるも何もない。人を殺したんだから。
A：我正在考慮要不要逮捕犯人。
B：你在說什麼呀，還用得著考慮嗎？他都殺人了。

★ 練習問題 ★

問題1 次の文の（　　　）に入れるのに最もよいものを、1・2・3・4 から一つ選びなさい。

(1) 雨が（　　）、風が（　　）、毎日欠(か)かさずに学校に通っている。

1　降ろうと／吹くまいと　　2　降るといい／吹くといい
3　降ろうと／吹こうと　　4　降るのみか／吹くのみか

(2) 長女(ちょうじょ)にも赤ちゃんが産まれるわ、次男(じなん)の結婚式も近いわ（　　）、来月は費用が嵩(かさ)む。

1　に　　2　から　　3　で　　4　より

(3) 金融危機(きんゆうきき)も（　　）、多くの企業は経営不振(けいえいふしん)に嘆(なげ)いている。

1　さることながら　2　あろうに　　3　なにもなく　　4　あいまって

(4) 息子は、やれ仕事が単純(たんじゅん)（　　）、やれ給料が少ない（　　）と不満ばかり言って働きたくないらしい。

1　なり／なり　　2　なぞ／なぞ　　3　だの／だの　　4　だに／だに

(5) 結果は（　　）であれ、上司の指示に従えば良いと思う部下が少なくないようだ。

1　どう　　2　どんな　　3　どういう　　4　どうした

(6) 貧(まず)しい国々の子供は先進諸国(せんしんしょこく)の子供に比べて、体力(たいりょく)は言わずもがな、学力(がくりょく)（　　）劣(おと)っているとされている。

1　にしたがっても　　2　においても
3　にかけても　　4　につけても

(7) 日本で生活するなら、日本語（　　）、日本の文化や日本人の生活習慣なども身につけなければならない。

1　はおろか　　2　は言うにおよばず
3　としたことが　　4　と来た日には

(8)（　　）、A 会社の経営(けいえい)は赤字(あかじ)であった。

1　A 社といわず、B 社といわず　　2　A 社なり／B 社なり
3　昨年といわず、今年といわず　　4　昨年であって／今年であって

(9) 木綿(もめん)だろうと、絹(きぬ)だろうと、これはハンカチであることに(　　)。

1　の変わらない　　　　2　変わりない
3　お変わりありませんか　　　　4　お変わりございませんか

(10) 何か心配なことがあったら、仕事のことであれ、勉強のことであれ、(　　)早めに相談したほうがいい。

1　遠慮がちに　　2　遠慮深く　　3　遠慮して　　4　遠慮せずに

(11) 息子：結婚するも一人で暮らしていくも(　　)。
父親：そう言うんなら、勝手にしろ。

1　おれの勝手なんじゃないのか　　　　2　おれの勝手なんじゃないのよ
3　おれの勝手じゃないか　　　　4　おれの勝手じゃないよ

(12) A：世界的に有名な建築家(けんちくか)の安藤氏(あんどうし)は大学院はおろか、大学の学部も(　　)、東大の教授(きょうじゅ)になりましたよ。
B：そうなんですか。たいしたものですね。

1　出ていないのに　　　　2　出ていたので
3　受かったのに　　　　4　受かっていないので

(13) 彼女が留学中結婚することはひとり友人のみか、家族(　　)知らなかった。つまり誰にも知らせなかったんだ。

1　までは　　2　ほどで　　3　ばかりに　　4　ですら

(14) A：わたしは夢も希望も、またやりたいことも何もないこの会社に勤めているのは(　　)。
B：でも、楽だし、給料もいいし、いいじゃないか。

1　何よりありがたいことだ　　　　2　なんとつらいことか
3　苦しくてたまらないようだ　　　　4　つらいに決まっている

(15) 交通事故といい、火事といい、今年に入ってからというもの、災難が(　　)。ですから、くれぐれもご注意いただきたいと思います。

1　減らさずにはすまない　　　　2　減らさざるをえない
3　増える一方である　　　　4　増えそうになった

問題 2　次の文の ＿＿★＿＿ に入る最もよいものを、1・2・3・4から一つ選びなさい。

(16) 初めての商売だが、＿＿＿＿ ＿＿＿＿ ＿＿★＿＿ ＿＿＿＿ だった。

1　始末　　2　ない　　3　元も子も　　4　失敗して

(17) 彼女は ＿＿＿＿ ＿＿＿＿ ＿＿★＿＿ ＿＿＿＿ 飲めるよ。

1　ウイスキーも　　2　ビールは　　3　けっこう　　4　言うまでもなく

(18) 放火された店 ＿＿＿＿ ＿＿＿＿ ＿＿★＿＿ ＿＿＿＿ にも及んでしまった。

1　火は　　2　隣接した　　3　にとどまらず　　4　周りの店

(19) そのハンドバッグは、デザインの ＿＿★＿＿ ＿＿＿＿ ＿＿＿＿ ＿＿＿＿ から、飛ぶように売れている。

1　斬新さ　　2　価格も　　3　とあいまって　　4　手ごろだ

(20) 中田選手は、＿＿＿＿ ＿＿★＿＿ ＿＿＿＿ ＿＿＿＿ 、日本チームのメンバーから放せない。

1　リーダーシップ　　2　も卓越しているので

3　もさることながら　　4　すぐれた技術

1 ～よう

4-30

接續 (1) 動詞「連用形」＋よう

意義 表示動作、狀態的様子。漢字「様」一般不寫，而多用假名。

例

❶ そのときの喜(よろこ)びようといったらなかった。 當時喜悅的模樣真是難以言喻。

❷ 30年ぶりに故郷に帰った。その変わりように驚いた。 隔了30年再次回到家鄉。對於家鄉的改變讓我感到很驚訝。

❸ そのめずらしい動物を見た子供たちの驚きようは尋常(じんじょう)ではない。 看到稀有動物時孩子們驚訝的模樣，真是不尋常啊。

❹ 今の世の中の有り様(よう)に疑問(ぎもん)を抱(いだ)いている。 我對現今世上的各種狀態抱持著疑問。

接續 (2) 動詞「連用形」＋ようがある（ない）

意義 「～ようがある」表示有辦法做某事情。否定形式「～ようがない」（⇨ N2）表示沒有任何辦法做某事情。

例

❶ 本のタイトルさえ分かれば、探しようもあるのだが。 如果知道書名，那要找就有辦法了。

❷ このラジオは直しようがあるようなので、捨てないでください。 這台收音機好像還有辦法修好，別丟掉。

❸ 患者(かんじゃ)はもう手の施(ほどこ)しようがないほど、病状(びょうじょう)が悪化(あっか)していた。 患者的病情差不多已經惡化到了無可救藥的地步。

接續 (3) 動詞「連用形」＋ようがよい（悪い）

意義 用於評價方式、方法的好壞。也可以用「～ようが上手だ（下手だ）」等形式。

例

❶ 君の話しようがよければ、彼女は怒らなかったのに。 如果你說話的方式得當的話，她就不會生氣了，可是你……。

❷ 口(くち)の利(き)きようが悪いので、彼女の気分を悪くさせた。今にして思えば後悔(こうかい)してならない。

因為我不擅長說話，結果得罪了她。現在想到還是很後悔。

❸ 仕事が見つからないのは、君の探しようには問題があるからです。

你找不到工作，是因為找的方法不對。

2 ～きらいがある ＊ 有……之嫌／有……傾向／有些……

接續
- ◆ 名詞「の形」＋きらいがある
- ◆ ナ形容詞「な形」＋きらいがある
- ◆ イ形容詞「辭書形」＋きらいがある
- ◆ 動詞「辭書形」＋きらいがある
- ◆ 句子普通體＋というきらいがある

意義 表示存在某種不好的、令人厭惡的傾向。

例

❶ 元(もと)社長は人事異動(いどう)や方針決定(ほうしんけってい)において独(どく)裁(さい)の嫌いがあった。

前任社長在人事安排和制定決策方面有些獨斷專橫。

❷ 彼は確(たし)かに有能(ゆうのう)だが、少し生意気(なまいき)な嫌いがあるんじゃないか。

他確實是個能幹的人，但是不是有些囂張呢？

❸ あの新人は別に悪い人じゃないけど、なれなれしい嫌いがある。

那位新人本質並不壞，就是跟人交往時有點愛和人裝熟。

❹ 彼女は、何でも物事(ものごと)を悪い方(ほう)に考える嫌いがある。

她往往會把事情往壞處想。

3 ～ふしがある ＊ 有……之處

接續
- ◆ 名詞「の形」＋ふしがある
- ◆ ナ形容詞「な形」＋ふしがある
- ◆ イ形容詞「辭書形」＋ふしがある
- ◆ 動詞「辭書形」＋ふしがある

意義 相當於「～ような気がする」「～ように思われる」(⇨ N3)的意思。雖然本人沒有那麼說，但是讓人感到有這種跡象。

例

❶ あの人の態度には、どうやら西洋かぶれのふしがある。
感覺他的態度有點崇洋媚外。

❷ 証拠不足のふしがあるが、疑わしいふしが見えない（＝疑わしいふしがない）。
雖然證據不足，但也看不出有什麼疑點。

❸ 彼の考えには、なんとなく恩着せがましいふしがある。
總覺得他的想法裡頗有以恩人自居的意味。

❹ 鈴木さんはその事件の真相を知っていたと思われるふしがある。
我覺得鈴木一開始就知道那個事情的真相。

4 ～うらみがある ＊ 遺憾的是……／可惜……

◎ 4-31

接續 ◆ 名詞「の形」＋うらみがある
◆ 動詞普通體＋うらみがある
◆ 句子普通體＋といううらみがある

意義 表示某事情存在著不足、不滿意之處的意思。表達了說話者對某事的出現感到遺憾、惋惜等心情。

例

❶ それは確かに新しい発想だが、やや不足のうらみがあるのではないかと思うけど。
那確實是一個新構思，但我還是覺得有不足之處。

❷ エコ車は環境に優しいと言われているが、今現在では高価格のうらみがある（＝高すぎるうらみがある）ので、普及には無理がある。
雖說能源車有利於環保，不過遺憾的是，現階段這種車的價格還很高，很難普及。

❸ 経済の発展ぶりがすばらしかったが、やや走りすぎたといううらみがある。
雖然經濟發展的狀況良好，但是也存在經濟過熱的情況。

5 ～とばかり（に） ＊ 好像在說……／似乎在說……

接續 句子普通體或禮貌體＋とばかり（に）

意義 表示嘴上雖沒說，但神態、表情及動作已顯露其意思。它是「～と言わんばかりに」的省略形式。

例

❶ 急激(きゅうげき)に円高(えんだか)になったので、みんなここぞ(＝いいチャンスだ)とばかりにドルを争(あらそ)って買い始めた。
因為日幣價格急劇上揚，大家像是說「正是好時機」似的，爭先恐後地買起了美金。

❷ 夫は料理がまずいとばかりに茶碗を置いたかと思うと、席を立ってしまった。
老公放下了碗，似乎在說：「這菜也太難吃了。」還沒等我回過神來，他已經離開了座位。

❸ 山本(やまもと)さんは、意見を求(もと)められると、待っていましたとばかりに自分の説(せつ)を展開(てんかい)し始めた。
才剛徵求山本的意見，他就等不及似的開始闡述自己的觀點。

6 ～んばかり

＊ (1) 幾乎要……／差點要……／眼看就要……
(2) 似乎在說……

接續 (1) ◆ 動詞「未然形」＋んばかり(に、の、だ)
◆ する⇨せんばかり(に、の、だ)

意義 相當於「今にも～しそう(に、な、だ)」的意思。表示某種動作或狀態幾乎就要發生。

例

❶ 今にも夕立(ゆうだち)が降り出さんばかりの空模様(そらもよう)だ。
天空昏暗，眼看就要下一場雷陣雨。

❷ その赤ん坊は、私が抱(だ)き上(あ)げたら、今にも泣き出さんばかりの顔をした。
我一抱起那個寶寶，他就一副馬上要哭出來的樣子。

❸ 見当違(けんとうちが)いな話をしてみんなに笑われ、恥ずかしくて逃げ出さんばかりだった。
我說錯話，惹得大家哄堂大笑，丟臉到我都想逃離現場了。

接續 (2) 句子普通體＋と言わんばかり(に、の、だ)

意義 雖然嘴上沒明說，但是透過其他方式表達了想說的話。

例

❶ 自分は関係ないと言わんばかりの夫の言(げん)動(どう)に腹(はら)が立った。
我老公似乎在告訴我，那件事跟他沒關係。對他的言行我實在很氣憤。

❷ 新しく来たコーチに対する彼の態度は、コーチとして認めないと言わんばかりだ。
他對新來的教練的態度，似乎在說他不夠資格當教練。

❸ 事故の被害者を見舞いに行ったが、相手はほとんど口もきかず、まるで早く帰れと言わんばかりだった。

我去探望了事故受害者，可是對方不發一語。似乎在說：「趕快給我滾回去！」

7 ～ともなく／ともなしに

4-32

＊ (1) 不知…… (2) 隨意地……／不經意地……

接續 (1) ◆ 疑問詞＋助詞＋ともなく
◆ 疑問詞＋助詞＋動詞「辭書形」＋ともなく

意義 說不清是何時、何地、何人做了後項或發生了後項的事情。

例

❶ どこからともなくあまい香りが漂ってきた。

不知從哪裡飄來了一陣甜甜的香味。

❷ いつからともなしに、私も周りの子供たちに「おじさん」と呼ばれるようになった。

不知從何時開始，周圍的孩子們見了我都叫我「叔叔」了。

❸ 紙に何を描くともなしに絵を描いたら、先生の似顔絵になっていた。

隨意在紙上畫了幾筆，就畫出了老師的肖像。

❹ 誰に言うともなく「人生ってこんなもんさ」とつぶやいた。

也不是有刻意對誰說，只是嘴上嘟囔著：「人生就是這麼一回事。」

❺ どこへ行くともなく、ぶらぶらと通りを歩いていた。

漫無目的地在街上溜達。

接續 (2) 動詞「辭書形」＋ともなく／ともなしに

意義 接在「見る・聞く・言う・考える・読む・習う・行く」等表示視聽或思考的動詞後面，表示無意識地或無意間做了前項，於是發生了意外的後項。

例

❶ 母は、ぼんやり、テレビを見るともなしに見ていた。

媽媽她發著呆、隨意地看著電視。

❷ 喫茶店で、隣の席の話を聞くともなしに聞いていると、私の会社のことだったので、驚いた。

在咖啡店裡，無意中聽見隔壁桌的談話，發覺他們竟然在談論我公司的事情，嚇了我一跳。

❸ 行くともなく足が彼女の家へと向かっていた。ちょうどその時、彼女はベランダへ洗濯物(せんたくもの)を干(ほ)しに出ているところだった。

毫無目的地走著，不知不覺中竟然來到了她家門口。這時候，正好看見她走到陽台上晾衣服。

8 ～ず～ず ＊ (1)(2) 既不……也不……

接續 (1) 動詞「未然形」＋ず、動詞「未然形」＋ず

意義 表示不做 A 也不做 B 的情況。多為慣用形式。

例

❶ 朝から飲まず食わずで、森の中を歩き続けた。

從早上到現在都沒吃沒喝，不停地在森林裡走。

❷ 彼は鳴かず飛ばずに黙々(もくもく)と会社で 30 年働いてきた。

他默默地在公司工作了 30 年。

❸ 彼は慌(あわ)てず焦(あせ)らずに試験会場に入っていった。

他不慌不忙地走進了考場。

❹ 展覧会に出品(しゅっぴん)されている作品はいずれも負(ま)けず劣(おと)らずの力作揃(りきさくぞろ)いだ。

在展覽會上展出的作品，都是旗鼓相當的好作品。

接續 (2) イ形容詞詞幹＋からず、イ形容詞詞幹＋からず

意義 表示既不是 A 也不是 B。多為慣用形式。

例

❶ 5 月は暑からず寒からずちょうどいい気候です。

5 月份是個不冷不熱的好季節。

❷ パーティーに来ている客は多からず少なからずほどほどだ。

來參加派對的客人不多也不少，剛剛好。

❸ ぼくは彼女とは仕事上では近からず遠からずの間柄(あいだがら)にすぎない。

我跟她在工作上只不過是保持著一種不近不遠的關係。

❹ 約束に行くときの時間は早からず遅からず、人と話すときの声は大きからず小さからずのほうがいい。

赴約時最好不要太早到也不要太晚到，跟人說話時聲音最好不要太大聲也不要太小聲。

也有「ナ形容詞詞幹＋ならず、ナ形容詞詞幹＋ならず」的用法，但使用頻率很低。

■ **あの辺は賑やかならず静かならずの所だ。**／那一帶既不熱鬧也不安靜。

■ **今の生活狀態は幸福ならず不幸ならずだ。**／我現在的生活狀態是既談不上幸福也談不上不幸福。

9 〜つ〜つ ＊ 一會兒……一會兒……／或……或……

接續 ◆動詞「連用形」＋つ、反義動詞「連用形」＋つ
◆動詞「連用形」＋つ、同一動詞「未然形」＋（ら）れつ

意義 意思跟「〜たり〜たり」（⇨ N5）類似，表示兩個動作交替進行。使用範圍也比較狹窄，多為一些約定俗成的慣用表達形式。

例

❶ 事実を言おうか言うまいかと、廊下（ろうか）を行きつ戻りつ考えた。
我在走廊上一面徘徊一面考慮到底要不要說出事實真相。

❷ われわれはお互いに持ちつ持たれつで、助け合ってきた。
我們互相支持，互相幫助，攜手並肩到現在。

❸ 祝日（しゅくじつ）とあって浅草（あさくさ）の仲見世（なかみせ）通りは押しつ押されつのものすごい人出（ひとで）で、とても大変だった。
因為那天正好是節日，東京淺草的仲見世商店街擠滿了人。人們熙熙攘攘，你推我擠，真夠受的。

❹ あの政治家は浮（う）きつ沈（しず）みつして、今年ようやく大統領（だいとうりょう）のポストに就（つ）いた。
那個政治家起起落落，終於在今年坐上了總統寶座。

其他較為常見的還有：食いつ飲みつ（貪吃貪喝）、勝ちつ負けつ（互相比輸贏）、抜きつ抜かれつ（比賽等你追我趕）、点を取りつ取られつ（比賽時分數咬得很緊）、待ちつ待たれつ（有時我等你，有時你等我）、差しつ差されつ（互相敬酒等）、勧めつ勧められつ（互相勸酒等）、好きつ好かれつ（互相喜愛）。

10 ～なしに／ことなしに ＊ 不……就…… 4-33

接續
- 名詞＋なしに
- 何の＋名詞＋もなしに
- 動詞「辭書形」＋ことなしに

意義 跟「～しないで」（⇨ N5）「～せずに」（⇨ N4）的文法意義類似，表示不做前項的情況下就做了後項。

例

❶ その国の汽車は、合図なしに／何の合図もなしに発車するから、うっかりすると取り残される。
那個國家的火車會在沒有發出任何信號的情況下就發車，所以一不留意就有可能沒搭到車。

❷ 先輩のアドバイスを聞くことなしにその仕事を始めた。それで失敗した。
沒有聽前輩的忠告就開始做那個工作，結果搞砸了。

❸ 私は一日も欠かすことなしに日記をつけている。
我每一天都會寫日記。

❹ 彼は事前の連絡なしに会社を休んだ。
他沒事先聯絡，就沒來公司上班。

說明

「～なしに／ことなしに」還有表示假定條件的用法，請參考 P.206。

11 ～にかこつけて ＊ 以……為藉口

接續 名詞＋にかこつけて（は）

意義 表示雖然不是直接的原因，但仍然以此為藉口去做後面的事情。

例

❶ 父の病気にかこつけて、会議への出席を断った。
以父親生病為借口，拒絕出席會議的邀請。

❷ 仕事にかこつけて、ヨーロッパ旅行を楽しんできた。
藉工作之便，到歐洲開心地旅行。

❸ 接待にかこつけて、上等な洋酒や海鮮料理を注文した。
以接待客人為理由，點了上等的洋酒和海鮮料理。

❹ このごろ、父と母はよくけんかする。何かにかこつけては騒ぎ出すから、困る。

最近我爸媽經常吵架。一有什麼事就吵起來，真拿他們沒辦法。

12 ～にかまけて ＊ 只顧……／一心……

接續 名詞＋にかまけて

意義 表示對該事物竭盡全力而不顧其他的意思。後項多為否定形式。

例

❶ 雑事にかまけて、ご無沙汰をいたしまして申し訳ありません。

因為忙於瑣事，久未聯絡，十分抱歉。

❷ 仕事にかまけて、友だちへの返事を書くのを忘れていた。

只顧著工作，結果忘記回信給朋友了。

❸ 一日じゅう、家事や子供の世話にかまけて、本を読む時間もない。

一天到晚都在忙著家事和照顧孩子，根本沒有時間看書。

13 ～を見込む ＊ 考慮到……／看準……

4-34

接續
◆ 名詞＋を見込んで／を見込む
◆ 動詞「辭書形」＋のを見込んで／のを見込む

意義 表示在事先充分考慮到某種情況之後再做後項事情。

例

❶ 今年の情勢を見込んで、商品の販売策を改めて調整した。

考慮到今年的經濟情勢，重新調整了對商品的銷售策略。

❷ 観客増を見込んで、例のモーターショーの開催地を変更した。

考慮到會出現超出預期的參觀人數，所以改變了車展的活動地點。

❸ 三割の利益を見込んで、品物に定価を設定する。

為商品訂定價格的時候會將三成的利潤包含在內。

❹ 多くの来場者を見込んでいたが、当てが外れた。

原本預計會有很多人來參加，但期待落空了。

也用於一開始就相信某人或某人的能力。

■**君を見込んで頼んだのだから、がんばってください。**／因為相信你才委託你的。請加油。

■**林さんの腕を見込んで、その大きな仕事を任せたんだ。**／看好林先生的實力，所以就把那個重責大任交給了他。

★練習問題★

問題1 次の文の（　　）に入れるのに最もよいものを、1・2・3・4から一つ選びなさい。

(1) その料理店は味といい、雰囲気といい（　　）と言えるかもしれないが、店員の接客の態度ではやや足りないといううらみがある。

1　もうしあげない　　2　もうしはしない
3　もうしぶんない　　4　もうしわけない

(2) 地震が何の予告も（　　）突然襲ってきただけに、被害がひどいのだ。

1　ともなく　　2　なしに　　3　ことなしに　　4　こともなく

(3) 仕事（　　）、地方機関の接待を受ける政府官僚が少なくないようだ。

1　のしようでは　　2　するともなく　　3　にかまけて　　4　にかこつけて

(4) 老後の生活難（　　）、若い頃から少しずつ貯金しておいた。

1　を見込んで　　2　ともなしに　　3　を目指して　　4　とばかりに

(5) あの先生の授業がおもしろいが、いつのまにか話がそれてしまう（　　）。

1　きらいがある　　2　きらいがない
3　きらいになる　　4　きらいにならない

(6) 苦労して運転免許を取ったので、その喜びは（　　）ようもない。

1　たとえた　　2　たとえたい　　3　たとえ　　4　たとえて

(7) パーティーに集まってきた人は（　　）ちょうどいい人数でした。

1　多かれ少なかれ　　2　多からず少なからず
3　多くなりつ少なくなりつ　　4　多いにせよ少ないにせよ

(8) 宴会では、みんな楽しそうに（　　）してお酒を交わしている。

1　差すつ／差すつ　　2　差すつ差されるつ
3　指しつ／差させつ　　4　差しつ／差されつ

(9) 隣の家から流れてくる音楽を聞くともなしに（　　）、国の音楽と分かって何だか懐（なつ）かしい気分になった。

1　聞くのでは　2　聞くのなら　3　聞いていると　4　聞いていても

(10) おばあさんはかごいっぱい、（　　）田舎から持ってきてくれた。

1　溢（あふ）れるともなくの蜜柑を　2　溢れんばかりの蜜柑を
3　溢れるきらいがある蜜柑を　4　溢れっぱなしの蜜柑を

(11) 私が話しかけたら、あの人はいやだとばかりに（　　）。

1　私に向かってどなった
2　私に「なんでまた来るの」と聞いた
3　言いたそうになった
4　横を向いてしまった

問題 2　次の文の ＿★＿ に入る最もよいものを、1・2・3・4から一つ選びなさい。

(12) 田中刑事（けいじ）は、＿＿＿ ＿★＿ ＿＿＿ ＿＿＿ あると言った。

1　思い当たる　2　事件の原因　3　については　4　ふしが

(13) うつ病は ＿＿＿ ＿＿＿ ＿★＿ ＿＿＿ という意見もある。

1　来ている　2　ことから　3　ようが悪い　4　気の持ち

(14) ＿＿＿ ＿＿＿ ＿★＿ ＿＿＿ 由紀子ちゃんは泣き出した。

1　をください　2　小づかい　3　ばかりに　4　と言わん

(15) 毎日 ＿＿＿ ＿＿＿ ＿★＿ ＿＿＿ ことは何もできない。

1　自分の好きな　2　家事に　3　あれやこれや　4　かまけて

(16) そんな人 ＿＿＿ ＿＿＿ ＿★＿ ＿＿＿ と思うけど。

1　お付き合いで　2　当（あ）たらず触（さわ）らずの
3　十分じゃないか　4　とは

① ～と（は）打って変わる

4-35

＊ 和……大不相同／和……截然不同

接續 名詞＋と（は）打って変わる

意義 表示和以前相比，情況發生了變化。而這種形成對比性的變化多數是在很短的時間內發生的。

例

❶ 結婚前とは打って変わり、彼女は夫にけちをつけてばかりいる。眉があまり太くないだの、背が基準に 0.5 センチ足りないだのと文句を言っている。

她跟結婚前相比簡直是判若兩人，一天到晚挑丈夫的毛病。一會兒抱怨說他的眉毛不夠粗，一會兒又抱怨說他的身高跟標準差了 0.5 公分。

❷ その事件がきっかけになって、彼はこれまでとは打って変わって、熱心にボランティア活動に取り組むようになった。

自從那個事件，他和以前相比截然不同。現在他很熱衷於志工活動。

❸ あの議員は選挙に勝ったあと、それまでと打って変わったように、不正なことを繰り返すようになった。

那個議員勝選之後，整個人 180 度大轉變，頻頻做一些違法亂紀的勾當。

② ～にひきかえ（て）

＊ 與……相反／……而

接續 名詞＋にひきかえ（て）

意義 表示和以前相比，情況發生了根本性的變化。而這種形成鮮明對比的變化多數是在很短的時間內發生的。

例

❶ 周囲の人々の興奮にひきかえ、賞をもらった本人は至って冷静だった。

周圍的人很激動。反而是得獎者本人十分冷靜。

❷ 兄が元気なのにひきかえ、弟は元気にならない。

哥哥精神抖擻，而弟弟卻萎靡不振。

❸ 中華料理が脂（あぶら）っこいのにひきかえ（て）、日本料理はあっさりしている。

中華料理比較油膩。相反的，日本料理比較清淡。

❹ 彼女は日本語がぺらぺら話せる。それにひきかえ、私はどんなに下手なことか。

她的日語說得很流利。相反的，我的日語差多了。

也有「～とひきかえに／とひきかえで」的用法，文法意義跟「～にひきかえ（て）」相同。

■ **ある企業は技術の開発を軽視し、経営効率を求める規模拡大の路線をひた走るようになり、これとひきかえに／とひきかえで未来への夢が失われていく。**／有的企業不重視技術開發，一味地追求經營效率而擴大企業規模的路線，其結果適得其反。企業失去了走向未來的希望。

3 ～にもまして ＊（1）比……都……（2）比……更……

接續 （1）疑問詞＋にもまして

意義 是「～よりも」（⇨ N5、N4）的書面語形式，用於比較的同時作全面肯定或全面否定。

例

❶ 俳優のエミはこの映画で誰にもましてあの役を良く演（えん）じたと言えるだろう。

演員惠美小姐在這部電影裡所扮演的那個角色，演技可以說比其他演員出色。

❷ お目にかかれることを、何にもまして嬉しく存じております。

能見到您，這比什麼都讓人高興。

❸ 今日の彼女はいつにもまして、目立つ身なりをしてパーティーに来ている。

今天的她，打扮得比平時更搶眼地來參加派對。

接續 （2）名詞＋にもまして

意義 是「～よりも」（⇨ N5、N4）的書面語形式，表示比起前項，後項的情況、狀況程度更甚。

例

❶ 今回のイベントは、前回にもまして好評（こうひょう）だった。

這次活動，比上次辦得更好。

❷ 今年は、昨年にもまして台風が多い。豊（ほう）作（さく）はあまり期待できないようだ。

今年的颱風比去年更多。看來今年的收成是不會比去年好了。

❸ 黒く長い髪はもちろんきれいだが、それにもまして輝（かがや）く瞳（ひとみ）も魅力的（みりょくてき）だ。

她那長長的黑髮當然很漂亮，但更迷人的是她那炯炯有神的雙眼。

4-36

④ ～はいいとしても ＊ 即使……也行，不過……

接續 (形式)名詞＋はいいとしても

意義 用於提示某個人物或事物，說明雖然認為該人物或事物好也可以，但另一人物或事物的話則不那麼認為。

例

❶ 体の傷跡はいいとしても、顔に残った傷跡が気掛かりだなあ。
身體上的傷疤倒也就算了，我很擔心留在臉上的疤痕。

❷ あの店は料理の味はいいとしても、接客が最悪だ。
那家店的料理味道還可以，可是服務態度卻很差。

❸ そんな行為については、親はいいとしても、だいいち学校の先生は許されないだろう。
他那種行為，父母倒也罷了，首先學校的老師就不會原諒的吧。

⑤ ～ないまでも

＊ (1) 雖然不能……也要…… (2) 雖然不能說……／即使稱不上…… (3) 即使達不到……，至少可以……

接續 (1) 各詞類「ない形」＋までも

意義 相當於「～ないとしても(せめて)」的意思，表示即使達不到前項某種程度，但至少會達到後項的程度。

例

❶ 見舞いに来ないまでも、電話ぐらいはするものだ。
即使不來醫院探望，至少也應該打個電話問候一下嘛。

❷ この崖から落ちたら、死に至らないまでも重傷は免れないだろう。
如果從這個懸崖掉下去，即使不死也會重傷吧。

❸ 首相になれないまでも、せめて大臣になりたいと彼は威張っている。
他狂妄地說，即使當不了首相，至少也要當個首長。

接續 (2) 句子普通體＋とは言わないまでも／とは言えないまでも

意義 前接名詞和ナ形容詞時常省略「だ」。表示雖然達不到這麼說的程度，但至少稱得上後面的程度。

例

❶ 新しいダムの建設(けんせつ)には住民の反対も大きい。国は計画を中止するとは言わないまでも、もう一度見直さざるを得ないだろう。

當地居民非常反對新水庫的建設。即使不能說政府會因此暫停計劃的實施，但也不得不重新審視這個問題吧。

❷ プロのコックとは言わないまでも、彼の料理の腕はなかなかのものだ。

即使稱不上專業廚師，他做菜的本領也已經達到了相當的水準。

❸ 昨日の演奏(えんそう)は、最高(さいこう)の出来(でき)とは言えないまでも、かなり良かったと思う。

昨天的演奏，即使稱不上最高水準，我認為也已經夠精彩了。

接續 (3) 句子普通體＋とはいかないまでも

意義 動詞「いく」表示「進展、發展、進行」等意思。「～とはいかないまでも」表示即使達不到最高程度，至少可以達到某一期望值。

例

❶ 禁煙(きんえん)とはいかないまでも、一日にふた箱をひと箱以内にしたのは事実です。

儘管沒有到戒菸的地步，但事實上已經從原本一天兩包菸減少到一天一包。

❷ 毎日とはいかないまでも、週に二、三度は庭の掃除をしようと思う。

雖然做不到每天打掃院子，但是我想做到每週至少打掃兩、三次。

❸ 博士(はかせ)コースに進学とはいかないまでも、せめて修士号(しゅうしごう)を取ってから帰国したい

即使考不上博士班，至少也要取得碩士學位後再回國。

6 ～に至って(は)／に至っても

＊(1) 直到……，才……
(2) 既然已經……，也只能……
(3) 即使到了……地步，還是……／雖然到了……程度，還是……

接續 (1) ◆ 名詞＋に至(いた)って(やっと、ようやく、はじめて)
◆ 動詞「辭書形」＋に至って(やっと、ようやく、はじめて)

意義 直到某種極端事態出現的時候，才發現該做後項或覺察出什麼。

例

❶ 大津波(おおつなみ)の発生(はっせい)に至ってはじめて地震や津波予報システムを構築(こうちく)した。

直到大海嘯發生後，才開始建立地震和海嘯預警系統。

❷ 実際に事故が起こるに至って、ようやく自動車会社は事故原因の調査を始めた。

直到事故發生後，汽車製造商才開始著手調查事故的原因。

❸ 肺癌（はいがん）にかかったと医者に告（つ）げられるに至って、やっとタバコをやめることに決めた。

直到醫生告訴他患了肺癌後，他才決定要戒菸。

❹ バイトをして学校を休んでばかりいた彼は退学（たいがく）させられ、留学の資格（しかく）も奪（うば）われるという事態に至ってようやく親に本当のことを言わざるを得なくなった。

他因為打工而一直沒去學校，直到被學校勒令退學、甚至連留學資格也被取消，才不得不把事情真相告訴父母。

接續 (2) ◆ 名詞（とこここ、ここまで）＋に至っては（もう、もはや）
◆ 動詞「辭書形」＋に至っては（もう、もはや）

意義 用於「事情既然已經發展到了這個地步，已經無計可施或也只能如此」的場合。謂語多為「しようがない／どうすることもできない／どうにもならない／もう始まらない／よりしかたがない」等慣用表達形式。

例

❶ ことここに至っては、素人（しろうと）にはどうすることもできない。

事已至此，對於一個門外漢來說已經毫無辦法。

❷ 問題がこじれてしまう前に対策を立てるべきだったのに、ことここにいたってはどうしようもない。

如果在問題還沒有複雜化之前就採取對策的話就好了。事到如今已經毫無辦法。

❸ 会社が倒産（とうさん）するという事態に至ってはもう自分の将来だけを考えるしかない。

既然公司到了破產的地步，就不得不考慮自己的將來了。

❹ 浮気（うわき）がばれ、妻が離婚の請求（せいきゅう）を出してしまうという事態に至ってはもうどうにもならない。

在外拈花惹草的事情被戳破了，妻子因此提出了離婚。既然事情已經發展到這一步，怎麼做都無濟於事了。

接續 (3) ◆ 名詞＋に至っても（まだ、なお、いまだに）
◆ 動詞「辭書形」＋に至っても（まだ、なお、いまだに）

意義 表示即使到了一種極端的程度，後項仍然沒有改變。帶有說話者的感歎、驚訝或批判、譴責等語氣。

例

❶ 39度もの熱（ねつ）が三日も続くという事態に至っても、彼はまだ研究に没頭（ぼっとう）している。

即便是連續三天39度的高燒，他還是埋首於研究工作。

❷ 30 歳に至ってもまだ結婚のことを考えないＯＬが増えているようだ。

到了 30 歲還不考慮結婚的粉領族好像變多了。

❸ 実験が失敗するに至っても彼はなお自分の考えが正しいと信じている。

即使實驗失敗了，他還是認為自己的想法是正確的。

❹ 会社が潰れるに至っても、彼は金持ちになる夢を捨てていない。

即使公司到了快倒閉的地步，他還是沒有放棄當有錢人的夢想。

7 ～にして／にしてからが

4-37

＊ (1) 只有……才能……
(2) 就連 (程度高的)……都做不到，
(所以程度低的)……就更不用提了

接續 (1) 名詞＋にして

意義 接在人物或團體名詞後面，表示只有前項所例示的人或團體才有能力做後項的事情。常用「～にしてはじめてできる」的形式。

例

❶ 親を失った人にしてはじめて親のありがたみが分かるのかもしれない。

或許只有失去父母的人，才深知父母恩情。

❷ 勤勉家の田中さんにしてはじめてこんなすばらしい実績をあげることができるのだ。

只有勤奮認真的田中，才能獲得如此優異的成果。

❸ この仕事はベテランの鈴木さんにしてはじめてやれることだと思う。彼に任せよう。

我認為這項工作只有老手鈴木才能勝任。就交給他來做吧。

❹ こんなすばらしい演説は政治生活の長い彼にしてはじめてできることだ。

如此精彩的演說，只有長期從政的他才能做得到。

接續 (2) ◆ 名詞＋にして
◆ 名詞＋にしてからが

意義 接在人物或團體名詞後面。常用「～ にして～ のだから (まして)～」的形式。

例

❶ ノーベル賞(しょう)を受賞(じゅしょう)したT氏は、少年時代、劣等生(れっとうせい)だったという。あの人にしてそうなのだから、わが子が劣等生だからといって深刻(しんこく)に悩(なや)む必要もない。

據說諾貝爾獎得主T先生在少年時期是個劣等生。就連他也是那樣，那麼我們就沒必要為自己的孩子是個劣等生而深深苦惱了。

❷ プロの俳優の彼にして「演じにくい」と言っているのだから、私など望(のぞ)むべくもない役なのだ。

就連是專業演員的他也說難演，對我這種人更是個望塵莫及的角色。

❸ 国連(こくれん)にしてからが解決できそうもないことだから、A国一国ではとても無理だ。

就連聯合國似乎都沒有辦法解決的問題，靠A國單槍匹馬就更不可能了。

❹ 三年生の兄にしてからが、解(と)けないのだから、一年生の僕が解けるわけがない。

就連三年級的哥哥都解不出來（的題目），一年級的我不可能解得出來。

説明

「～にして」還有其他用法，請分別參考 P.159，P.200。

8 ～なりに／なりの

＊ (1) 與……相符／……那般
(2)(3) 有其相當的……／有其相稱的……
(4) 相對應地（的）……／與此相稱地（的）……

接續 (1) ◆ 名詞＋は、名詞＋なり（に、の）
◆ 名詞＋は、イ形容詞「辭書形」＋なり（に、の）

意義 「なり」屬於接尾詞，用於在承認其人物或事物有侷限性的基礎上對其進行積極評價。

例

❶ 収入は少ないが、親は親なりの力で三人の子供を大学へ通わせた。

雖然收入不多，但是父母還是盡他們所能地讓三個孩子都上了大學。

❷ 新製品の宣伝(せんでん)について、私なりに考えた案(あん)を説明した。

關於新產品的宣傳，我說明了我所考慮的方案。

❸ 彼らは経験が浅いなりに、よく頑張ってやってくれる。

他們雖然經驗不多，但還是做得非常賣力。

接續 (2) ◆ 名詞＋なら、～なり（に、の）
◆ ナ形容詞詞幹＋なら、～なり（に、の）
◆ イ形容詞「辭書形」＋なら、～なり（に、の）
◆ 動詞「辭書形」＋なら、～なり（に、の）

意義 重複同一個詞，表示「與此相符」的意思。

例

❶ 嫌なら嫌なりの理由があるから、いちおう向こうの意見を聞いてみよう。
不喜歡有不喜歡的理由，所以我們先聽聽對方的意見吧。

❷ お金がないならないなりに暮らせばいい。人と比べることはない。
沒錢有沒錢的過法，沒必要跟人家比較。

❸ 会社を作るなら作るなりの準備が必要だ。
要開公司就應該做些相當的準備工作。

接續 (3) ◆ 名詞＋には、名詞＋なり（に、の）
◆ 動詞「辭書形」＋には、動詞「辭書形」＋なり（に、の）

意義 重複同一名詞或動詞，表示某人或某物雖然存在一定的侷限性，但仍然具備與之相稱的特性或優點等。

例

❶ 人にはそれぞれ、その人なりの生き方や生きがいがある。
人們都有屬於自己的生活方式和生存價值。

❷ フリーターにはフリーターなりの心配事（しんぱいごと）があるだろう。
打工族也有他們要擔心的事吧。

❸ 死んでしまえばそれまでだが、生きるには生きるなりのおもしろさがある。幸不幸（こうふこう）はまったく自分の気持ち次第だ。
人一旦死了就什麼都不用說了。活著也有活著的樂趣。其實幸不幸福，全看你怎麼想。

接續 (4) それなり（に、の）

意義 表示在承認前項的基礎上，指出與此相對應的特點。

例

❶ 子供たちはまだ小さいが、それなりにお母さんの仕事を手伝っている。
雖然孩子們還小，但是卻努力地幫媽媽做家事。

❷ 努力すれば、それなりの成果が上がるはずだから、がんばってください。
只要努力，就會有相應的結果，請好好加油。

❸ 恋人に振（ふ）られたが、それなりの理由があるから、君に反省（はんせい）してほしいなあ。
雖然你被女朋友甩了，但這其中一定有原因，希望你好好反省。

9 ～ぶん／ぶんには

＊(1) 正因為……所以才……／為此……
(2) 如果……相應地就會……／越是……就相應地……
(3) 如果只是……　(4) 如果這樣的話……

接續 (1)
- ◆ 名詞「の形」＋分
- ◆ ナ形容詞「な形」＋分
- ◆ イ形容詞「辭書形」＋分
- ◆ 動詞「辭書形」＋分
- ◆ 各詞類「た形」＋分

意義 表示「正因為有前項的存在，所以後項也隨之相應地發生」的意思。也可以使用「(～だから)その分」的形式。

例

❶ 病気で一ヶ月休学の分(＝一ヶ月休学したので、その分)、宿題が溜まっていた。
因為生病一個月沒去學校，所以累積了很多作業。

❷ 父がうちでは無口な分(＝父がうちで無口なほうだから、その分)、おふくろのほうはにぎやかだけどね。
我們家因為父親沉默寡言，所以母親顯得很活潑。

❸ 子どもが多い分(＝子どもが多いので、その分)、経済的に負担が重いのもしかたがない。
因為孩子多，所以經濟負擔也很重，這也沒辦法。

❹ うちでは、子どもに対するしつけは父が厳しくする分(＝父が厳しくするから、その分)、母は優しくすることになっている。
我們家在對孩子的教育上，因為父親扮黑臉，所以母親就扮白臉。

接續 (2)
- ◆ 各詞類「ば形」、名詞「の形」＋分
- ◆ 各詞類「ば形」、ナ形容詞「な形」＋分
- ◆ 各詞類「ば形」、イ形容詞「辭書形」＋分
- ◆ 各詞類「ば形」、動詞「辭書形」＋分
- ◆ 各詞類「ば形」、各詞類「た形」＋分

意義 表示「如果越這樣做，後項越是會相應地發生」的意思。也可以使用「～ばその分」的形式。

例

❶ けちならばけちなぶん(＝けちならば、その分)お金を惜しむと言われているが、まさにそうだなあ。
都說越是小氣(的人)越吝嗇花錢。

❷ A：(若ければ)若い分(＝若ければその分)、経験が浅い。　A：越年輕，社會經驗越少。

B：でも、経験(豊かなら)豊かな分(＝豊かならその分)、うぬぼれてしまいがちだ。　B：不過，越有經驗的人越容易產生自負心態。

❸ 甘いものを食べれば食べた分(＝食べればその分)、虫歯(むしば)になりやすいから、控(ひか)えたほうがいいよ。　甜食吃得越多，越容易長蛀牙，所以你還是克制點吧。

接續 (3) ◆ ナ形容詞「な形」＋分には
◆ イ形容詞「辭書形」＋分には
◆ 動詞「辭書形」＋分には

意義 相當於「～だけなら／ぐらいなら」的文法意義，後項多用「問題ない／かまわない／さしつかえない」，即表示如果只是按照這個程度，如果只是在這種狀況下去做的話則沒有什麼大問題。後項為說話者就前項闡述自己的意見、判斷等。

例

❶ 英語がちょっと下手な分にはいいが、日本語が下手なのではいけないね。日系会社(にっけいがいしゃ)の仕事だから。　如果英語差一點倒也罷了，但是日語太差的話可不行，因為是在日商公司工作。

❷ 返済(へんさい)は少ない分には問題ないが、1円も返してくれないのはひどいなあ。　還的錢少一點倒也罷了，可是，他卻1分錢也不還給我，這也太過分了。

❸ そのゲームは見ている分には楽しそうだが、やってみたらおもしろくないものだった。　那個遊戲看起來很有趣，但是玩過以後卻發現沒什麼意思。

❹ 蛇(へび)を見る分にはかまわないけど、触(さわ)るのは怖い。　光是看蛇的話是無所謂，但是如果要我去碰牠就很可怕了。

接續 (4) ◆ この分＋なら／だと／では／でいくと
◆ その分＋なら／だと／では／でいくと

意義 表示「如果按照這個速度進行的話」、「如果照這個樣子發展的話」等意思。謂語為說話者的推測或判斷。

例

❶ この分ではどうやらあすも雨らしい。　看樣子明天還會下雨。

❷ 病気はだんだん回復(かいふく)に向かっている。この分なら後一週間で退院できるだろう。　病情已經逐漸好轉。照這樣看來，大概一週後就可以出院了吧。

❸ A：一時間でたいていどれぐらい翻訳（ほんやく）できるの？ A：你一個小時大概能翻譯多少？

B：えーと、10ページぐらいかなあ。 B：嗯，10頁左右吧。

A：その分だと／その分でいくと、徹夜（てつや）しても出来上がりそうもないね。 A：按照你這個速度翻譯的話，恐怕熬夜也翻不完吧。

10 〜たら〜で／ば〜で

4-38

＊ 1. 雖然……，但……／如果……的話是最好的了 2. 即便……也……

接續
- ◆ イ形容詞「た形」＋ら、同一イ形容詞「た形」＋で
- ◆ 動詞「た形」＋ら、同一動詞「た形」＋で
- ◆ イ形容詞「ば形」、同一イ形容詞「た形」＋で
- ◆ 動詞「ば形」、同一動詞「た形」＋で

意義① 表示（當前項沒實現時很煩惱，但等到）雖然實現了前項，隨之又會由此產生令人頭痛的後項，反正不管怎樣都傷腦筋。

例

❶ 大学に入れなかったら、みっともないことだと思っていた。今度は大学に入ったら入ったで／入れば入ったで、勉強に追（お）われてたいへんだ。

本來只覺得考不上大學的話會很沒面子。雖然這次大學有考上，但繁重的課業卻累得我喘不過氣來。

❷ 平（ひら）社員の時は給料が少なくて困ったけど、昇進（しょうしん）したらしたで／昇進すれば昇進したで、付き合いも増えるし、やっぱり金は貯（た）まらない。

當個普通職員的時候，薪水少生活困難，後來是升職了，但應酬卻變多了，結果錢還是存不了。

意義② 表示「如果前項不出現的話是最好的了，既然已經發生了，那麼採取後項措施就是了。或表示如果具備前項的話再好不過，但即使不具備也沒有多大關係，還能對付」等意思。

例

❶ パソコンはいいもののようだが、わしのような年寄りにとっては、なかったらなかったで／なければなかったで、何とかなるものだ。

電腦這玩意兒好像是很好，可是對於我們這些年紀大的人來說，即使沒有也沒關係。

❷ 結婚ということには反対しないが、一人でいたらいたで／いればいたで、自由で楽だから、いいじゃないかと思う。

我並不反對結婚，不過一個人也有一個人的好處。自由自在地生活不也蠻好的嘛？

11 ～ともなると／ともなれば

＊ 一到……／一旦輪到……／一旦成了……

接續 ◆ 名詞＋ともなると／ともなれば
◆ 動詞「辭書形」＋ともなると／ともなれば

意義 表示如果平時的話是一種情況，一旦到了某一特殊時期或階段就會出現不同的情況。

例

❶ 日本での生活も十年ともなれば、相手が黙っていてもイエスかノーか分かるようになる。

在日本也生活十年了，即使對方不吭一聲，我也能明白他是贊成還是反對。

❷ 大寺院（だいじいん）の本格（ほんかく）的な修理ともなると、かかる費用も相当なものだろう。

如果真的要修繕大寺院，那麼肯定耗資巨大吧。

❸ 彼女は昼間仕事をしている時は、非常におとなしいが、夜ともなると、ディスコやカラオケで女王のように振（ふ）る舞（ま）っていた。

她白天上班時非常文靜，但到了晚上，在舞廳或唱卡拉 OK 時表現得就像女王一樣。

12 ～に似合わず ＊ 與……不相稱／和……不匹配

接續 名詞＋に似合（にあ）わず

意義 表示後項跟前項存在不一致的地方。

例

❶ 普段の彼女に似合わず、今日はとても静かだった。どうしたんだろう。

今天的她很安靜。很不像平常的她。是怎麼了？

❷ 大山（おおやま）さんは名前に似合わず、体が小さいね。

雖然他的名字叫大山，可是他的個子卻很矮。

❸ あの和食処は華やかな雰囲気に似合わず、料理が安い。

那家日本料理店的價錢很便宜。這跟店內華麗的氛圍很不搭。

13 ～を異にする ＊ …完全不同

4-39

接續 名詞＋を異にする／を異にした

意義 表示「完全不同、大相徑庭、相差懸殊」的意思。

例

❶ 考えを異にするあの二人はよく口げんかをする。

想法不一的他們經常發生口角。

❷ 性格を異にした二人だが、いっしょになったとは。

性格完全不同的兩人卻在一起了。

❸ 立場を異にするから、同じ結論が出るわけがない。

因為立場不同，所以不可能得到相同的結論。

14 ～にしかず／にしくはない

＊ (1)(2) 不如……／最好……

接續 (1) ◆ 名詞＋にしかず
◆ 動詞「辭書形」＋にしかず

意義 相當於「～に及ばない／にかなわない」的意思，表示「沒有比這更好的」。書面語。

例

❶「日光を見ずして結構と言うなかれ」というが、「百聞は一見にしかず」だから、一度行ってみようか。

常聽人說「沒去過日光，就不算去過日本」。百聞不如一見，我們還是去一次吧。

❷ あいつは自分に不都合になると現場から離れる。「三十六計逃げるに如かず」なのかな。

那傢伙一遇到對自己不利的場合，就會馬上離開。這就是所謂的「三十六計，走為上策」吧。

❸「人を恃むは自ら恃むに如かず」だから、やはり自分でやることにした。

常聽人說「求人不如求己」，所以我決定還是自己來救。

接續 (2) ◆ 名詞＋にしく（こと、もの）はない
◆ 動詞「辭書形」＋にしく（こと、もの）はない

意義 跟「～にしかず」的文法意義相同，相當於「～に及ぶ（こと、もの）はない」的意思，表示「沒有比這更好的」。書面語。

例

❶ いくら富が溜まっても、健康にしくはない。　財富再多，莫過於身體健康。

❷ その時の歴史を語るには、事前に関係ある文献を読むにしくはない。　要談論那一段歷史，最好事先閱讀一些相關的文獻。

❸ 人を責めるより、まず自分の過ちを改めるにしくはない。　指責別人之前，最好先改正自己的錯誤。

❹ 百冊の理論書は一回の売買にしくことはない。学んだ知識を応用することなしでは、何の役にも立たない。　讀萬卷書，不如實踐一次。如果不靈活運用，知識就派不上任何用場。

15 ～に（は）及ばない ＊ 比不上……／趕不上……

接續 名詞＋に（は）及ばない

意義 表示跟前者相比存在著很大的差距。

例

❶ わたしはどんなにがんばっても、日本語にかけては君には及ばない。　在日語方面我再怎麼努力也比不上你。

❷ 晩年になっても、彼は書き続けているが、若いころに書いたものには及ばないという評判だ。　即使到了晚年，他仍繼續寫作。但是人們還是認為那些比不上他年輕時的作品。

❸ 中国の経済発展ぶりは良好ですが、国力はまだアメリカには及びません。　儘管中國的經濟發展情勢很好，但是綜合國力還是比不上美國。

說明

「～には及ばない」還有其他用法，請參考 P.231。

4-40

16 ～を浮き彫りにする／が浮き彫りになる／が浮き彫りとなる

＊ 突顯出……／體現出……／刻畫出……

接續 ◆ 名詞＋を浮き彫りにする
◆ 名詞＋が浮き彫りになる／が浮き彫りとなる

意義 用於明顯地指出問題的核心、事情的關鍵點等場合。

例

❶ その映画は戦争の恐さと人間の残忍さを浮き彫りにした。
那部電影表現了戰爭的可怕和人類殘忍的一面。

❷ 今度の地震は、その国の地震対策の弱さを浮き彫りにした。
這次地震，顯露出該國防震對策的不確實。

❸ 死亡事例が 19 件と全体の 20%を超えており、過労死の深刻な実態が浮き彫りになった。
死亡案例高達 19 起，超過了所有死亡總數的 20%，這充分說明了過勞死這個嚴重的事實。

17 ～を丸出しにする

＊ 完全露出……／徹底呈現出……

接續 名詞＋を丸出しにする

意義 相當於「～を剝き出しにする」的意思，即表示將感情、心情等毫不掩飾地暴露出來。

例

❶ そんな話し方とやり方は商人根性を丸出しにしているのではないか。
那樣的言行，已經充分表露出商人的本性。

❷ それを聞いて、彼は不快感を丸出しにして、さっと部屋を出て行った。
聽到那件事，他表現出不悅的心情，快步走出了房間。

❸ あいつは酒に酔うと、やくざ気質を丸出しにする人で、危ない。
因為他是一喝醉酒就耍流氓的人，所以很危險。

★ 練習問題 ★

問題 1 次の文の（　　　）に入れるのに最もよいものを、1・2・3・4から一つ選びなさい。

(1) こちらは8月に一番暑い。でも、9月の中旬（　　）、真夏の暑さはなくなる。

1　ともなれば　　2　にしかず　　3　ともなしに　　4　にもまして

(2) 大規模なデモが起こるに（　　）、会社側はようやく工場の労働環境を改善する気になった。

1　いたって　　2　いたっては　　3　いたっても　　4　いたるまで

(3) 結婚しないとつまらなかったが、結婚（　　）結婚（　　）、自由時間も少なくなった。

1　したら／したで　　2　すれば／するなりに
3　したら／したって　　4　すれば／するにしかず

(4) 外資企業の盛んな発展（　　）、国営企業の倒産が相次いだ。

1　を見込んで　　2　ともなしに　　3　を目指して　　4　とばかりに

(5) 本人にして（　　）のだから、どうしてあなたに分かるのだ？

1　分からなくはない　　2　分からない
3　分からないでもない　　4　分かるまい

(6) A学者が書いた本は、都市と地方の格差（　　）している。

1　の分では　　2　の分には　　3　をてがかりに　　4　をうきぼりに

(7) 事故が（　　）にいたっても、まだ安全対策を講じない。この会社は従業員の命をまったく無視している。

1　起こす　　2　起こした　　3　起こる　　4　起こった

(8) かばんを落とした。中の財布（　　）、会社の書類もいっしょに無くしたから、それはどうしよう。

1　ともなれば　　2　ににあわず　　3　はいいとしても　4　にしてからが

(9) 二回目のジャンプも120メートルを超えていない。この分では優勝(ゆうしょう)は(　　)なあ。

1　望(のぞ)んでいるだろう　　2　望(のぞ)むべくもない
3　望(のぞ)まなくはない　　4　望(のぞ)むことができる

(10) 人手(ひとで)を十人くれないまでも、せめて8人ぐらいは(　　)。

1　来てほしいんですが　　2　来てほしくないんですが
3　来てもらえるものですか　　4　来てもらえないでしょうね

(11) 今まで懸命にがんばってきたあの選手はオリンピック候補(こうほ)になってから、それまでにもまして(　　)。

1　成績は横ばい状態だ　　2　がんばりがきかなくなった
3　レベルが下がりつつある　　4　記録がどんどん伸びてきた

(12) 会社はとうとう破産(はさん)を申し込むことに決めた。ことここにいたっては(　　)。

1　手の打ちようがない　　2　なんとかなるかもしれない
3　手を打たねばならない　　4　なんとかしてほしくない

(13) その子は幼いなりに、よく両親の苦しい状態を(　　)。

1　察(さっ)している　　2　察していない
3　察せられないのもしかたがない　　4　察せられないわけがない

(14) こんなすばらしい賞(しょう)は、努力家(どりょくか)のあの人にして初めて(　　)。

1　獲得(かくとく)したものだ　　2　獲得できるものだ
3　もらいたいのだ　　4　手に入れるものか

(15) あのアマチュア歌手は歌がうまくなくはないが、(　　)プロ歌手には及ばないなあ。

1　かりに　　2　なにしろ　　3　しょせん　　4　あたかも

(16) 掃除は涼しい日にする分にはいやではないが、暑い日にするのは(　　)。

1　たえられるかもしれない　　2　たまりそうだ
3　たえられないわけがない　　4　たまらない

(17) 結婚は早いぶん、個人の自由時間が少なくなる。(　　)、遅く結婚すればその分子育てなどがたいへんになる。

1　それどころか　　2　しかしながら　　3　すなわち　　4　だからこそ

問題 2　次の文の ＿＿★＿＿ に入る最もよいものを、1・2・3・4から一つ選びなさい。

(18) あいつは ＿★＿ ＿＿＿ ＿＿＿ ＿＿＿ ぞ。

1　とてもずるい　2　見かけ　3　やつだ　4　に似合わず

(19) 相手は ＿＿＿ ＿＿＿ ＿★＿ ＿＿＿ チャーミングだ。

1　いえない　2　美人　3　とは　4　までも

(20) 夫は ＿＿＿ ＿＿＿ ＿＿＿ ＿★＿ 優しくなった。

1　生まれる前　2　と打って変わって
3　子どもが　4　ものすごく

(21) ぼくは ＿＿＿ ＿＿＿ ＿＿＿ ＿★＿ 住み着いた。

1　山村に　2　にぎやかな都会
3　趣（おもむき）を異にした　4　と比べ

(22) 天下り（あまくだり）でわが社に ＿＿＿ ＿★＿ ＿＿＿ ＿＿＿ した。

1　役人根性　2　来ている　3　彼は　4　を丸出しに

(23) 一人で ＿＿＿ ＿＿＿ ＿★＿ ＿＿＿ を探し出すにしくはない。

1　解決の道　2　人と相談して　3　悩むより　4　くよくよして

1 ～いかんだ／いかんによる／いかんにかかる

4-41

＊(1) 取決於……／要看……如何
(2) 根據……／要看……

接續 (1) 名詞＋（の）いかんだ／いかんによる／いかんにかかっている

意義 跟「～しだいだ」(⇨ N2) 的文法意義類似，表示某事能否達到理想的效果或能否實現，取決於某種情況、狀態、努力的程度等。實際使用時，一般都省略「の」。

例

❶ 日本の景気が回復するかいなかは、国民の消費意欲（しょうひいよく）いかんだ。
日本的經濟是否能得以恢復，取決於國民的消費欲望。

❷ 試験の日に落ち着くことができるかどうかは、自分自身のコントロールいかんによる。
考試當天，能不能做到沉著冷靜，這要看你的自制能力。

❸ 今の人生が楽しいか楽しくないかは、人の考え方いかんにかかっている。
現在的人生過得快不快樂，取決於每個人自身的想法。

接續 (2) 名詞＋（の）いかんで（は）／いかんによって（は）

意義 跟「～しだいで（は）」(⇨ N2) 的文法意義類似，表示根據前項的情況來決定後項或採取相應的措施。或表示根據前項的情況，會產生不同的後項。實際使用時，一般都省略「の」。

例

❶ 患者（かんじゃ）の病状（びょうじょう）いかんによって、化学療法か物理療法かどちらかを決める。
根據患者的病情來決定採用化療還是物療。

❷ 話し合いの結果いかんでは、ストライキも辞（じ）さない覚悟（かくご）だ。
根據談判的結果，做好了就算罷工也在所不惜的心理準備。

❸ 国の情勢（じょうせい）いかんによっては訪問（ほうもん）を中止することもある。
根據國內的形勢，有可能取消訪問計劃。

2 ～いかんにかかわらず／いかんによらず／いかんをとわず

＊ 不管……如何都……／無論……都將……

接續 名詞「の形」＋いかんにかかわらず／いかんによらず／いかんをとわず

意義 表示後項是否成立，都與前項無關。此時一般不省略「の」。

例

❶ 出席欠席のいかんによらず、同封した葉書にてお返事くださるようお願いいたします。
無論是否出席，都請用附在信封內的明信片回覆給我們。

❷ 金額のいかんによらず、寄付して下されれば歓迎します。
無論金額多少，只要是捐款我們都很歡迎。

❸ わが国では、普通の人なら理由のいかんをとわず、銃の所持は禁止されている。
在我國，無論有什麼理由，一般民眾都被禁止攜帶槍支。

可以省略「いかん」，意思不變。這時和 N2 語法「～にかかわらず／によらず／を問わず」意思相同。

■ **当社では、経験のいかんによらず／経験（の有無）にかかわらず／を問わず、基礎技術から指導を行う。**／在本公司，無論（新進）員工有無經驗，都將會從基礎技術開始培訓。

3 ～にとらわれず（に）

＊ 不侷限於……／不受……

接續 名詞＋にとらわれず（に）

意義 表示「～に拘束されず、～に左右されず」等意思。也說「～にとらわれることなく」，意思不變。

例

❶ 先入観にとらわれずに、物事を考えたり、行動を行うべきである。
必須做到不受先入為主的觀念影響，再去思考及採取行動。

❷ 既存の形式にとらわれることなく、個性のある論文が望ましい。
希望大家不要受到原有論文形式的影響，能寫出具有個性的論文。

❸ 女性の高学歴化や民主主義の発展により、性別にとらわれることなく、社会に進出する女性が増えてきた。

由於女性的高學歷化和民主主義的發展，越來越多的女性不受性別的約束而積極地參與社會活動。

4-42

 ～にこだわらず（に）

＊ 不拘泥於……／不受……束縛

接續 名詞＋にこだわらず（に）

意義 跟「～にとらわれず（に）」的文法意義類似，表示不拘泥於前項去做後項。

例

❶ 現代では、伝統(でんとう)にこだわらず、様々なバリエーションの工芸品の制作が試みられている。

不拘泥於傳統，與日俱進地嘗試製作富有變化的工藝品。

❷ 自由気ままで、規則にこだわらずに暮らして生きたい若い人が多くなってきたようだ。

追求自由奔放，不一味地循規蹈矩生活的年輕人好像變多了。

❸ 彼は流派にこだわらずに、それぞれの長所(ちょうしょ)を取ることに努(つと)めた。

他不受單一流派的束縛，而是努力吸收各家所長。

5 ～によるところが大きい

＊ 主要依賴於……／跟……有很大關係

接續 名詞＋によるところが大きい

意義 表示某事情在很大程度上依靠某必備條件。

例

❶ 車の性能(せいのう)はエンジンによるところが大きい。

汽車的性能好壞，主要看引擎。

❷ 彼の成功は恋人の助力(じょりょく)によるところが大きかった。

他的成功跟他女朋友的協助是分不開的。

❸ かつて映画スターであった山田氏が初挑戦で知事選に勝利したのは、能力というより、人気と知名度によるところが大きい。

曾是電影明星的山田，第一次挑戰競選縣長就贏得了勝利。這與其說是他能力過人，不如說是因為他的人氣和知名度。

6 ～に負うところが大きい(多い)

＊ 與……有很大的關係／多虧了……

接續 名詞＋に負うところが大きい(多い)

意義 表示承蒙某人某事的恩典。

例

❶ この企画の成功は大野さんの働きに負うところが大きい。

這個計劃的成功，多虧了大野先生的功勞。

❷ この実験の成功はA教授の助力に負うところが大きい。

本次實驗的成功，與A教授的鼎力相助是分不開的。

❸ 会社の成長は全員の努力もさることながら、政府の経済政策に負うところが多い。

員工們為公司的發展所作出的努力是毋庸置疑的。除此之外，還與政府的經濟政策有很大的關係。

7 ～にして ＊ 既……又……

4-43

接續
- 名詞＋にして
- ナ形容詞詞幹＋にして

意義 表示既是前項又是後項，或既做前項又做後項。

例

❶ 今度の皆既日食は私のこの年では、初めてにして最後でもある。

在我這個年紀，這次的日全食既是第一次，也是最後一次。

❷ 山田教授は息子の恩師にして媒酌人を努めた方でもある。

山田教授既是我兒子的恩師，也是我兒子的媒人。

❸ 観客は彼女の優美にして大胆な演技に感動した。

觀眾被她那既優美又大膽的演技感動了。

「～にして」還有其他用法，請分別參考 P.143，P.200。

8 ～をよそに ＊ 不顧……／不管……

接續 名詞＋をよそに

意義 表示不顧別人的擔心、反對等去做後項。後項的動作多數為說話者認為不該做的事情。

例

❶ あき子は、親の心配をよそに、遊んでばかりいる。
秋子不顧父母擔心，只顧著玩。

❷ あの子は教師(きょうし)の忠告(ちゅうこく)をよそに、あいかわらず悪い仲間と付き合っている。
那孩子不顧老師的忠告，依然跟不良少年在一起鬼混。

❸ 住民の反対運動が盛(も)り上(あ)がるのをよそに、高層(こうそう)ホテルの建設(けんせつ)工事はどんどん進められた。
不顧當地居民的強烈反對，高樓飯店的建設工程仍不斷地進行。

9 ～をしりめに ＊ 不顧……／無視……

接續 名詞＋をしりめに

意義 表示無視事實或不把前者放在眼裡而為所欲為。

例

❶ 親の心配をしりめに冬山(ふゆやま)に出かける息子に「親の心、子知(こし)らず」だよ、と嘆(なげ)くのだった。
面對不顧父母擔心而堅持冬季登山的兒子，父母感嘆地說：「可憐天下父母心啊！」

❷ 政府当局(せいふとうきょく)は国民の反対をしりめに、E国へ派兵(はへい)した。最近、高まる反対の声をよそに、増兵(ぞうへい)した。
政府當局不顧國民的反對，還是派遣部隊到E國。最近，還不顧日益高漲的反對聲浪，又對E國增兵。

❸ 電車の中で、周囲(しゅうい)の人々の冷たい視線(しせん)をしりめに、あの若い男は優先席(ゆうせんせき)に終点(しゅうてん)まで座っていた。
電車裡的那個年輕男子無視週遭人對他投以冷淡的眼神，仍然坐在博愛座上一路到終點站。

10 ～をそっちのけに（して）／はそっちのけで

4-44

＊ 拋開……不管／不顧……

接續 ◆ 名詞＋をそっちのけに（して）
◆ 名詞＋はそっちのけで

意義 表示拋開前項不管而去做後項。

例

❶ あの子はよく宿題はそっちのけで、遊び呆（ほう）けている。
那孩子經常不做家庭作業，只顧著玩。

❷ 彼は家業（かぎょう）をそっちのけにして賭（か）け事（ごと）に熱中（ねっちゅう）したあげく、会社がとうとう潰（つぶ）れた。
他把家族產業撇開不管而熱衷於賭博，結果公司終於倒閉了。

❸ このごろ、就活（しゅうかつ）（＝就職活動）はそっちのけでニートになっている若い人が増えている。
最近，不願意找工作而當啃老族的年輕人正在不斷增加。

11 ～をないがしろにする ＊ 不顧……／輕視……

接續 名詞＋をないがしろに（して）／をないがしろにする

意義 相當於「人や物事を無視する」「人や物事を軽んじる」的意思，即表示對他人或事物不屑一顧、不重視、無視等意思。

例

❶ ある企業は社員の福利厚生（ふくりこうせい）などをないがしろにし、目の前の利益（りえき）だけしか見ていない。
有的企業不重視員工的福利，只注重眼前的利益。

❷ 人の好意（こうい）をないがしろにしてはならない。
不能不顧別人的一番好意。

❸ 大都会に来て、そして出世した彼はだんだん田舎にいる親をないがしろにするようになったそうだ。
他到了大都市並且出人頭地之後，慢慢地就瞧不起住在鄉下的父母了。

12 ～をなおざりにして ＊ 忽視……／玩忽……

接續 名詞＋をなおざりに（して）／をなおざりにする

意義 相當於「～をおろそかにする」的意思，用於批評對事情馬馬虎虎、不認真對待等。

例

❶ 仕事の時間なのに、彼は仕事をなおざりにして、インターネットを夢中でやっている。
雖然是上班時間，但是他工作草率，熱衷於上網。

❷ うちの子は勉強をなおざりにして、ゲームばかりやっていて、困ったわ。
我家小孩不認真唸書，整天只顧著玩遊戲，真讓人傷腦筋。

❸ このように規則をなおざりにして、わがままにしていては、処分されても知らないぞ。
如果這樣無視規矩而為所欲為的話，被處分我可不管喔。

4-45

13 ～を押して／を押し切って ＊ 不顧……／承受住……

接續 名詞＋を押して／を押し切って

意義 接在「反対・非難・批判・困難・危険」等語詞後面，表示承受住或排除來自某人或某方面的壓力、反對等，堅決地去做後項。

例

❶ 私の妹は両親の反対を押して結婚した。
我妹妹不顧父母的反對結婚了。

❷ 保守派の非難を押して政治体制の改革を断行した。
他不顧來自保守派的指責，斷然決定對政治制度進行改革。

❸ 病気、貧困など、さまざまな困難を押し切って一人で実験を最後まで行なった。
他排除了病魔的侵襲、生活的貧困以及各種困難，獨自一人將實驗做到最後。

14 ～をものともせず（に） ＊ 不顧…／克服…

接續 名詞＋をものともせず（に）

意義 表示「不怕困難、不畏艱險、克服重重阻撓去做某件事」的意思。

例

❶ 周囲（しゅうい）の反対をものともせず、兄はいつも自分の意思（いし）を通（とお）してきた。
哥哥不顧周圍的反對，總是堅持自己的主張。

❷ 彼はたび重（かさ）なる困難をものともせずに、前に進んでいった。
他克服重重困難，繼續前進。

❸ 彼女は三度の足の怪我をものともせず、オリンピックの代表選手になった。
她克服三次腳傷的困境，終於成為奧運的代表選手。

15 ～を顧みず／も顧みず ＊ 不顧…去做

接續 ◆ 名詞＋を顧（かえり）みず
◆ 名詞＋も顧みず

意義 表示不顧自己的安危、個人得失等去做後項。

例

❶ カメラマンは自（みずか）らの命（いのち）も顧みず戦場（せんじょう）に向かった。
攝影師不顧自己的生命安危趕到了戰場。

❷ この家のために、自分の健康も顧みず夜もアルバイトを始めた。
為了這個家，他不顧自己的身體健康，晚上也開始打工。

❸ その議員は前後（ぜんご）を顧みず、奮起（ふんき）して首相（しゅそう）の派兵（はへい）計画に反対の意見を述（の）べた。
那位議員不顧一切地站出來陳述對於首相派兵計劃的反對意見。

16 ～を無に（する）／が無になる 4-46

＊ 忽視……／辜負……

接續 ◆ 名詞＋を無（む）に（する）
◆ 名詞＋が無になる

意義 「～を無にする」表示人為地使某事情變為徒勞。常用於辜負別人的好意等方面。「～が無になる」表示某事情化為烏有，成為泡影。

例

❶ 人の好意（こうい）を無にするのはよくないと思って、そのプレゼントをもらうことにした。
我想總不能辜負別人的一番好意吧，於是就收下了那份禮物。

❷ 親の苦労を無にするなんて、親不孝でなくてなんだろう。　無視父母的辛苦，這不是不孝又是什麼呢？

❸ せっかくの善意が無になって、悔しくてならなかった。　一番好意卻換來了一場空，我真是後悔莫及。

17 〜はいざしらず／ならいざしらず／だったらいざしらず

＊ 有關……（由於我不太清楚）姑且不論

接續
- ◆（形式）名詞＋はいざしらず
- ◆（形式）名詞＋ならいざしらず
- ◆（形式）名詞＋だったらいざしらず

意義 前後項形成一種對比的關係，說話者指出後半部分敘述的事情要比前半部分所敘述的事情程度嚴重或具有特性。

例

❶ A：美術館は込んでいるんじゃないかしら。　A：去美術館的人會不會很多啊。

B：土、日はいざしらず、ウイークデーだから、大丈夫だよ。　B：禮拜六、禮拜天很難說，但今天是平日，去的人不會太多。

❷ 新入社員ならいざしらず、入社八年にもなる君がこんなミスを犯すとは信じられない。　如果是剛進公司的新職員則另當別論，可是進公司已經八年的你卻犯下這種錯誤，簡直讓人難以置信。

18 〜はまだしも／ならまだしも／だったらまだしも

＊ 如果是……倒也罷了，可是……／如果是……還算可以，但是……

接續
- ◆（形式）名詞＋はまだしも
- ◆（形式）名詞＋ならまだしも
- ◆（形式）名詞＋だったらまだしも

意義 如果是前項的話還說得過去，但實際上並不是這樣。用於假設和實際相差甚遠的場合，表達了說話者的驚訝、不可思議、責備等心情。

例

❶ うちにいないのだったらまだしも、顔さえ見せないなんて、情けないなあ。
如果不在家的話倒也罷了，明明在家卻也不見我一面，這未免太沒有人情味了吧。

❷ 英語のことはまだしも、理科に関する事柄は、ぼくにはさっぱりわからない。
英語我還懂一些，但是有關理科的事，我是一竅不通。

❸ 一年に一回ぐらいならまだしも、こんなにしょっちゅう停電するようでは、普段の生活にもさしつかえる。
如果一年只有一次的話倒也罷了，但是，如果像這樣經常停電的話，就會影響到日常生活。

❹ ペットが死んだのだったらまだしも、ただ軽い病気になったのに、こんなに泣くのはちょっと大げさだな。おれが死んだとき、お前はこんなに泣くだろうか。
如果寵物死了的話倒也罷了，牠只是生了點小病你就哭成這個樣子，也太誇張了吧。要是我死了，你會哭得如此傷心嗎？

19 ～はさておき／はさておいて

4-47

＊(1)(2) 其他事情暫且不論，首先……

接續 (1) 名詞＋はさておいて／はさておき

意義 跟「～はともかく」(⇨N2)類似，即把認為不那麼重要的事情或不確定的事情暫時放下，待以後處理，先去做比這更重要的事情。其中「何はさておき／何はさておいて」屬於慣用表達形式。

例

❶ 会費はさておいて、まず行き先を決めましょう。
每人出多少會費暫且不論，先決定目的地吧。

❷ 残った仕事はさておき、はやく病院に行きなさいよ。
剩下的工作先放在一邊，你趕快去醫院吧。

❸ ヘビースモーカーの彼は朝起きたら何はさておき、タバコを吹かす。
嗜煙如命的他早上一起床，別的事情都不管，首先就是抽根菸。

接續 (2) 助詞「か」＋はさておいて／はさておき

意義 表示「暫且不提要不要做前項或前項的事情能不能實現，先去做比這更重要的事情」的意思。

例

❶ 実現できるかどうかはさておき、まずは新商品のアイデアをみんなで出してみよう。
暫且不論能不能實現，希望大家為新商品的開發提出些想法吧。

❷ 一人でいくら出すかはさておいて、まず料理店を決めましょう。
暫不談每個人出多少錢，我們還是先把餐廳確定下來吧。

❸ 誰に行ってもらうかはさておいて、何人必要か言ってください。
先不談讓誰去，你說說需要我派幾個人給你吧。

20 ～はともあれ

＊（1）不管如何，總之……／姑且不論……／暫且不說……
（2）暫且不提要不要……，先去做比這更……

接續（1）名詞＋はともあれ

意義 跟「～はさておき／はさておいて」類似，即表示暫且不論前者，後者是問題的關鍵。其中「何はともあれ」屬於慣用表達形式。

例

❶ 能力はともあれ、あの年では勤（つと）まらない。
姑且不論能力，一把年紀了也無法勝任。

❷ 娘が国外で苦労したのはともあれ、無事（ぶじ）に帰ってきてよかった。
姑且不說女兒在國外吃了多少苦，能平安回來就是最好的了。

❸ 何はともあれ、無事に帰ってよかった。
總之，能平安回家真是太好了。

接續（2）助詞「か」＋はともあれ

意義 跟「～かはさておき／かはさておいて」類似，即表示「暫且不提要不要做前項或前項的事情能不能實現，先去做比這更重要的事情」的意思。

例

❶ 何点取れるかはともあれ、その試験を受けるか受けないかを決めてください。
先不說能考幾分，你還是先決定參不參加那個考試吧。

❷ どんな理由かはともあれ、会社を無断欠勤するのはよくない。
不管什麼理由，擅自曠職是不好的。

❸ 本当のことを聞かせてくれるかどうかはともあれ、本人に聞いてみよう。
暫時先不提他肯不肯說出真相，先問問他本人吧。

★ 練習問題 ★

問題1 次の文の（　　　）に入れるのに最もよいものを、1・2・3・4から一つ選びなさい。

(1) 村の環境が守れるの（　　）村民たちのご協力におうところ（　　）多い。
　1 は／を　　2 を／は　　3 が／は　　4 は／が

(2) この公園は観光地（　　）住民たちの憩いの場所としても利用されている。
　1 をおいて　　2 いかんで　　3 をよそに　　4 にして

(3) 個人の損得（　　）、国民のために力を尽くすという政治家が一体何人いるか。
　1 をかえりみず　　2 を無にして　　3 が機になって　　4 が手がかりで

(4)「一度ぐらい遅刻したのならまだしも、二度、三度では（　　）ぞ」と課長がぼくに向かって怒った。
　1 許しかねない　　2 許すしかない　　3 許せない　　4 許しないらしい

(5) あの留学生は学業（　　）バイトばかりしている。これでは卒業は大丈夫かな。
　1 いかんによっては　　2 をそっちのけにして
　3 いかんしだいでは　　4 をものともせずに

(6) 他人のことならいざしらず、自分の家族（　　）疑う理由はない。
　1 に拘って　　2 に拘らず　　3 に限って　　4 に限らず

(7) 大事な試合なので、ぼくは38度の熱（　　）大会に出場した。
　1 のいかんでは　　2 によらず　　3 にかかわる　　4 を押して

(8) 冗談はさておき、そろそろ今日の会議の話題に（　　）。
　1 入りましょう　　2 入りました
　3 入ってもやむをえません　　4 入らざるをえません

(9) 首相は野党側の批判や非難をものともせずに（　　）。
　1 野党側に服従することにした
　2 与党側に不服を唱えることにした

3　野党側の主張を貫(つらぬ)き通した

4　与党側の主張を貫(つらぬ)き通した

(10) 彼は友人の忠告(ちゅうこく)をよそに、A 社の株(かぶ)を（　　）。そのあげくのはて、大損(おおぞん)したらしい。

1　買ったか分からない　　　　2　買うかもしれない

3　買わずによかった　　　　　4　買った

(11) ぼくの将来はどうなるだろうかというと、今度の試合の結果（　　）。

1　を無にしてはならない　　　2　を機にしてはいけない

3　いかんにかかっている　　　4　いかんにこしたことはない

(12) 人の意見をないがしろにする上司は人から尊敬(そんけい)（　　）のは不可能(ふかのう)だ。

1　する　　2　なさる　　3　される　　4　させる

(13) 学歴のいかん（　　）、実力（　　）採用されたいと思っている人が少なくないが、実際はそうではないケースが多いようだ。あくまでも今は学歴社会なのだから。

1　によらず／によって　　　　2　によって／によらず

3　によらず／にもよらず　　　4　によって／にもよって

問題 2　次の文の ＿＿★＿＿ に入る最もよいものを、1・2・3・4 から一つ選びなさい。

(14) ＿＿＿　＿★＿　＿＿＿　＿＿＿　自由な人間である。

1　人こそ　　2　生きる　　3　とらわれずに　　4　枠組(わくぐ)みに

(15) スタイルの点では　＿＿＿　＿★＿　＿＿＿　＿＿＿　日本の自動車は欧米(おうべい)の車に勝(まさ)っていると言える。

1　いえば　　2　性能の点　　3　ともあれ　　4　について

(16) あの子は先生と　＿＿＿　＿＿＿　＿★＿　＿＿＿　いる。

1　不良少年　　　　　　　2　親の注意

3　と付き合って　　　　　4　をなおざりにして

(17) 日本の風俗(ふうぞく)は　＿＿＿　＿★＿　＿＿＿　＿＿＿　大きいと言える。

1　日本の　　2　気候に　　3　よるところが　　4　独特の

(18) 企業 ＿★＿ ＿＿＿ ＿＿＿ ＿＿＿ とうとう潰（つぶ）れてしまった。

1　は　　2　無になって　　3　努力が　　4　長年の

(19) これまでと異（こと）なるのは、従来（じゅうらい）の ＿＿＿ ＿★＿ ＿＿＿ ＿＿＿ 増えたことである。

1　洋服感覚で　　2　にこだわらず　　3　約束事（やくそくごと）ごと　　4　着る人が

1 ～を皮切りに（して）／を皮切りとして

4-48

＊ 從……開始……

接續 名詞＋を皮切りに（して）／を皮切りとして

意義 跟「～をはじめ／をはじめとして」（⇨ N3）的意思類似，表示以某件事情為開端，同類事項接二連三地、一連串地隨之發生。

例

❶ 国防費をかわきりに種々の予算が見直され始めた。
開始重新評估國防經費開支以及各種預算。

❷ 当劇団は評判がよく、明日の公演をかわきりに、今年は十都市を回る予定である。
本劇團享有盛譽，從明天的公演開始，預計今年將在十個城市巡迴演出。

❸ 来月市民ホールが完成する。3日の記念講演をかわきりに、コンサートや発表会などが連続予定されている。
市民活動中心將在下個月完工。以3號的紀念演講為開端，將陸續舉辦音樂會、發表會等活動。

❹ 夏の高校野球大会に向けて、沖縄を皮切りとして全国各地で都道府県予選が開幕する。
為了迎接夏季全國高中棒球比賽，將以沖繩縣為起點，在日本各都道府縣舉行預賽。

2 ～をふりだしに

＊ 1. 以……為起點　2. 以……為開端

接續 名詞＋をふりだしに

意義① 接在地名、區域名稱後面，表示從此地開始，接著在其他地區也進行同類事項。跟「～を皮切りに（して）」的意思類似。

例

❶ 一家は成田空港をふりだしに世界各国を旅行した。
全家從成田機場出發去環遊世界。

❷ 大統領(だいとうりょう)一行(いっこう)は日本をふりだしにアジア諸(しょ)国(こく)を訪問(ほうもん)した。　總統一行人訪問了日本以及亞洲各國。

❸ あの人は東京での出演(しゅつえん)をふりだしに全国各地を回っていた。　她以在東京的演出為起點，在全國進行了巡迴演出。

意義② 跟「～をはじめ（として）」（⇨ N3）的意思類似，表示事情開始的起點、出發點。多用於敘述人的發跡、事業的發展等事情上。

例

❶ 彼は新聞記者をふりだしに世(よ)に出た。　他從當記者開始踏入了社會。

❷ 彼女は平(ひら)の公務員をふりだしに、40 歳を境(さかい)にして大臣(だいじん)という職(しょく)に至(いた)った。　她從一名普通的公務員做起，在她 40 歲那年，終於當上國家大臣的職位。

❸ その会社は町工場(まちこうじょう)をふりだしに、短い 20 年間で世界一流の大手(おおて)企業になった。　那家公司從一家小工廠做起，在短短的 20 年內一躍成為世界頂級的大公司。

3　～を経て　＊ 經過……／歷經……

接續 名詞＋を経(へ)て

意義 表示歷經某個過程或經歷某個階段之後，再去做後項的事情。

例

❶ 新しい条約(じょうやく)は、議会(ぎかい)の承認(しょうにん)を経て認められた。　新條款經過議會的批准後得到了認可。

❷ 正式(せいしき)な手続きを経て会に参加し、会員になった。　（我）透過正式的手續，參加了該會的組織，成為會員。

❸ 数多(かずおお)くの困難(こんなん)を経てやっと現在(げんざい)の地位(ちい)を築(きず)いた。　歷經了種種困難，終於確立了現在的地位。

4　～に至る／に至るまで

◎ 4-49

＊（1）達到……／發展到……　（2）從……到……

接續 （1）◆ 名詞＋に至る
◆ 動詞「辭書形」＋に至る

意義 表示事態終於到達某種最高階段或最大程度，終於發展到某種極端地步。

例

❶ 火山噴火による被害はますます広がり、ついに300人以上の死傷者を出すに至った。　由於火山爆發，受災範圍逐漸擴大，最終導致300以上的死傷。

❷ バイトばかりしてほとんど学校に行かない彼はとうとう退学させられるに至った。　由於他只顧著打工，幾乎不去學校，最後終於被勒令退學。

❸ 小さな塾から発展し続け、とうとう一流の有名大学にまで成長するに至った。　從一所小小的補習班開始逐步發展，最後終於成為一流的知名大學。

❹ あちこちの店で働いたのち、彼はやっと自分の店を構えるに至った。　他一開始到處打工，最後終於開了自己的店。

接續 (2) ◆ 名詞＋に至るまで
◆ 動詞「辭書形」＋に至るまで

意義 從前項到後項，一個不漏地或細微到每個環節。和「（～ から）～ まで」的意思基本相同。

例

❶ 結婚を控え、家具はもちろん、皿やスプーンに至るまで新しいのを買い揃えた。　馬上就要結婚了。家具就不用說了，就連鍋碗瓢盆也都買了新的。

❷ その会社は国内は言うに及ばず、アジア、ヨーロッパ、アフリカに至るまで進出している。　那家公司在國內就不用說了，最後還發展到了亞洲、歐洲及非洲。

❸ 若者はもちろん、幼児から50代に至るまで、ファミコンゲームに夢中になっていると聞く。　年輕人就不用說了，聽說從幼兒到50多歲的人都十分熱衷電腦遊戲。

❹ 登山口から頂上に至るまでの道は以前にもましてよく整備されている。　從登山口到山頂的道路鋪設得比以前更好了。

5 ～を限りに　＊ 盡……／竭盡所能地……

接續 名詞＋を限りに

意義 表示用最大極限地、竭盡全力地做某件事。多為慣用表達形式。

例

❶ 力を限りに戦ったものの、負けてしまった。　儘管竭盡全力地奮戰，但還是輸了。

❷ 天まで届けとばかりに、声をかぎりに歌った。　放聲高歌。歌聲直上雲霄。

❸ 年末に贅沢を限りに買い物に走った。　年底時竟然窮奢極欲地瘋狂購物。

説明

「～を限りに」還有表示截止日的用法，請參考 P.68。

6　～ならでは

＊ (1) 只有……才能／只有……才有
(2) 獨特的……

接續 (1) 名詞＋ならでは～できない

意義 跟「～しか～できない」的意思類似，但更強調其獨特性。

例

❶ これはＡ社ならでは作れない申し分ない製品だ。　這個是只有Ａ公司才做得出來的、無可挑剔的產品。

❷ 日本に来て初めてこの季節ならでは味わえない味のメロンを食べました。　來到日本後，第一次吃到只有當季才嚐得到的哈密瓜。

❸ この絵には子供ならでは、表わせない無邪気さがある。　這張畫裡描繪了只有孩子才能表述的童心稚趣。

接續 (2) ◆ 名詞＋ならではの＋名詞
◆ 名詞＋ならではだ

意義 是「～ならでは～できない」的簡略表達形式，意義相同。

例

❶ 日本全国、その地方ならではの名産がある。　在日本，各地都有屬於地方特色的名產。

❷ あそこでは一流ホテルならではの豪華な雰囲気が味わえる。　在那裡，可以感受到一流飯店特有的豪華氛圍。

❸ こんなにすばらしいアイデアは、センス豊(ゆた)かな彼ならではですね。

這麼好的主意，唯獨具有超凡靈感的他才能想得出來。

4-50

7 ～をおいて～ない ＊ 除……之外，再也沒有……

接續 名詞＋をおいて～ない

意義 相當於「～のほかは～ない」(⇨ N4) 的文法意義，多用於對人、對事物的高度評價。謂語多用「ない、いない、～ まい、～ 考えられない、～ だろうか」等表示否定或反問的表達形式。

例

❶ 次の首相(しゅしょう)にふさわしい人物は、彼をおいて、ほかにはいない。

適合當下一屆首相的人選，除了他以外沒有別人。

❷ 新しく住宅開発(じゅうたくかいはつ)を進(すす)めるなら、この地域(ちいき)をおいてほかにはない。

如果要開發新的住宅區，除了這一帶就沒有其他地方了。

❸ 一番いい日本語教育専攻(せんこう)を選ぶなら、W大学の大学院日本語教育研究科をおいてあるまい。

想選擇最好的學校專攻日語教學，除了 W 大學的日語教學研究所，恐怕已經沒有更好的了吧。

接續詞「何をおいても」表示「無論怎麼樣，當務之急……」、「其他暫且不提，首先……」的意思。

■ **何をおいても文字入力(もじにゅうりょく)の基礎知識(きそちしき)を勉強しなくてはならない。**／無論如何必須先要學習打字的基礎知識。

■ **やることがいろいろあるが、何をおいても食事を取ろう。**／要做的事情有很多，別的暫且不提，我們還是先吃飯吧。

8 ～にあって(は)／にあっても

＊ (1) 身處……／身為……／面臨……　(2) 使處在……還是……

接續 (1) 名詞＋にあって(は)

意義 接在「時期(じき)、場合(ばあい)、状況(じょうきょう)、立場(たちば)、職(しょく)」等意義的名詞後面，表示所處的特別時期、特別狀況。

例

❶ 当時は会社の経営が困難を極めた時代だった。そのため、父は責任者という立場にあって寝る時間も惜しんで働かなければならなかった。
當時，公司的經營狀況極其困難。所以，身為負責人的父親必須日以繼夜地工作。

❷ この厳しい現実にあって、われわれはいかに対処すべきか。
面對目前嚴峻的現實，我們該如何應對？

❸ 経済的にあまり恵まれていない環境にあっては、自分自身でなんとかしなければならない。
在經濟環境不理想的情況下，必須自己想些辦法。

❹ 貧乏のどん底にあって、一日一回の食事も満足に食べられないことがあった。
在我最貧困的時期，有時候一天連一頓飯都吃不飽。

接續 (2) 名詞＋にあっても

意義 表示即使處在前項的特別時期、特別狀況下，後項還是不變。

例

❶ 彼は得意の絶頂にあっても、周りの人に対する思いやりを忘れなかった。
即使在他最春風得意的時候，也沒有忘記關心體諒周圍的人。

❷ 戦時下にあっても、イラクの子供たちは元気に学校に通っている。
即使在戰爭時期，伊拉克的孩子們也精神飽滿地去學校上課。

❸ どのような困難な状況にあっても、諦めてはいけない。
無論面臨怎麼樣的困難也不能放棄。

❹ いくら困難な時期にあっても彼は微笑みを忘れていない。
無論在多麼困難的時期，他也沒有忘記微笑。

9 ～うちが ＊ 最……的時候最……

接續
- ◆ 名詞「の形」＋うちが
- ◆ ナ形容詞「な形」＋うちが
- ◆ イ形容詞「辭書形」＋うちが
- ◆ 動詞「て形」＋いるうちが
- ◆ 動詞「て形」＋いないうちが

意義 表示「在某一段時間裡某一狀態下不發生變化，能夠持續下去則是最好、最珍貴的」的意思。不過用法比較狹隘。

例

❶ 今の私にとっては、日本滞在(たいざい)のうちが最高(さいこう)だ。帰国(きこく)したら最後、大家族の面倒を見なくちゃならない。

對現在的我來說，留在日本才是最好的。一旦回國，我就得擔負起照顧我那大家族的重任。

❷ 健康なうちが何よりだと言われているが、若い人にとっては、健康よりやはりお金なのではないだろうか。

雖說健康是最寶貴的，但是對於年輕人而言，是不是更看重金錢呢？

❸ 若いうちが花だというように、若いうちにいろいろ体験したほうがいい。

俗話說，青春時期是一生中最美好的時光，所以還是趁年輕時多體驗各種事物比較好。

❹ どんなにつらい毎日でも、生きているうちが一番幸せなのだ。死んでしまえばそれまでだから。

儘管每天都有很多痛苦的事情，但是只要活著就是最大的幸福。人一死就什麼都沒了。

10 ～て久しい ＊ 早已經……

4-51

接續 動詞「て形」＋久(ひさ)しい

意義 表示某事已經由來已久，或某事已經發生了很久。

例

❶ 少子化(しょうしか)が言(い)われて久しいが、状況は依然(いぜん)として厳しい。

少子化的問題已經提了很久，可是情況還是很嚴重。

❷ 男女平等(だんじょびょうどう)が叫(さけ)ばれて久しいが、この世の中には男女不平等なことがまだ多い。

男女平等的口號已經被呼籲了很久，可是這世上男女不平等的事情還是很多。

❸ 災害(さいがい)や事故の多発(たはつ)、新たな感染症(かんせんしょう)、テロの脅威(きょうい)、治安悪化(ちあんあっか)など、不安材料が急増(きゅうぞう)した。安全神話(しんわ)が崩壊(ほうかい)して久しい。

災害和事故頻傳、新型傳染病、恐怖威脅、治安惡化等等，這些令人不安的因素急劇增加。安全的神話早已崩解。

11 ～見込みだ／見込みがある

＊ 預計……／預測……

接續 ◆ 名詞「の形」＋見込みだ／見込みがある
◆ 動詞「辭書形」＋見込みだ／見込みがある

意義 用於預測事情發生的可能性。多用於廣播電視、報紙的新聞報導等場合。

例

❶ 仕事は 1 週間で出来上がる見込みだという。
據說只要花一週的時間，工作就可以完成。

❷ 駅前の再開発工事は、順調にいけば、来年の 10 月に完了する見込みだ。
車站前的重建工程，如果一切順利的話，預計明年的 10 月份可以完工。

❸ 両国の関係はますますきしんできたが、戦争が起こる見込みはない。
兩國的關係日趨緊張。但是沒有引發戰爭的可能。

❹ 入院されてもう 1 ヶ月ほどたちましたが、病気がよくなる見込みがまったくありません。
住院已經 1 個月了，但病情完全沒有好轉的跡象。

12 ～一途を辿る ＊ 日趨……／越來越……

接續 名詞「の形」＋一途を辿る

意義 表示事態始終朝著某個方向發展。多用於不好的、不理想的場合，偶爾也用於積極的場合。

例

❶ それから両国関係が悪化し、貿易も衰退の一途を辿った。
從那之後，兩國的關係就開始惡化，貿易也一直在走下坡。

❷ 経済危機の影響で、悪化の一途を辿る我が国の貧困化を正視すべきではないだろうか。
由於經濟危機的影響，我國的貧困化越來越嚴重。我們必須要正視這個問題。

❸ ネットを利用して買い物をする客が増加の一途を辿ると同時に、ネットショップの売り上げも拡大の一途を辿っている。
利用網路購物的顧客一直在增加，同時在網路商店的銷售額也是日漸攀升。

13 ～始末だ ＊ 最後落到……地步／結果竟然……

4-52

接續 ◆ 動詞「辭書形」＋始末だ
◆ 句子普通體＋という始末だ

意義 由於糟糕的前項，結果導致後項的下場或落到這般地步。講述過去的事情時要用「～始末だった」。

例

❶ 体を鍛えようと、ジョギングを始めたが、走りすぎて膝を痛めてしまい、病院に通う始末だ。
為了鍛鍊身體開始慢跑。但是，由於跑的時間過長、動作過猛而傷了膝蓋，結果反而進了醫院。

❷ 彼は本当に仕事をする気があるのかどうか、疑いたくなる。遅刻する、約束を忘れる、ついには居眠り運転で事故を起こす始末だ。
現在真的懷疑他到底有沒有心要工作。你看他，不是遲到，就是忘了約定，最後甚至還因為開車打瞌睡出了車禍。

❸ 田中先生は本当にひどい。毎週宿題は出すし、絶対休講はしないし、この間、なんと「来週から土曜日にも授業に出なさい」と強制する始末だ。私、もう耐えられない。
田中老師真的太過分了。不僅每週出作業，而且也從沒有停過課。前幾天甚至強制要求我們從下週開始星期六都要去學校上課。我已經受不了了。

也有「この始末だ／こんな始末だ」的用法，用於表示在導致某種不好的結果時對其進行譴責。

■こうしてもいい、ああしてもいいとさんざん迷ったあげく、この始末だ。／一會兒這樣，一會兒那樣，猶豫不決，結果落到現在這個地步。

14 ～はめになる ＊ 陷入……境地／落到……地步

接續 ◆ ナ形容詞「な形」＋はめになる
◆ イ形容詞「辭書形」＋はめになる
◆ 動詞「辭書形」＋はめになる

意義 跟「～始末だ」的文法意義基本相同，表示因為某種原因，使某人或者某事陷入了僵局、困境等。也說「～ はめに陥る」。不過能使用的形容詞極少。

例

❶ そのせいで、日本列島(れっとう)は電力不足というようなはめに陥った。
為此，全日本陷入了電力不足的窘境。

❷ 大雪で多くのバスが立(た)ち往生(おうじょう)して、旅客(りょかく)たちは苦しいはめになった。
由於大雪，有很多巴士在半路上拋錨，旅客陷入了困境。

❸ 上司にリストラによる不利(ふり)な一面(いちめん)を言ったら、一番先に辞めさせられるはめになった。
就因為我在上司面前提了裁員不好的一面，結果就先被裁掉了。

15 ～ずじまい ＊ 終於沒有（能）……／結果未能……

接續 ◆ 動詞「未然形」＋ずじまい（だ、になる）
◆ する⇨せずじまい（だ、になる）

意義 原本想做的事情因某種緣故沒有做成。說話者的後悔、遺憾、自責等語氣較強。

例

❶ 有名な観光地の近くまで行ったのに、忙しくてどこへも寄(よ)らずじまいだった。
雖然到了著名的觀光勝地附近，但是由於工作太忙，結果也沒能去看一眼。

❷ いなくなったペットを懸命に探したが、結局、その行方(ゆくえ)はわからずじまいだった。
儘管拼命地尋找走失的寵物，但結果還是沒能發現牠的蹤影。

❸ 私はせっかく大阪まで行ったのに、山口さんが急病で入院してしまい、とうとう彼女に会わずじまいになった。
我好不容易到了大阪，山口小姐卻突然因病住院，結果沒能見到她。

16 ～てよこす ＊ ……來

4-53

接續 動詞「て形」＋よこす

意義 相當於「誰々からこちらへ何かをしてくる」的意思，即某人主動為我（們）做了什麼事情。一般跟表示「贈與」或表示「訊息傳遞」等意思的動詞一起使用。

例

❶ 彼女はぼくに長いメールを送ってよこした。
她發了一封長長的電子郵件給我。

❷ 昨日、林さんがその借金をわたしに返してよこした。 昨天，林先生把那筆錢還給我了。

❸ 彼はその包みを無造作に私へ放ってよこした。 他隨手把那個包裹扔到我這裡來。

❹ 父が「少ないながら、とりあえずもらっといて」と言ってよこしたので、わたしは涙ぐんで、その封筒をもらった。 父親說了句：「錢不多，你先拿去用吧。」我含著淚接下父親遞給我的信封。

參考

另外較為常見的還有：（事を）伝えてよこす、（事を）知らせてよこす、（ボールを）投げてよこす、（手紙を）書いてよこす、（祝電を）打ってよこす、（名刺を）差し出してよこす

17 ～ためしがない ＊ 從來沒有……

接續 動詞「た形」＋ためしがない

意義 表示從來沒有這種先例，從來沒有這樣做過。

例

❶ 時間にルーズな彼は、約束を守ったためしがない。 他一向散漫，從來就沒有遵守過約定。

❷ 月に人が住んでいるなんて、そんなことは聞いたためしがない。 什麼月亮上住著人，這種事情從來沒有聽說過。

❸ 妻はよく宝くじを買っているが、当たったためしがない。 我太太常常買彩券，可是從來沒有中過獎。

18 ～覚えはない

＊（1）我不記得曾…
（2）我不曾被人……過，你難道想……不成？

接續 （1）動詞「た形」＋覚えはない

意義 表示說話者印象中沒有某種記憶或經歷。

例

❶ おとうさんはうちの子を殴った覚えはない。　我不記得爸爸有打過孩子。

❷ お金を返してくれって？ぼくは君からお金を借りた覚えはないよ。　你說要我還錢？我可不記得曾經向你借過錢。

❸ なに？りんごの注文？配達屋さん、間違えたんじゃない。わたしはそんなものを注文した覚えはないよ。　什麼？我有訂蘋果？送貨先生，你是不是搞錯了？我不記得有向你們訂過這種東西呀。

接續 (2) 動詞「未然形」＋（ら）れる覚えはない

意義 接在動詞被動形式後面，對對方的某種行為表示「自己至今為止還未曾遭遇到如此經歷」的意思，用於批評或警告對方。

例

❶ 君のような男にけなされるおぼえはない。　我還從來沒有被像你這樣的男人貶低過（= 你這傢伙竟然貶低我）。

❷ あいつのようなものに、そんなにいじめられる覚えはない。それは侮辱(ぶじょく)だ。　我還從來沒有被像他那樣的傢伙如此欺負過（= 那種人竟然也欺負我）。那簡直是侮辱。

❸ おまえに殴られる覚えはない。よし、覚悟(かくご)しろ。　難道你想動手！好，覺悟吧！

❹「あなたのような女に、おかあさんなんて呼ばれる覚えはない。これから、うちの息子と付き合わないで。」と母はわたしの恋人に向かってどなった。　媽媽對著我的女朋友怒吼說：「我從來沒有被你這種女人叫過媽媽（= 你這種女人竟然有臉叫我媽媽）。我告訴你，以後別再跟我兒子來往了。」

★ 練習問題 ★

問題 1　次の文の（　　　）に入れるのに最もよいものを、1・2・3・4 から一つ選びなさい。

(1) 人間は若い（　　）花だ。青春(せいしゅん)はまたと来ないものだ。

　1　うちに　　2　うちが　　3　ばあいに　　4　ばあいは

(2) 電卓(でんたく)ほど普及(ふきゅう)されているものはないだろう。（　　）そろばんの流行は衰(おとろ)えて久(ひさ)しい。

　1　先方(せんぽう)　　2　両方(りょうほう)　　3　一方(いっぽう)　　4　片方(かたほう)

(3) せっかく故郷へ帰ったのに、毎日大雨が降っていたので、どこへも（　　）。

　1　行ってよこした　　2　行く見込みだった
　3　行っているうちが幸せだ　　4　行かずじまいだった

(4) あの男が書いて（　　）紙片(しへん)に「あなたのこと、大好き」とある。

　1　みこんだ　　2　よこした　　3　いたった　　4　たどった

(5) 厳しい選考(せんこう)を（　　）、2012 年ロンドン五輪(ごりん)大会に参加する選手を決めた。

　1　おいて　　2　かぎりに　　3　かわきりに　　4　へて

(6) あの男は一体だれだ。おれはあんなやつにそんなひどいことを（　　）覚えはないよ。ほんとに頭に来る。

　1　言わせてあげる　2　言ってあげる　　3　言わせる　　4　言われる

(7) 有能な彼女は五年も経(た)たないうちに、支社の平(ひら)社員から本社の部長に（　　）。

　1　至るまで出世しないだろう　　2　まで出世するに至った
　3　至るまで出世するだろうか　　4　まで出世する始末だった

(8) 手芸品(しゅげいひん)展示会には職人(しょくにん)（　　）すばらしい作品がずらりと展示されている。

　1　ならでは作れない　　2　ならでは作らない
　3　をかわきりに作れる　　4　をかわきりに作らない

(9) どんな逆境( )、彼の芸術に対する情熱は少しも衰えなかった。

1 にあると　2 にあっては　3 にあって　4 にあっても

(10) 解雇させられた彼はすっかり落ち込んで、毎日お酒を( )。

1 飲むはめだ　2 飲んだはめだ　3 飲む始末だ　4 飲んだ始末だ

(11) 高橋さんをおいて、金メダルが取れそうな選手は( )。

1 いるだろう　2 いるだろうか　3 考えない　4 考えよう

(12) 東京電力の知らせによれば、電力の需給状況によっては明日も五つのグループに分けて計画停電を行う( )という。

1 見込みだ　2 一途を辿る　3 ためしがある　4 ならではだ

(13) 劇団は東京出演を皮切りに、( )。

1 観客がどっと殺到してきた
2 高い評価を得て嬉しかった
3 全国を巡って出演することになった
4 それをもって閉幕をすることにした

問題 2　次の文の ＿＿★＿＿ に入る最もよいものを、1・2・3・4から一つ選びなさい。

(14) 息子は転々と会社を変える。一つの ＿＿＿ ＿★＿ ＿＿＿ ＿＿＿ ない。

1 ためしが　2 続いた　3 半年と　4 会社に

(15) 入力のスピードに ＿★＿ ＿＿＿ ＿＿＿ ＿＿＿ 名簿を作らされるはめになった。

1 ばかりに　2 といった　3 自信がある　4 クラス会の

(16) この一年、社会科の時間は ＿★＿ ＿＿＿ ＿＿＿ ＿＿＿ 世界の主な歴史を勉強した。

1 から　2 までの　3 現代に至る　4 原始時代

(17) どんどん発展している ＿＿＿＿ ＿＿＿＿ ＿★＿ ＿＿＿＿ と嘆（なげ）いている日本人は私一人だけではないだろう。

1　衰退（すいたい）の　　　　2　日本の経済は
3　中国にひきかえ　　　　4　一途を辿っている

(18) 端役（はやく） ＿＿＿＿ ＿＿＿＿ ＿★＿ ＿＿＿＿ に勝ち、A 市の市長に当選（とうせん）した。

1　をふりだしに　　2　になった彼は　　3　市長選　　4　名俳優

4-54

1 ～というか／というか～というか

＊(1) 可以說是……(總之)
(2) 說是……也行，說是……也行，(總之)

接續 (1)
- 名詞＋というか
- ナ形容詞詞幹＋というか
- イ形容詞「辭書形」＋というか
- 動詞「辭書形」＋というか
- 各詞類「た形」＋というか

意義 就某人或某事給出一個印象性的評價，後面多為敘述總結性的判斷。

例

❶ あの男、またお金を借りに来たのよ。鉄面皮というか、とにかくあきれて何も言えないな。
那個男的又來借錢了。真是厚臉皮啊，總之太令人難以置信，真不知說什麼好。

❷ 身ぐるみはがされた。「不幸中の幸い」というか、命を奪われないだけましだった。
我被洗劫一空。不過，可以說是「不幸中的大幸」吧，好在命保住了。

❸ あの人の行為は偉いというか、とにかく賞賛すべきだ。
那個人的行為，可以說是很了不起，總之值得稱道。

❹ 社長に向かって、文句を言うとは、勇気があるというか、とにかくびっくりさせられた。
敢對著社長發牢騷，真有勇氣，總之令人驚訝。

接續 (2)
- 名詞＋というか～というか
- ナ形容詞詞幹＋というか～というか
- イ形容詞「辭書形」＋というか～というか
- 動詞「辭書形」＋というか～というか
- 各詞類「た形」＋というか～というか

意義 就某人或某事給出兩個印象性的評價，後面多為闡述總結性的判斷。

例

❶ 一人であんな危険な場所へ行くとは、無茶というか、無知というか、とにかく私には理解できない。
竟然自己一個人到那種危險的地方，要說他胡鬧， 還是說他無知好呢？實在是讓我難以理解。

❷ あの人の作品は、ユニークというか、個性的というか、とにかくちょっと変わっているよね。

他的作品或是說具有獨特性，或是說具有個性，反正有點與眾不同。

❸ 社長にほめられたときの気持ちは、うれしいというか、くすぐったいというか、言葉にはしがたいほどでした。

說起受到社長表揚時的心情，是高興還是害羞，那真是難以言喻。

❹ みんなは彼の失礼極まりない態度に対して、あきれたというか、失望したというか、なんとも言えない気持ちだった。

大家對他那非常失禮的態度，是感到驚訝，還是感到失望，總之不知說什麼好。

② ～といおうか～といおうか

＊ 說是……也行，說是……也行，（總之）

接續
- ◆ 名詞＋といおうか～といおうか
- ◆ ナ形容詞詞幹＋といおうか～といおうか
- ◆ イ形容詞「辭書形」＋といおうか～といおうか
- ◆ 動詞「辭書形」＋といおうか～といおうか
- ◆ 各詞類「た形」＋といおうか～といおうか

意義 跟「～というか～というか」的意思相同。

例

❶ 彼の性格は単純といおうか、素朴といおうか、とにかく素直だといったところだ。

他的性格？是單純還是純樸？總之他這個人很直爽。

❷ 昨日、けんかしたばかりの彼に会って、決まり悪いといおうか、すまないといおうか、言葉では言いにくい気持ちだった。

昨天剛跟他吵架，今天又遇到他。感覺是尷尬呢？還是有些歉意呢？真是難以言喻。

❸ 言葉は通じないが、お会いした方々に温かみといおうか、親切といおうか、そういうものをしみじみ感じた。

雖然語言不通，但是我所見到的各位，說是熱情也可以，親切也可以，總之讓我有深切的感受。

③ ～というところだ／といったところだ

＊ 充其量也只不過……／頂多不過……而已

接續 ◆ 名詞＋というところだ／といったところだ
◆ 動詞普通體＋というところだ／といったところだ

意義 跟表示「數量少、程度輕」的詞一起使用。多用於低調的評價或預測。

例

❶ 今年の米のできは、まあまあといったところだ。
今年的稻米收成算是馬馬虎虎吧。

❷ 自分で料理を作るといっても、せいぜいサラダとかゆで卵といったところです。
雖說自己做菜，充其量也只是做個生菜沙拉呀，煮個水煮蛋呀之類的。

❸ 株(かぶ)の取引(とりひき)も大(おお)金持ちの彼女にとっては単(たん)なる遊びといったところだ。
對身為富婆的她而言，炒股票只是為了消遣而已。

❹ われわれ人間は、この世界で見ることができるのは、氷山(ひょうざん)の一角(いっかく)といったところだ。
我們人類在這個世界上所能看到的，只不過是冰山一角。

④ ～たりとも ＊ 即使……，也不能……

4-55

接續 一＋量詞＋たりとも～ない

意義 表示「即使（最小數量的……），也不能……」的意思。

例

❶ 猫の子一匹(いっぴき)たりとも、ここを通さないぞ。
哪怕只是一隻小貓咪，也不能讓牠從這裡通過。

❷ 医者は手術の間、一瞬(いっしゅん)たりとも気が抜(ぬ)けない。
醫生在進行手術的過程中，無時無刻都不能鬆懈。

❸ 募金(ぼきん)で集めたお金は 1 円たりとも無駄にできない。
透過募款籌到的錢，哪怕是一塊錢也不能浪費。

5 ～として～ない ＊(1)沒有一點……／一點也沒有…… (2)沒有任何……

接續 (1)(表示最小數量的)名詞＋として～ない

意義 表示全面否定。

例

❶ 戦争が始まって以来、一日として心の休まる日はない。
自從戰爭開打後，我們的心情沒有一天平靜過。

❷ 期末(きまつ)試験では、一人として満足の行く答(とう)案(あん)を書いた学生はなかった。
期末考沒有一個學生的答案令人滿意。

❸ 高級品(こうきゅうひん)ばかりで、一つとして私が買えそうな品物は見当たらない。
全都是些高檔貨，找不到一樣我買得起的東西。

接續 (2)疑問詞＋最小數量詞＋として～ない

意義 表示全面否定。其中「誰一人として」「何一つとして」中的「として」可以省略，意思不變。

例

❶ 誰一人(ひとり)(として)、私の発言(はつげん)を支持してくれる人はいなかった。
無論是誰，沒有一個人支持我的發言。

❷ チャンネルを順(じゅん)に切(き)り替(か)えてたら、好きな番組は何一つ(として)ないので、スイッチを切った。
不斷地切換頻道，可是沒有一個是我喜歡看的節目，於是就關了電視。

❸ 歩き回って探してみたが、どこ一つとして、ぼくを採用(さいよう)しようとする会社がなかった。
四處奔走，卻沒有任何一間公司肯錄取我。

6 ～という（といった／といって）～ない

＊(1) 要問……沒有任何……　(2) 沒有什麼特別的……

接續 (1) ◆ 疑問詞＋といって～ない（いない）
◆ 疑問詞＋短句＋といって～ない（いない）

意義 相當於「～かというと特に～ない」的意思，在提示場所、人物、事物、理由等的同時，再加以否定。

例

❶ 今度の対戦(たいせん)相手の守(まも)りには、どこといって穴(あな)がない。
要問這次競爭對手的防守哪裡有問題，其實並沒有任何漏洞。

❷ 今度のパーティーは誰といって会いたい人もいないので、行きたくない。
在這次派對上沒有我特別想見的人，所以不想參加。

❸ なぜといって理由はないけれど、あの男のことを好きにはなれない。
要問為什麼，其實也沒有什麼理由，但我就是沒辦法喜歡他。

❹ いつが一番嬉しかったかといって父になったときほど嬉しかったことはない。
要說我什麼時候最開心，沒有什麼比得上剛當爸爸時的喜悅。

接續 (2) これという／これといった／これといって～ない

意義 表示沒有什麼特別值得一提的東西，或表示沒有特別值得去做的事情。

例

❶ この仕事をさせるのに、これという人がいないので、困っている。
找不到特別適合做這項工作的人，所以很傷腦筋。

❷ これといった手立(てだ)ても思いつかないまま、みんなはしばらく黙っていた。
想不出特別好的辦法，大家只好暫時沉默。

❸ このブティックにはこれといってほしい服はない。
在這家店裡找不到任何一件我想要的衣服。

❹ 山口先生は立派な先生なので、これといって注文はありません。自由にやってくださってけっこうです。
山口老師是位很優秀的老師，所以對他沒有什麼特別的要求，就讓他自由發揮吧。

7 ～からある／からいる／からする／からの

＊ (1)(2)(3)(4) 多達……

◎ 4-56

接續 (1) 數量詞＋からある

意義 接在表示重量、長度、大小等數量詞後面，表示達到比這更多的意思。

例

❶ 身長（しんちょう）2メートルからある大男（おおおとこ）が、突然、目の前に現れた。
一個身高有兩米多的彪形大漢突然出現在我的面前。

❷ 100キロからある荷物を三階まで運ぶには、足腰（あしこし）の強い人が三人は必要だ。
把重達100公斤的貨物搬到三樓，需要三位身強力壯的人才能完成。

接續 (2) 數量詞＋からいる

意義 接在表示人或動物的數量詞後面，表示達到比這更多的意思。

例

❶ 参加者は500人からいて、予想外に多く集まった。
參加者多達500人，比預想的還要多。

❷ 本校（ほんこう）は全市（ぜんし）の大学生スポーツ大会に200人からいる選手団を送り込んだ。
本校派出了由200人組成的選手團去參加全市的大學運動會。

接續 (3) 數量詞＋からする

意義 接在表示價值即價錢的數量詞後面，表示達到比這更多的意思。

例

❶ ダイヤモンドは高価（こうか）なものになると、1千万円からする。
鑽石這種東西，貴的要價高達1千萬日元。

❷ 彼女のアクセサリーはみな高価（こうか）なもので、ブローチ一つが50万円からしているという。
她身上的飾品都是高檔貨，據說就連一枚小小的胸針也要50萬日元。

接續 (4) 數量詞＋からの＋名詞

意義 是用「の」代替了動詞「ある／いる／する」的表達形式，表示數量上達到比這更多的意思。

例

❶ 彼は2億円からの借金(しゃっきん)をこしらえたあげく、夜逃げ(よに)してしまった。
他欠下多達2億多日元的債務後，連夜逃跑了。

❷ この石碑(せきひ)に使われている石は、100キロからの山の奥地(おくち)から運んできたという。
這塊石碑所用的石頭，聽說是從100多公里外的深山運來的。

8 ～限りだ ＊ 非常……／……極了／……之至

接續
◆ 名詞「の形」＋限り(かぎ)だ
◆ ナ形容詞「な形」＋限りだ
◆ イ形容詞「辭書形」＋限りだ

意義 表示某種感情或心情（不是來自外界而是說話者自己的感覺）達到了極限。不論消極或積極的句子都能用。

例

❶ 大学院で勉強している息子が国家発明賞(はつめいしょう)をもらったと聞いて、喜びの限りです。
聽到在研究所唸書的兒子獲得國家發明獎，我非常高興。

❷ こんな華々(はなばな)しい式(しき)に出席(しゅっせき)できまして、幸せな限りでございます。
能出席如此豪華的儀式，我倍感榮幸。

❸ 小学校からずっと仲(なか)のよかった彼女が遠くに引っ越すのは、寂しい限りだ。
和她從小學開始感情就很好，如今她要搬到很遠的地方去，讓我覺得好寂寞。

9 ～極まる／極まりない

＊ (1)(2) 極其……／非常……

接續 (1) ナ形容詞詞幹＋極(きわ)まる

意義 表示事情達到了一種極高的程度，用於抒發說話者的感情。

例

❶ いかに平凡(へいぼん)極まる人でも、その人なりの考えを持っている。
再怎麼平凡的人，也有他自己的想法。

❷ その話は他の人にはおもしろくても、私には退屈(たいくつ)極まるものだった。
那樣的事情，對別人來說可能很有趣，但對我來說卻非常無聊。

接續 (2) ◆ ナ形容詞詞幹＋極まりない
◆ ナ形容詞「な形」＋こと極まりない
◆ イ形容詞「辭書形」＋こと極まりない

意義 跟「～極まる」的意思相同。

例

❶ 私は、彼の失礼極まりない態度に我慢ならなかった。
我真受不了他那相當無禮的態度。

❷ 子どもたちが学校へ通う道なのに、信号がないのは危険きわまりない。
明明是孩子們上學的必經之路，卻沒有安裝紅綠燈，實在非常危險。

❸ ここの風景といったら、美しいこと極まりないね。
這裡的風景，真是漂亮極了。

10 ～の至り ＊ 非常……／……之極／倍感……

4-57

接續 名詞＋の至（いた）り

意義 接在「感激（かんげき）、光栄（こうえい）、同慶（どうけい）、慶賀（けいが）、若気（わかげ）、迷惑（めいわく）、恐縮（きょうしゅく）、痛恨（つうこん）、赤面（せきめん）、汗顔（かんがん）」等語詞後面，表示程度達到了極限。主要用於說話者強烈的致謝、道歉等寒暄語中。

例

❶ 市民代表に選ばれ、スペシャル番組に参加できることは光栄（こうえい）の至りです。
我被選為市民代表，並能參加電視台的特別節目，實在是倍感榮幸。

❷ ご尊名（そんめい）を忘却（ぼうきゃく）いたし、まことに汗顔（かんがん）の至りです。
我竟然忘了您的尊姓大名，真是羞愧難言。

❸ 先生のご研究は大きな成果（せいか）を収めたそうで、慶賀（けいが）の至りに存じます。
得知老師的研究工作得到了很好的成果，深表慶賀。

❹ 私が言い過ぎました。若気（わかげ）の至りだと思って許してください。
對不起，我說的太過份了。都怪我太幼稚，請您原諒。

⑪ ～の極み ＊ 非常……／……之極／倍感……

接續 名詞＋の極み

意義 接在「感激、栄光、幸せ、贅沢、残念、退屈、遺憾、悲しみ、無礼、迷惑、得意」等語詞後面，跟「の至り」的意思類似，表示程度達到了極限。

例

❶ 世界的に有名な俳優と握手できたなんて、感激の極みだ。　能跟世界級的知名演員握手，我非常激動。

❷ 金メダルこそスポーツマンにとって栄光の極みです。　對運動員來說，唯有金牌才是無限的榮耀。

❸ 家が狭かろうと、お金がなかろうと、毎日家族と一緒にいられるのは私にとって幸せの極みです。　就算房子再小，收入再少，只要每天都能和家人在一起，對我來說就是無比的幸福。

❹ その議員は贅沢の極みを尽くして豪華な別荘を建てた。　那個議員窮奢極侈，還蓋了豪華別墅。

⑫ ～この上ない ＊ 無比……／非常……

接續
- ナ形容詞詞幹＋この上ない
- ナ形容詞「な形」＋ことこの上ない
- イ形容詞「辭書形」＋ことこの上ない

意義 跟「～極まりない」的文法意義基本相同，表示程度非常高，用於抒發說話者的感情。

例

❶ 夜中に電話をかけてくるなんて、迷惑（なこと）この上ない。　三更半夜還打電話來，這也太讓人困擾了。

❷ あの店員の態度は乱暴（なこと）この上ない。　那個店員的態度極其粗暴。

❸ 丁寧（なこと）この上ないあいさつをいただき、恐縮しております。　對於您極其有禮的招呼，我們深感惶恐。

4-58

13 ～てやまない ＊ 衷心……／殷切……／始終……

接續 動詞「て形」＋やまない

意義 前接「祈(いの)る、願(ねが)う、感嘆(かんたん)する、感謝(かんしゃ)する、心配(しんぱい)する、後悔(こうかい)する、愛(あい)する」等動詞，表示說話者強烈的願望或始終不變的態度。

例

❶ 結婚する二人の今後の幸せを願ってやまない。　衷心祝福他們兩人婚後幸福。

❷ 高校の頃から慕(した)ってやまない先生の下(もと)で勉強できるようになったのは、いかに嬉しいことだろう。　能在高中時代開始就十分敬仰的老師底下學習，這是多麼令人高興的事啊。

❸「私は、十年前に起こった戦争のことを憎(にく)んでやまない」と、子供を失(うしな)った彼女は涙ながらにして述(の)べた。　失去孩子的她流著眼淚說「我非常痛恨十年前發生的那場戰爭。」

14 ～といったらありはしない／といったらない／ったらない

＊ (1)(2)(3) 別提有多……了／沒有比這更……／……極了

接續 (1) ◆ 名詞＋と言ったらありはしない
◆ ナ形容詞詞幹＋といったらありはしない
◆ イ形容詞「辭書形」＋といったらありはしない

意義 表示程度高得難以言喻。多用於消極評價。在口語中，「ありはしない」可連音說成「ありゃしない」。

例

❶ 親が子供の世話さえもしないとは、無責任(むせきにん)といったらありゃしない。　父母連自己的親身骨肉都不管，這也太不負責任了。

❷ また、いやな仕事が回ってきた。腹立(はらだ)たしいといったらありゃしない。　討厭的工作又輪到我做了。真令人氣憤。

❸ 宝くじで1億円当たっても、税金として50%も引かれるから、つまんないといったらありはしない。

即使中了1億日元的彩券，也要扣去50%的稅金，所以別提有多沒意思了。

接續 (2)◆ 名詞＋といったらない
◆ ナ形容詞詞幹＋といったらない
◆ イ形容詞「辭書形」＋といったらない

意義 表示程度高得難以言喻。積極或消極的評價均可。

例

❶ 結婚が決まった時の彼の喜びようといったらなかった。

決定結婚的那一刻，他高興極了。

❷ あのとき、彼女の返事はあいまいといったらなかった。

當時她的回答很曖昧。

❸ 兄の部屋は汚いといったらない。姉の部屋はきれいといったらない。

哥哥的房間很髒。而姐姐的房間很乾淨。

接續 (3)◆ 名詞＋ったらない
◆ ナ形容詞詞幹＋ったらない
◆ イ形容詞「辭書形」＋ったらない

意義 是「～と言ったらない」的簡略表達形式，表示程度高得難以言喻。積極或消極的評價均可。

例

❶ 試験にパスして、うれしいったらない。

通過考試，我實在是太開心了。

❷ こんな複雑な書類を何十枚も書かなきゃいけないなんて、面倒くさいったらない。

這麼複雜的文件，竟然要寫幾十頁，麻煩死了。

❸ けさ、街で卒業したばかりの生徒に出会ったが、向こうは見ないふりをして通り過ぎた。ああ、悲しいったらなかった。

今天早上在街上偶遇剛畢業的學生。可是他卻裝作沒看見我一樣從我身邊走過。啊～真是太讓我難過了。

15 ～といったら極まりない

＊ 別提有多……了／沒有比這更……／……極了

接續
- 名詞＋といったら極(きわ)まりない
- ナ形容詞詞幹＋といったら極まりない
- イ形容詞「辭書形」＋といったら極まりない

意義 跟「～といったらない」的語法意義基本相同，表示程度高得難以言喻。多用於表示消極意義的句子。

例

❶ 街を歩いていたら、強盗(ごうとう)にあった。そのときの恐さといったら極まりなかった。
走在街上，遇到了強盜。當時真是太可怕了。

❷ 五つの会社へ面接(めんせつ)に行ったが、みな採用(さいよう)されなかった。お気の毒といったら極まりない。
我參加了五家公司的面試，但是都沒有被錄取。我好慘啊。

❸ うっかりして先生を「お父さん」と呼び間違えた。恥ずかしいといったら極まりない。
不小心把老師叫錯成「爸爸」。實在是太難為情了。

16 ～といったらこの上ない

4-59

＊ 別提有多……了／無比……

接續
- 名詞＋といったらこの上ない
- ナ形容詞詞幹＋といったらこの上ない
- イ形容詞「辭書形」＋といったらこの上ない

意義 跟「～といったらない」的文法意義基本相同，表示程度高得難以言喻。積極的句子和消極的句子都可用。

例

❶ 経済の高度成長期(せいちょうき)を迎えた中国の変わりようといったらこの上ない。
迎接經濟高速成長期的中國，別提變化有多大了。

❷ その夜のまばゆいばかりの花火はきれいといったらこの上なかった。
那天晚上光彩奪目的煙火無比美麗。

❸ そんなに古くないし、まだ使えるのに、そのテレビは孫に捨てられた。もったいないといったらこの上ない。
那台電視機又不是很舊，而且還能用，卻被孫子丟掉了。好可惜啊。

 ～てのける ＊ 輕易地、毅然決然

接續 動詞「て形」＋のける

意義 前接「言う」「やる」「決める」等少數動詞，表示說話、做事的決心大等意思。即敢說敢做，說起話來直言不諱，做起事來乾淨俐落，做決定時毫不猶豫等。

例

❶ 彼は本人の前で平気で悪口を言ってのける。
他當著本人的面滿不在乎地說對方的壞話。

❷ 自信満々の彼は、N1 試験問題をやすやすとやってのけた。176 点取った。
信心滿滿的他，參加了日本語能力試驗 N1 的考試，輕而易舉地拿到 176 分。

❸ いろいろ分析（ぶんせき）したすえ、社長はリストラを決めてのけた。
經過仔細分析，社長依然決定裁員。

❹ それは昔のことだが、中国のバレーボールチームは三連覇（れんぱ）をやってのけた。
那已經是以前的事情了。中國的排球隊曾漂亮地取得了三連勝。

18 ～てかかる ＊ 一開始就……

接續 動詞「て形」＋かかる

意義 表示「一開始就以抱著某種態度做某件事」的意思。

例

❶ 何事も頭から推測（すいそく）で決めてかかってはならない。
任何事情都不能憑空猜測。

❷ はじめから彼を信用してかかる。
一開始就相信他。

❸ 義理人情（ぎりにんじょう）に拘（こだわ）るのはよくないからといって、義理人情を棄（す）ててかかるのもいいことではない。
拘泥於人情義理並不好，但也不能因此完全不顧。

另外常見的還有：食ってかかる（反唇相譏）、呑んでかかる（藐視他人）、ばかにしてかかる（輕視他人）、舐めてかかる（輕視他人或事情）、打ってかかる（比賽等猛烈還擊）、疑ってかかる（懷疑他人）。

19 ～てはばからない ＊ 毫無顧忌地……

4-60

接續 動詞「て形」＋はばからない

意義 動詞「憚る」的意思是表示說話辦事時有某種顧慮或顧忌。「～ て憚らない」表示說話做事毫無顧忌，敢說敢為，直言不諱。

例

❶ その新人候補は今回の選挙に必ず当選してみせると断言してはばからない。
那位初登政治舞臺的候選人直言不諱地說「這次選舉我一定要當選。」

❷ 大統領は議会で戦争を起こしてでも、その国の政治体制を改めたいと広言してはばからない。
總統在議會上公開叫囂「即使是發動戰爭，也要改變那個國家的政治體制。」

❸ 彼女は自分のものであるかのように、ぼくの物を使ってはばからない。
她毫無顧忌地用我的東西，就好像在用自己的東西。

20 ～となく ＊ 好多……

接續
- なん＋量詞＋となく
- なん＋名詞＋となく

意義 強調數量之多。相當於口語中「～も」的用法。

例

❶ 何チームとなく試合に出ていたが、プロチームは一つもなかった。
雖然有好幾支隊伍參加了比賽，但沒有一支是專業的。

❷ 地震で山崩れが発生し、何人となく命が奪われたそうだ。
地震引發了山崩，好幾個人被奪去了性命。

❸ とんぼの死骸にアリたちが何匹となく群がっていた。
有不少螞蟻正聚集到蜻蜓的屍體旁。

❹ 今回のオリンピック大会では何人となく世界記録を更新した。
在本次奧運會中，有好幾位運動員刷新了世界紀錄。

21 ～という

＊（1）1. 所有的……／ 2. 就是……
（2）1. 多達……／ 2. 區區……

接續 (1) 名詞＋という＋同一名詞

意義① 重複同一名詞，用於表示所有的東西都處於相同的狀態。

例

❶ 集中豪雨で村の橋という橋は全部流された。
由於下暴雨，村子裡所有的橋都被沖垮了。

❷ 大きな柏の木は枝という枝にりっぱな氷柱を下げて、重そうに体を曲げていた。
碩大的大柏樹上，冰柱掛滿了樹枝，重重地垂掛著。

❸ わたしには、世界のあちこちに友だちがいて、絵葉書を送ってくれる。そういう絵葉書を壁に貼り始めたところ、それが、いつのまにかものすごい数になった。今や壁という壁が絵葉書だらけになってしまった。
我擁有來自世界各地的朋友，他們會寄明信片給我，因此我開始把明信片貼在牆上。不知不覺數量越來越多，結果現在家裡所有的牆上都被貼滿了明信片。

意義② 置於表示日期或次數的兩個名詞之間，用於強調該名詞。

例

❶ 今年という今年は、その目標を達成しなければならない。
今年我一定要達成目標。

❷ 今までのことはいいけど、今度という今度は許さないぞ。
之前的事情就算了，但下次我可不饒你。

❸ 今回という今回こそ、君たちの活躍を期待している。
這次我期待著你們精彩的表現。

接續 (2) 數量詞＋という＋名詞

意義① 強調數量多得驚人。

例

❶ 募集人数（ぼしゅうにんずう）は定員 10 名ですが、500 名という応募者（おうぼしゃ）が殺到（さっとう）しました。　招募 10 名員工，竟來了 500 位應試者。

❷ 今度の地震で 3 万戸という家屋（かおく）が倒れました。　這次地震，竟然造成 3 萬多戶的房屋倒塌。

意義② 強調數量多得驚人。

例

❶ 一月に 5 万円というお金ではとても生活できません。　每個月只有 5 萬日元根本無法維持生活。

❷ こんなに量が多い仕事は三日間という期限（きげん）では厳しすぎるなあ。　這麼多的工作只有三天期限的話也太緊了吧。

22 ～にして ＊ ……的是

◎ 4-61

接續
- ◆ ナ形容詞詞幹＋にして
- ◆ 副詞＋にして
- ◆ 助詞「ながら」＋にして

意義 用於強調狀態。不過使用範圍十分狹窄。

例

❶ 幸いにして彼女は合格した。不幸にしてわたしだけが落第（らくだい）した。　開心的是她及格了。不幸的是只有我落榜了。

❷ このデスクは学生さん向きに設計（せっけい）された、多機能（たきのう）デスクで、いながらにして必要な物に手が届（とど）く。　這種書桌是專門為學生設計的多功能書桌，可以做到不離開桌椅就能拿到各種需要的物品。

❸「巨大津波（きょだいつなみ）に夫も娘も奪（うば）われて、それこそ断腸（だんちょう）の思いをした」と彼女は涙ながらにして語った。　她哭訴道：「巨大的海嘯奪走了我丈夫和女兒的性命」。

❹ 生まれながらにして苦労をしてきた彼は今でも昔ながらの家に住んでいる。　生來就命苦的他至今還住在老房子裡。

説明

「～にして」還有其他用法，請分別參考 P.143，P.159。

★ 練習問題 ★

問題1 次の文の（　　　）に入れるのに最もよいものを、1・2・3・4 から一つ選びなさい。

(1) 子供にまでばかにされるなんて、悔(くや)しい（　　）。

1　からある　　2　極みだ　　3　至りだ　　4　ったらない

(2) 地震が起こって以来、村の人々は一日（　　）安心に過ごした日はないようだ。

1　として　　2　にしては　　3　となって　　4　にあっては

(3) 今度（　　）今度は、ぜひ N1 試験に通(とお)ってみせる。

1　といった　　2　といおうか　　3　というか　　4　という

(4) 有能な彼は、普通の人にはたいへん難しい仕事をやすやすとやって（　　）。

1　かかった　　2　のけた　　3　よこした　　4　やまなかった

(5) 辞書を何冊となく調べてみたが、その言葉は（　　）。誤字(ごじ)だったかなあ。

1　載っていまい　　2　載せてあった
3　載っていない　　4　載せておいた

(6) なにげなく言ってしまった話（　　）、相手の心を傷(きず)つけてしまったのだから、悔(くや)しいといったら極まりない。

1　とはいえ　　2　だからこそ　　3　たりとも　　4　となく

(7) これといって行きたい所は（　　）んだけど、長年(ながねん)都会に住んでいるんだから、緑の多いところがいいなあ。

1　ある　　2　ない　　3　する　　4　しない

(8) 朝、いつものように「おはよう」って声をかけたら、友達は「あんた、だれ？」と言った。それもそっぽを向きつつよ。（　　）ったらこの上ない。

1　ありがたい　　2　まちどおしい　　3　すまない　　4　かなしい

(9) この大雪の中をコートも着ないで歩く（　　）、非常識(ひじょうしき)なこと極(きわ)まりないね。冷えて体を壊しても無理もないなあ。

1　なんぞ　　2　とは　　3　にも　　4　には

(10) 二度の試験に失敗したことを悔やんで (　　)、諦めはしない。

1　やまなかったが　　2　やまなかったので
3　はばからなかったが　　4　はばからなかったので

(11) いよいよ明日は結婚式です。嬉しい (　　) この上ないです。

1　もの　　2　ところ　　3　はず　　4　こと

(12) 彼の行動は厚かましい (　　)、非常識 (　　)、とにかくどう評価していいか分からない。

1　といえるか／といえるか　　2　といわないか／といわないか
3　といわれるか／といわれるか　　4　というか／というか

(13) 皆様には何の役にも立てなくて悔やみ (　　)。

1　といってありません　　2　としてありません
3　のきわまりです　　4　のいたりです

(14) 米は農家の血と汗の結晶です。(　　) 一粒たりとも無駄にしてはいけない。

1　ないし　　2　ないしは　　3　だから　　4　だからって

(15) マイナス 20 度の寒さは南国出身の私には耐えられないが、北海道生まれ北海道育ちの彼にとっては茶飯事 (　　)。

1　きわまりない　　2　というかぎりだ
3　このうえない　　4　というところだ

問題 2　次の文の ＿★＿ に入る最もよいものを、1・2・3・4 から一つ選びなさい。

(16) 今年の ＿＿＿ ＿＿＿ ＿★＿ ＿＿＿ ところだ。

1　という　　2　というと　　3　経営状況　　4　横ばい

(17) むやみに ＿★＿ ＿＿＿ ＿＿＿ ＿＿＿ の極みです。

1　愚鈍で　　2　森林を切る　　3　無知　　4　行動は

(18) 彼は、＿＿＿ ＿＿＿ ＿★＿ ＿＿＿ はばからない。

1　と言って　　2　みせる　　3　成功して　　4　今度こそ

(19) 彼は ＿＿＿＿ ＿＿＿＿ ＿＿＿＿ ＿★＿ ネックレスを妻に買ってあげた。

1 ダイヤモンドの　　2 8千万円
3 思い切って　　4 からの

(20) 自分の子どもがスーパーで ＿★＿ ＿＿＿＿ ＿＿＿＿ ＿＿＿＿ 限りだ。

1 万引(まんび)きして　　2 と思うと　　3 恥ずかしい　　4 捕まった

4-62

1 ～(よ)うとしたところで～ない

＊ 因為……即使想……也……

接續 動詞「う形」＋としたところで～ない

意義 跟「～(よ)うとしても～ない」(⇨ N4)的文法意義基本相同，表示「因種種原因，即使想做前項也很難做到」的意思，後項多為否定或消極意義的謂語。

例

❶ 財布を忘れたので、買い物をしようとしたところでできなかった。
因為忘了帶錢包，就算想買東西也不能買。

❷ 三人の子どもを抱えている母は外へ出ようとしたところで出られない。
家裡有三個孩子需要照顧的母親就算想出門也出不了。

❸ 仕事が終わらないから、帰ろうとしたところで帰れない。
因為工作還沒有完成，所以即使想回家也回不了。

2 ～(よ)うったって～ない

＊ 即使……也不能……

接續 動詞「う形」＋ったって～ない

意義 是「～(よ)うと言っても」「～(よ)うとしても」(⇨ N4)的口語形式，後接否定或消極的表達形式。

例

❶ コーヒーを飲みすぎた。寝ようったって寝られなくなっちゃった。
咖啡喝太多。想睡也睡不著。

❷ 恋人を作ろうったって、チャンスと暇がないので、できない。
即使想談戀愛，但因為沒機會又沒時間，所以也談不成。

❸ 大切な電話が来ることになっているので、出かけようったって出かけられない。
因為在等一個很重要的電話，所以想出門也出不去。

③ ～(よ)うにも～ない

＊ 想……也不能……／即使要……也沒辦法……

接續 動詞「う形」＋にも～ない

意義 跟「～(よ)うったって～ない」的文法意義基本相同，即使是想做某事情也沒辦法做到。

例

❶ 大雪で交通が麻痺（まひ）し、動こうにも動けなかった。
由於大雪使得交通處於癱瘓狀態，車子想動也動不了。

❷ 食事の用意をするといっても、材料も買っていなければ調味料（ちょうみりょう）もそろっていない。これでは、作ろうにも作れない。
想做飯，可是沒有買菜也沒有調味料。想做也做不成。

❸ こんなに騒がしい部屋では、赤ちゃんを寝かせようにも寝かせられない。
在這麼吵鬧的房間裡，想哄寶寶睡覺也睡不著。

④ ～すべがない ＊ 無法……

4-63

接續
- 動詞「の形」＋すべがない
- 動詞「辭書形」＋すべがない

意義 跟「～しようがない」(⇨ N2) 類似，表示採取任何辦法也沒有用的意思，用於表示已經無計可施的場合。書面語。

例

❶ 山の中なんだから、携帯の信号も届かないし、連絡の／連絡するすべがない(＝連絡のしようがない)。
(你也知道)因為是在深山裡，手機沒訊號，所以沒辦法對外聯絡。

❷ ことここにいたっては、もはや施（ほどこ）すすべもない(＝施しようがない)。どうして早く病院に行かせなかったのか。
事到如今，已經無計可施。你為什麼不讓他早點去醫院呢？

❸ あの子に対して、あらゆる矯正（きょうせい）方法を試（ため）してみたが、だめだった。これ以上、なすすべがありません(＝なしようがない)。
對那個孩子，我們用了所有的矯正方式，可是還是不行。我們真的已經無計可施了。

5 ～なくして(は)／ことなくしては～ない

＊ 如果沒有……就不可能……

接續
- 名詞＋なくして(は)～ない
- 動詞「辭書形」＋ことなくして(は)～ない

意義 跟「～がなくては／がなかったら」(⇨ N4)的文法意義類似，表示如果沒有前項，就不可能或很難有後項。

例

❶ 市民の皆さんの協力(きょうりょく)なくして、ゴミ問題の解決(かいけつ)はありえません。
如果沒有全體市民的大力協助，垃圾問題就不可能得到解決。

❷ 国の経済は、鉄道やトラックなどによる貨物(かもつ)の輸送(ゆそう)に依存(いそん)している。国全体に広がる交通網(こうつうもう)なくしては、一日たりとも成り立たない。
國家經濟的發展，仰賴鐵路、貨車等交通工具的運輸。如果沒有遍布全國的交通網，那麼國家的經濟一天都無法維持。

❸ 上司にごまをすることなくしては、彼の出世(しゅっせ)はありえなかった。
如果不是靠著討好上司，他是不可能飛黃騰達的。

6 ～なしで(は)／ことなしで(は)～ない

＊ 如果沒有……就不可能……

接續
- 名詞＋なしで(は)～ない
- 動詞「辭書形」＋ことなしで(は)～ない

意義 跟「～なくして(は)」的文法意義基本相同，表示如果沒有前項，就不可能或很難有後項。

例

❶ 生物(せいぶつ)の多(た)様性(ようせい)なしでは、人類は生きていけない。
如果沒有生物的多樣性，人類就將無法生存下去。

❷ 人間は食べることなしでは、生きていくことができない。
人不吃東西是無法活下去的。

❸ 人に手伝ってもらうことなしで、この仕事を最後までやり遂(と)げるのは困難だ。

如果沒有得到其他人的幫助，要把這項工作完成是很困難的。

7 ～なしに(は)／ことなしに(は)～ない

4-64

＊ 如果沒有……就不可能……

接續
- 名詞＋なしに（は）～ない
- 何の＋名詞＋もなしに（は）～ない
- 動詞「辭書形」＋ことなしに（は）～ない

意義 跟「～なくして（は）／なしで（は）」的文法意義類似，表示如果沒有前項，就不可能或很難有後項。

例

❶ この30年間の日本経済の発展は、その時々の最先端(さいせんたん)技術を取り入れた技術革新(かくしん)なしには、ありえなかっただろう。

這30年來日本的經濟發展如果沒有引進不同時期的最尖端技術並進行技術革新的話，是不可能有現在這樣的成果的。

❷ 何の資料もなしには、このレポートは書けない。

如果沒有任何參考資料的話，沒有辦法寫這份報告。

❸ 他人を犠牲(ぎせい)にすることなしに、個人の望(のぞ)みを達成(たっせい)することは困難だと考えている人もいます。

也有人認為，如果不犧牲他人，就很難實現個人的願望。

❹ 農業での品種改良(ひんしゅかいりょう)の技術は日々(ひび)進歩している。しかし、どんなに優(すぐ)れた技術であっても自然への影響を考えることなしには進められない。

農業方面的品種改良技術日新月異。但是，無論技術怎麼發達，如果不考慮對自然的影響，那也是難以進行的。

説明

「～なしに／ことなしに」還有表示附帶的用法，請參考 P.133。

8 ～言わずもがな ＊ 不能說的……

接續 言わずもがな（の、だ）

意義 相當於「言うべきではない」「言わないほうがいい」的意思，即「不該說、不說為妙、不說的好」等意思。

例

❶ あんまり腹（はら）が立ったので、つい言わずもがなのことを言ってしまった。
因為實在太生氣了，所以說了不該說的話。

❷ 無用（むよう）なことは言わずもがなだよ。（＝無用なことはむしろ言わない方がよろしい。）
廢話還是少說的好。

❸ 彼女の前で言わずもがなのこと（＝言ってはいけないこと）を言ってしまって後悔（こうかい）した。
在她面前說了不該說的話，現在想想真是後悔。

9 おいそれと（は）～ない

＊ 不能貿然……／不能輕易……

接續 おいそれと（は）～ない

意義 表示因某種原因而不能輕而易舉地或不能貿然做某事。

例

❶ 相手チームはとても強いので、おいそれと勝てたものではない。
因為對手球隊的實力很強，所以我們並無法輕易取勝。

❷ 私はまだ若くて経験が浅いので、そんな責任が重い仕事はおいそれとは引き受けられない。
因為我還年輕，涉世未深，所以像那麼責任重大的工作我真的是不能貿然接受。

❸ 相手が出した条件は、わが社の生き残りにかかわるものだから、おいそれとは認めがたい。
因為對方提出的條件攸關到公司的存活，所以不能貿然接受。

⑩ ～を禁じえない

◎ 4-65

＊ 禁不住……／不禁……／忍不住……

接續 名詞＋を禁じ得ない

意義 前接表示情感意義的語詞，表示當說話者看到、聽到、想到某事情時，心中就會產生一種按捺不住的感情。

例

❶ 戦争の映画や写真を見るたびに、戦争への怒りを禁じえない。

每次看到描寫戰爭的影片或照片時，我都會忍不住對戰爭感到義憤填膺。

❷ 私たちは、彼の突然の辞職に、戸惑いを禁じえなかった。

我們不禁為他突然辭職的事感到不解。

❸ 事故で家族を失った人の話を聞いて、涙を禁じ得なかった。

聽到那個被事故奪去家人生命的人的事情後，我禁不住淚流滿面。

⑪ ～に忍びない

＊ 不忍（心）……／不堪……

接續 動詞「辭書形」＋に忍びない

意義 相當於「～するのに我慢できない」「～するのがつらくて受けられない」的意思。即對於某件事情難以忍受，覺得很痛心，暗示應該為此採取措施。

例

❶ 寒い冬にホームレスが街角なんかに寝ている姿は見るに忍びない。

在寒冷的冬天裡，看到那些露宿街頭的流浪漢，簡直是不忍卒睹。

❷ イラク戦争で苦しんだ難民の話は、聞くに忍びませんでした。

因伊拉克戰爭許多人成為了難民。他們備受煎熬的遭遇真是不忍心聽下去。

❸ 土地の人々は、つり橋を取り潰すにしのびず、何とかして後の世まで伝えようとした。

當地的人們不忍心看到吊橋被拆除，他們想要設法留些什麼給後代。

⑫ ～にかたくない

＊ 不難想像……／不難推測……／不難體會到……

接續 ◆ 名詞＋にかたくない
◆ 動詞「辭書形」＋にかたくない

意義 表示依據當時的狀況。能使用的語詞有限。

例

❶ 審査員(しんさいん)が彼の作品を見て、そのすばらしさに驚いたことは、想像にかたくない。
評審看了他的作品後，對其作品的優異程度所表現出來的驚訝是不難想像的。

❷ 15年もこつこつと働いてきたのに、係長(かかりちょう)にすらなっていない彼の気持ちは、察(さっ)するにかたくない。
勤奮工作15年，卻連股長也沒當上，所以不難體會他是怎樣的心情。

❸ 今の若い女性が人気のあるアナウンサーという職に憧(あこが)れる心情は理解するにかたくない。
現在的年輕女性嚮往女主播這個人氣的行業。她們的心情不難理解。

❹ 彼が親の死後(しご)、どうしたか、その心境(しんきょう)は推測(すいそく)にかたくない。
不難推測他失去雙親後是怎樣的心情。

◎ 4-66

⑬ ～ても無理もない／のも無理はない

＊ 也難怪……／當然……

接續 ◆ ナ形容詞「で形」＋も無理(むり)もない
◆ イ形容詞「て形」＋も無理もない
◆ 動詞「て形」＋も無理もない
◆ 形式名詞「の」＋も無理はない

意義 表示出現前項也是合情合理的。

例

❶ あんなひどいことを言われては、君が怒っても無理もない。
話說得那麼過分，所以你生氣也是情理之中的事。

❷ あんなに遊んでばかりいては、成績が悪くても無理もない。
如此玩世不恭的話，即使成績差也是理所當然。

❸ 仕事もしないし、商売（しょうばい）もしない。やる気がないとと言われるのも無理はない。

既不工作也不做生意，難怪有人說他是個毫無幹勁的人。

⑭ ～ても差し支えない ＊（1）無論……都行（2）即使……也無妨

接續（1）◆ 疑問詞＋でも差（さ）し支（つか）えない
◆ 疑問詞＋名詞＋でも差し支えない

意義 跟「～でもいい」（⇨ N4）的意思相同，表示無論何人、何時、何地等都行的意思。

例

❶ A：今週の土曜日か日曜日にうかがいたいんですが、いつがいいですか。
B：いつでも差し支えないよ。

A：本週六或日我想拜訪您，不知您什麼時候方便呢？
B：什麼時候都可以。

❷ A：林さんか鈴木さんを行かせたいんですが、だれがいい？
B：だれでも差し支えない。

A：我想讓林先生或鈴木先生去，你看誰比較合適？
B：不管是誰都可以。

❸ A：五つありますが、どちらにしたらいいでしょうか。
B：どちらでも／どんなものでも差し支えありません。

A：這裡有五個，您要哪個？
B：隨便哪個都可以。

接續（2）◆ 名詞「で形」＋も差し支えない
◆ ナ形容詞「で形」＋も差し支えない
◆ イ形容詞「て形」＋も差し支えない
◆ 動詞「て形」＋も差し支えない

意義 跟「～てもいい」（⇨ N4）的意思相同，表示「即使這樣的前項也行」的意思。

例

❶ 今日のパーティーに来る人はみんな知り合いなんだから、服装（ふくそう）は普段着（ふだんぎ）でもさしつかえないと思うけど。

參加今天派對的都是認識的人，所以穿便服去應該沒關係吧。

❷ 仕事はそんなに難しくないから、外国語が少し下手でもさしつかえないと思う。

因為工作並不是太難，所以外語能力差一點也沒多大關係。

❸ 物さえよければ、少しくらい高くてもさしつかえありません。

只要東西好， 價錢稍微貴一點也沒關係。

❹ 手術後の経過が順調だったら、来週は散歩に出てもさしつかえない。
如果手術後的情況一切正常，下週就可以出去散散步。

15 ～なくともいい／ずともいい

＊ 不……也行

接續
- 名詞「で形」＋なくともいい
- ナ形容詞「で形」＋なくともいい
- イ形容詞「く形」＋なくともいい
- 動詞「未然形」＋なくともいい
- 動詞「未然形」＋ずともいい
- する⇨せずともいい

意義 跟「～なくてもいい」(⇨N4)相同，表示不是這樣的情況也行，或不這樣做也行的意思。也可以用「～なくともよろしい」「～なくともかまわない」等類似的表達形式。

例

❶ 使い捨てだから、高いものでなくともよい。
因為用了就丟，所以不需要太貴的東西。

❷ 車というものはわたしのような年寄りにとっては、なくともいいものだ。
對於像我這樣的老人來說，汽車這種東西沒有也無所謂。

❸ これぐらいの傷で、何もこんなにおおげさに騒がなくともいいのだ。
這一點小傷，用不著這麼驚慌。

❹ いやなら、その仕事をしなくともよい／せずともよい。
如果不願意，那份工作你不做也沒關係。

4-67

16 ～ではすまされない

＊ 如果是這樣……就無法……

接續
- 名詞＋ではすまされない
- 句子普通體＋ではすまされない

意義 表示「如果只是這樣是不行的」、「如果這樣是行不通的」等意思，多用於否定對方的態度、觀點等方面，也用於自我否定的場合。

例

❶ 課長である以上、そんな大事な事を知らなかったではすまされないだろう。
既然是課長，出了那麼大的事情都不知道的話怎麼行。

❷ この話は笑い話ではすまされないところがある。
這件事讓我們聽了以後無法一笑置之。

❸ 試験問題を漏らすようなことをしておいて、「つい出来心で」ではすまされない。これは教員としてあるまじき行為だから。
洩漏了考題，還說那只是一時的衝動而已，這簡直無法容忍。因為這不是一名教師應該做的事情。

17 ～に値する ＊（不）值得……

接續 ◆ 名詞＋に値する／に値しない
◆ 動詞「辭書形」＋に値する／に値しない

意義 接在反應價值、評價方面的名詞或動詞後面，表示有無做某事情的價值。

例

❶ その小説は歴史に翻弄される庶民の姿が描いてあり、一読に値する。
那部小說描寫了在歷史翻弄下平民百姓的生活狀態，值得一讀。

❷ 難病撲滅に捧げた、細菌学者の野口英世の生涯は賞賛に値する。
為了解決難治之症而貢獻心力的細菌學家野口英世的一生值得頌揚。

❸ その事件に関して、新聞に取り上げて大いに書くに値すると思う人もあれば、またニュースとして人々に知らせるに値しないと考える人もいるわけです。
關於那個事件，有人認為值得在報紙上大寫特寫，不過也有人認為那是不值得讓大眾知道的新聞。

另外可用的語詞有：考慮、検討、同情、拝聴、拝見、尊敬、一見、保護、見る、読む、書く、褒め称える……

18 ～にたえる

＊(1)（不）能忍受……／（不）能承受……
(2)（不）值得……
(3) 1. 不值……／不堪……
2. 不勝……／非常……

接續 (1) 名詞＋に耐える／耐えられない

意義 接在「寒さ、暑さ、困難、苦労、苦痛、重圧」等表示嚴峻狀況意義的名詞後面，表示不屈不撓地忍耐下去的意思。一般寫漢字。

例

❶ この家のために、苦労に耐えてきた両親に感謝の気持ちでいっぱいだ。
為了這個家，父母刻苦耐勞。對此，我們做兒女的實在是感激不盡。

❷ 一行は寒い風に耐えながら、前へ進んでいる。
一行人冒著寒風，繼續前進。

❸ ここ一年というもの、じっと肉体の痛みと心の苦しみに耐えた。
這一年，一直忍受著肉體的疼痛和精神上的痛苦。

❹ A：今年の暑さには耐えられなかったなあ。
B：そうですねえ。あんな暑さはめずらしいですもんね。
A：今年的夏天酷熱難耐啊。
B：是啊。那麼熱的夏天真是少見啊。

接續 (2) ◆ 名詞＋に堪える／堪えない
◆ 動詞「辭書形」＋に堪える／堪えない

意義 接在「鑑賞、批判、読む、味わう、楽しむ」等語詞後面，表示有那樣做的價值。一般不寫漢字。

例

❶ 彼の作品はとても雑で、専門家の評価の目にたえるものではない。
他的作品很粗糙，不值得專家去評論。

❷ 今回の作品展には味わうにたえる絵はほとんどない。
這次的作品展基本上沒有值得欣賞的畫。

❸ そのゲームソフトは子供向けだが、大人の楽しみにもたえるソフトだ。
那個遊戲軟體雖然是為小孩開發的，但是也值得大人們玩味。

接續 (3) ◆ 名詞＋に堪えない
◆ 動詞「辭書形」＋に堪えない

意義① 接在「正視する、見る、聞く」等少數語詞後面，表示忍受不了那樣做。一般不寫漢字。

例

❶ あの役者の気障な格好はまったく見るにたえない。　那個演員矯揉造作的姿態不堪入目。

❷ 最近、聞くにたえないセリフで持っている番組が多くなったようだ。　最近，靠一些不堪入耳的台詞維持的節目好像變多了。

意義② 接在「感激、感謝、祝賀、殘念、遺憾、可憐、後悔、憂うつ、心配、悲しみ」等語詞後面，表達說話者的感受或感情到了難以言喻、難以控制的程度。一般不寫漢字。

例

❶ 今回の出版に関してご配慮を賜り、感謝にたえません。　有關這次的出版事宜，承蒙關照，不勝感謝。

❷ 志望の大学院に入学できまして、喜びにたえません。　能順利進入嚮往的研究所就讀，非常開心。

❸ 一瞬にして20万人の命が大津波に呑み込まれて悲しみにたえない。　大海嘯瞬間奪去了20萬人的生命，為此深感痛心。

❹ 人質が武装グループに殺害されたことは、遺憾の念にたえません。　人質遭到武裝份子的殺害，為此深表遺憾。

19 ～にたる／にたらない／にたりる／にたりない

4-68

＊（不）足以……／（沒有）充分達到……

接續 名詞＋に足る／に足らない／に足りる／に足りない

意義 「辭書形」＋に足る／に足らない／に足りる／に足りない意義：接在「信頼、満足、尊敬、納得、語る、考える、恐れる」等語詞後面，表示是否足以達到某種程度或要求。

例

❶ はたして彼は信頼するに足りる人間だろうか。
他真的是一個足以讓我們信賴的人嗎？

❷ この程度の実力ならば、彼は恐れるに足りない。
既然有一定的實力，他就不用畏懼了。

❸ 彼には市長に推薦するに足りるだけの実力があるだろうか。
他有足以被推選為市長的實力嗎？

❹ そんな言うに足らないことで腹を立てるなんて、あなたらしくもない。
竟然為了那一點微不足道的小事生氣，這可不像你啊。

20 ～かいがある／がいがある

＊(1) 值得……／沒有白費……　(2) 值得……／有……價值／有……意義

接續 (1) ◆ 名詞「の形」＋かいがある
◆ 動詞「た形」＋かいがある

意義 表示某行為或動作收到了預期的效果，得到了應有的回報。或表示某行為動作做得有價值。否定形式為「～ かいがない」。

例

❶ 努力の／努力したかいがあって、無事に大学院に進学した。
努力沒有白費，總算考上了研究所。

❷ 3時間待ったかいがあって、美しい景色を見ることができた。
這 3 個小時沒有白等。我們終於欣賞到了美麗的景色。

❸ 必死の練習のかいもなく、オリンピックの代表選手には選ばれなかった。
拼命練習卻換來一場空。結果還是沒有被選為奧運代表選手。

❹ 応援のかいもなく、私のクラスのチームは一勝もできなかった。
枉費我們的加油，班上的隊伍連一場比賽也沒贏過。

接續 (2) 動詞「連用形」＋がいがある

意義 此時用作接尾詞，意思跟上面的 (1) 一樣。否定形式為「～ がいがない」。

例

❶ 人間だれでも生きがいのある人生に憧れている。しかし、「生きがいのある人生」に対する理解は人によってさまざまである。

人人都憧憬著有價值的人生。可是對所謂「有價值的人生」的理解又因人而異。

❷ もっとやりがいのある仕事を見つけるためにと言って、彼は転々と仕事を変えた。

他頻頻換工作，說是為了找一份更有意義的工作。

❸ 彼がおいしい、おいしいと言ってくれるから、作りがいがあるの。

他一直說好吃好吃，讓我覺得這頓飯沒有白做。

21 ～を余儀なくされる／を余儀なくさせる

＊（1）某人被迫……　（2）讓某人……／迫使某人……

接續 (1)～は～のために、名詞＋を余儀なくされる

意義 「は」表示人物、團體或事物。「ために」表示事由。也可以用「で／から／ので／によって」等其他表示原因、理由的助詞。「～を余儀なくされる」表示某人因故被迫做某事。屬於使役被動表達形式。「される」是「させられる」的簡略說法。

例

❶ 道路拡張の工事のために、この周辺の人々は引っ越しを余儀なくされた。

因為道路擴建工程的需要，住在周邊的人不得不搬家。

❷ 夏祭りの計画は、予算不足のため、変更を余儀なくされた。

關於夏日祭祀活動的計劃，由於資金不足，（主辦單位）被迫做了調整。

❸ 不正な取引が明らかになり、その取引にかかわった会社役員は辞職を余儀なくされた。

違法交易曝光後，參與交易的公司董事被迫遞了辭呈。

接續 (2)～が／は～に、名詞＋を余儀なくさせる

意義 「が／は」表示事情、事件。「に」表示人物、團體。「～を余儀なくさせる」表示某事情的發生迫使某人做某事。屬於使役表達形式。

例

❶ 食糧もなくなるし、負傷者も多いことが、隊長に軍隊の撤退を余儀なくさせた。

糧食也沒了，而且傷者又多，迫使隊長不得已撤退軍隊。

❷ 仕事が、私にサッカー観戦を断念することを余儀なくさせた。

因為要工作，迫使我不得不放棄看足球賽。

❸ 収入が少ないし、年も取っていることが、私に独身を余儀なくさせている。

因為收入不多，又上了年紀，這樣的事實迫使我不得不單身。

22 ～には無理がある

4-69

＊ ……有不合理的地方／……有不切實際的地方／……有行不通的地方

接續 ◆ 名詞＋には無理がある
◆ 動詞「辭書形」＋には無理がある

意義 表示存在著不可能實現的地方，或表示有不合乎道理的地方。

例

❶ 一年のうちにホームレスの問題を解決するなんて、君の考えには無理がある。

竟然想在一年之內解決遊民的問題，你的想法太不切實際了。

❷ 一見よさそうな計画だが、実施に移すには無理がある。

乍看之下是個很好的計劃，但是實施起來卻有困難。

❸ 町の再開発を一挙に進めるのには無理がある。実情に即して計画を練らなければならない。

鄉鎮的再開發不是一推動就有成果的。必須根據實際情況對計劃進行反覆研究。

★ 練習問題 ★

次の文の（　　　）に入れるのに最もよいものを、1・2・3・4から一つ選びなさい。

(1) 台風が近づいてきたので、船を（　　）にも出せない。

1　出るよう　　2　出しよう　　3　出よう　　4　出そう

(2) 設計上の問題は何もないが、スケジュール上（　　）無理があるかもしれない。

1　とは　　2　では　　3　には　　4　へは

(3) 疑っているが、カンニングしたと断定する（　　）証拠が不十分なので、あの学生を合格させた。

1　にたらぬ　　2　にたる　　3　にしのびない　　4　にかたくない

(4) 君がひじで突っついて合図をしてくれたからよかったものの、（　　）言わずもがなのことを言うところだった。

1　あわや　　2　まるっきり　　3　もはや　　4　いまだに

(5) うちの会社は銀行に助けてもらうことなしには、この大不況に生き残るのは（　　）。

1　難しいだろう　　2　難しいだろうか
3　難しくないでもない　　4　難しいとは思わない

(6) それが気になったが、買おうったって（　　）。

1　買うものではない　　2　買わないものではない
3　買えるものではない　　4　買えないものではない

(7) エアコンもついていないし、ドアも窓も閉まっているから、蒸し暑いのも（　　）。

1　かいがある　　2　かいもなく　　3　むりがある　　4　むりもない

(8) お礼にと言ってお金を差し出されたが、何か下心がありそうなので、おいそれとは（　　）。

1　受け取らないわけにはいかなかった
2　受け取るわけにはいかなかった
3　受け取らないわけではなかった
4　受け取るわけではなかった

(9) 大けがをした少女は必死の手当ての（　　）、ついに助からなかった。

1　むりもなく　　2　むりがあって　　3　かいもなく　　4　かいがあって

(10) 物価がどんどん上がったので、会社に予算の変更を（　　）。

1　余儀なくさせている　　2　させようにはさせない
3　禁じえないでいる　　4　しようたってしない

(11) 三年のうちにうちへ帰れない兵士たちのホームシックは納得（　　）が、それはしかたがないことだ。

1　を禁じえない　　2　にかたくない
3　を余儀なくされる　　4　にしのびない

(12) このような身に余るお言葉をいただき、（　　）。

1　残念に思えてなりません　　2　残念でなくてはなんでしょう
3　感謝の念にたえません　　4　感謝するかも分かりません

(13) ゴミがこれほど散らかっていたら、１人で全部（　　）。

1　集まるすべがな　　2　集めるすべがない
3　集まるにしのびない　　4　集めるにしのびない

(14) 経営不振で会社が倒産した。株主に対してだけ申し訳ない（　　）すまされない。

1　のは　　2　には　　3　とは　　4　では

(15) 彼女の電話番号が分からないから、連絡しようとしたところで（　　）。

1　連絡のしようったらない　　2　連絡のしようもない
3　連絡するにほかならない　　4　連絡するにすぎない

(16) ちょっと手を加えれば、まだ使えるから、ゴミとして処分する（　　）。

1　かいがある　　2　にしのびない　　3　にたりない　　4　むりがある

問題 2　次の文の ＿★＿ に入る最もよいものを、1・2・3・4から一つ選びなさい。

(17) 母の死 ＿★＿ ＿＿＿ ＿＿＿ ＿＿＿ 哀れみを禁じ得なかった。

1　無邪気に　　2　を知らず　　3　子供に　　4　遊んでいる

(18) 試行錯誤（しこうさくご） ＿＿＿＿ ＿＿＿＿ ＿＿＿＿ ＿★＿ 難しいと言われている。

1　おさめる　　2　なくしては　　3　のは　　4　成功を

(19) 酔（よ）っ払（ぱら）って駅前に ＿★＿ ＿＿＿＿ ＿＿＿＿ ＿＿＿＿ にたえない。

1　見る　　2　男の姿は　　3　横に　　4　なっている

(20) このテーマは研究 ＿＿＿＿ ＿＿＿＿ ＿＿＿＿ ＿★＿ しがいがある。

1　だから　　2　重要なもの　　3　に値する　　4　研究の

(21) 非常の ＿＿＿＿ ＿★＿ ＿＿＿＿ ＿＿＿＿ さしつかえない。

1　判断で　　2　自分の　　3　際には　　4　事を処置しても

(22) 経済大国 ＿＿＿＿ ＿＿＿＿ ＿＿＿＿ ＿★＿ ゆけない。

1　なしでは　　2　石油の輸入　　3　とはいえ　　4　一日もやって

1 〜か否か ＊ 是不是……

4-70

接續
- ◆ 名詞（＋である）＋か否（いな）か
- ◆ ナ形容詞詞幹（＋である）＋か否か
- ◆ イ形容詞「辭書形」＋か否か
- ◆ 動詞「辭書形」＋か否か
- ◆ 各詞類「た形」＋か否か

意義 用於不確定的疑問，跟「かどうか」（⇨ N5）的文法意義相同。書面語。

例

❶ あの人は頭がいいらしいけど、親切な人（である）かいなか分かりません。
聽說他人很聰明，但是不知道是不是一個熱心的人。

❷ その新（あら）たな雇用（こよう）対策が有効（ゆうこう）であるか否か、結果が出るのはまだ先のことだ。
那個新的雇傭政策是否有效，其結果還有待觀察。

❸ この映画はおもしろいかいなか、見てみないと言えないね。
這部電影有不有趣，要看了才知道。

❹ 合格するかいなかは、君自身の努力（どりょく）による。
是否能及格在於你的努力。

2 〜ではなかろうか ＊ 不是……嗎／也許是……吧

接續
- ◆ 名詞＋（なの）ではなかろうか
- ◆ ナ形容詞詞幹＋（なの）ではなかろうか
- ◆ イ形容詞「辭書形」＋のではなかろうか
- ◆ 動詞「辭書形」＋のではなかろうか
- ◆ 各詞類「た形」＋のではなかろうか

意義 跟「〜ではないだろうか」（⇨ N3）、「〜ではあるまいか」（⇨ N2）的文法意義相同，用於說話者對事物進行推斷，有一種「雖然不能明確斷定，但大概如此吧」的語氣。只用於書面語。

例

❶ A 社が打ち出した販売方針（はんばいほうしん）はわが社に対する策略（さくりゃく）ではなかろうか。
A 公司推出的銷售策略，會不會是針對我們公司的呢？

❷ 失敗の原因は練習不足ではなかろうか／練習が足りないのではなかろうか。

失敗的原因是不是練習不夠呢？

❸ 細かい点はともかくとして、全体的に見ればうまく行ったといえるのではなかろうか。

一些細節問題暫且不論，整體看來，可以說進行得蠻順利的吧。

❹ そのようなやりかたは今までの経営形式を根本的（こんぽんてき）に変えたのではなかろうか。

像這種做法也許已從根本上顛覆了以往的經營模式。

③ ～てはいまいか

＊ 是不是……呢／會不會是……呢／是不是正在……呢

接續 動詞「て形」＋はいまいか

意義 相當於「～ていないだろうか」「～ているだろう」的意思，表示說話者的一種推測。謂語多為擔心、牽掛的表達形式。

例

❶ 人々の富（とみ）が増えてきたが、生活の本質（ほんしつ）を忘れてはいまいか。

人們的生活越來越富裕，但是，會不會因此忘了生活的本質到底是什麼呢？

❷ 留学している娘が、ホームシックにかかってはいまいかと気になる。

我牽掛著在國外留學的女兒，她這時會不會正在想家呢？

❸ 私の言ったことは彼女を困らせてはいまいかと反省（はんせい）していた。

我在反省自己對她說過的話有沒有讓她感到為難。

④ ～所存です ＊ 我打算……／我將會……

4-71

接續
◆ 動詞「辭書形」＋所存（しょぞん）です
◆ 動詞「ない形」＋所存です

意義 跟「～と思う」「～と存じる」的意思相同，屬於鄭重其事的說法，多為中老年人所用，且多用於書信或演說文等。

例

❶ その計画の達成（たっせい）のために、わたくしどもは最大限（さいだいげん）努力（どりょく）する所存です。

為了實現這個計劃，我將竭盡全力。

❷ もし、私を採用して頂ければ、必ず貴社に貢献（こうけん）する所存でございます。
如果錄用我，我必為貴公司竭力效勞。

❸ 微力（びりょく）ながら、みなさんのご活動を最後までサポートしていく所存でございます。
雖然我的力量微不足道，但是我將支持你們的活動，直到最後一刻。

5 ～ものと思う ＊ 認為……

接續
- ◆ 名詞＋であるものと思う
- ◆ ナ形容詞詞幹＋であるものと思う
- ◆ ナ形容詞「な形」＋ものと思う
- ◆ イ形容詞「辭書形」＋ものと思う
- ◆ 動詞「辭書形」＋ものと思う
- ◆ 各詞類「た形」＋ものと思う

意義 是「～と思う」（⇨ N4）的書面語形式，用於有把握的判斷。其中「と思う／と思っている／と思っていた」用於第一人稱，「と思っている／と思っていた」用於第三人稱。也可以說「～ものと考える」，意思一樣。

例

❶ そんなテレビゲームは簡単なものと考えていたが、やってみたら、難しかった。
我原以為這種電玩很簡單，但是，當我試著玩過之後，才發現很難。

❷ 今度の地震による損失（そんしつ）は前回（ぜんかい）より大きいものと思う。
我估計這次地震所造成的損失超過往年。

❸ うちの犬が靴をどこかへくわえて行ったものと思う。
我猜是我們家的狗狗把鞋子叼到哪裡去了。

6 ～ものと思われる

＊（1）看來……／感到……　（2）人們認為……／都認為……

接續 (1)
- ◆ 名詞＋であるものと思われる
- ◆ 形容詞詞幹＋であるものと思われる
- ◆ ナ形容詞「な形」＋ものと思われる
- ◆ イ形容詞「辭書形」＋ものと思われる
- ◆ 動詞「辭書形」＋ものと思われる
- ◆ 各詞類「た形」＋ものと思われる

意義 是「～と思われる」（⇨ N2）的書面語形式，表示說話者的感受、感覺等。也可以說「～ものと考えられる」，意思一樣。

例

❶ 山田さんの顔から見て、今日は不機嫌（ふきげん）な／不機嫌であるものと思われる。

從山田的臉色看來，感覺他今天的心情不太好。

❷ 今回の調査で事故の原因が明（あき）らかになるものと思われる。

我認為經過這次的調查，事故的原因將會明朗化。

❸ この値段が相手に高いものと思われるようだったら、少し安くしてあげてもいいよ。

如果對方認為這個價錢太高的話，就再給他一點優惠吧。

接續 (2) ◆ 名詞＋であるものと思われている
◆ ナ形容詞詞幹＋であるものと思われている
◆ ナ形容詞「な形」＋ものと思われている
◆ イ形容詞「辭書形」＋ものと思われている
◆ 動詞「辭書形」＋ものと思われている
◆ 各詞類「た形」＋ものと思われている

意義 是「～と思われている」(⇨N2)的書面語形式，用於多數人對某事物帶有結論性的總結、看法、態度、評價、斷定等。也可以說「～ものと考えられている」，意思一樣。

例

❶ みんなから、不注意が今度の事故の原因であるものと考えられている。

大家認為這次的事故是由於一時疏忽所造成的。

❷ 子供の外国語学習は早ければ早いほどいいものと思われていますが、わたしは賛成しません。

很多人覺得小孩越早學外語越好，但我不贊成。

❸ 近代において、工業の発達が環境悪化（あっか）を招（まね）き寄（よ）せたものと思われている。

人們認為近代社會由於工業發展而導致環境惡化。

4-72

7 ～ものとする ＊ 視為……／當做……／理解為……

接續 動詞普通體＋ものとする

意義 表示「在具備了前項的條件下，就視為後項的成立」的意思。書面語。

例

❶ 意見を言わない者はこの規則に賛成しているものとする。

不發表意見的人視為贊同這個規則。

❷ 返事がなければ、参加しないものとするから、注意してください。

如果一直沒有回應，就被視為不參加，所以請大家注意。

❸ このまま黙っていたら、罪を認めたものとして、処分することに決める。

如果一味地堅持沉默，可以視為已經承認罪行而給予處分。

8 〜と目されている ＊ 被認為……／被看做……

接續 名詞＋と目されている

意義 相當於「〜と見なされている／と評価されている／と評判が立っている」的意思。

例

❶ 女優の山田さんは今回のその映画の主役と目されている。

女演員山田小姐被認為是即將主演那部電影的女主角。

❷ かつてオートバイに乗る少年は不良少年と目されていた。

曾幾何時，有人把那些騎摩托車的少年稱之為不良少年。

❸ A：今回の試合の優勝はわたしたちの好きなチームと目されているよ。

B：そう？じゃあ、結果を待ってみよう。

A：大家都認為這次比賽的冠軍會是我們喜歡的那支球隊。

B：是嗎？那就讓我們拭目以待吧。

9 〜ずにはおかない／ないではおかない

＊ 1. 怎不讓人……／肯定會使…… 2. 一定要……／必須……

接續 ◆ 動詞「未然形」＋ずにはおかない／ないではおかない

◆ する⇨せずにはおかない

意義① 表示無論本人意志如何，都必然會導致某種情感的出現。多用動詞使役形式。

例

❶ この映画は評判が高く、見る者を感動させずにはおかない。

這部電影的評價很高，肯定能讓觀眾感動不已。

❷ 名古屋（なごや）で開かれる「愛・地球」万博（ばんぱく）は訪（おとず）れる人々を感激（かんげき）させずにはおかなかった。

在名古屋舉辦以「關愛地球」作為主題的萬國博覽會，讓來訪的人們感動萬分。

❸ そんな失礼極（きわ）まりない態度はお客を怒らせないではおかないだろう。

這麼失禮的態度，客人一定會很生氣的。

意義② 表示說話者要把事情堅持到底的決心。

例

❶ 息子は一流の音楽家になると言って家を出た。大変だが、きっと目的を達成（たっせい）せずにはおかないだろう。

我兒子說要成為一流的音樂家，於是離家到外面去闖蕩。雖然會吃很多苦，但他一定會達成目標的吧。

❷ 新企画の中止が決まろうとしているが、担当した者たちは反対せずにはおかないだろう。

新企劃決定要被終止，但這一定會遭到計劃負責人的反對吧。

❸ いくら困難があっても力を尽（つ）くして行方（ゆくえ）不明者を捜さずにはおかない。

不管有多少困難，也必須竭盡全力尋找失蹤者。

❹ 面白い本なので、最後まで読んでしまわないではおかない。

因為這本書太好看了，讓人想一口氣把它看完。

10 ～ずにはすまない／ないではすまない

4-73

＊ 不……不行

接續 ◆ 動詞「未然形」＋ずにはすまない／ないではすまない
◆ する⇨せずにはすまない

意義 跟「～なければならない」(⇨ N4)、「～ないわけにはいかない」(⇨ N3) 的文法意義類似，表示這件事不做不行或不得不做的意思。

例

❶ あの社員は客の金を使ったのだから、処罰（しょばつ）されずにはすまないだろう。

那個員工因為挪用了客戶的款項，所以一定會受到處罰。

❷ 自分のミスで相手に与えた損失(そんしつ)は償(つぐな)わないではすまない。

因為是自己的過失，造成對方的損失一定要賠償。

❸ 浮気(うわき)がばれた以上、本当のことを妻に言わずにはすまない。

既然外遇的事已經被發現，只能向太太說明實情。

❹ いくら自分の子がかわいくても、あんなひどいいたずらをして人に迷惑をかけたのだから、責(せ)めないではすまない。

再怎麼疼愛自己的孩子，也要指責他。因為他的惡作劇給別人造成很大的麻煩。

⓫ ～以外の何物でもない ＊ 不是別的，正是……

接續 ◆ 名詞＋以外(いがい)の何物(なにもの)でもない
◆ 動詞「辭書形」＋以外の何物でもない

意義 跟「～にほかならない」(⇨ N2) 的語法意義類似，表示強烈的肯定。

例

❶ 役人(やくにん)の腐敗(ふはい)はすべての国の癌(がん)以外の何物でもない。

政府官員的腐敗問題，正是所有國家的要害。

❷ 彼のそんな言い方は上司をごまかす以外の何物でもない。

他的那些話，就是為了矇騙上司才說的。

❸ 今の空模様(そらもよう)は台風が迫ってくることを示(しめ)す以外の何物でもない。

目前的天氣情況，顯示出颱風已經逼近。

⓬ ～までだ／までのことだ

＊ (1) 大不了……就是了／大不了……就算了
(2) 只是……而已／不過是……而已
(3) 假使……就完了

接續 (1) ◆ 動詞「辭書形」＋までだ／までのことだ
◆ 動詞「ない形」＋までだ／までのことだ

意義 跟「～だけ (のこと) だ」(⇨ N2) 的文法意義類似，表示如果條件不允許或受到其他不利因素的限制，大不了做後項的意思。帶有一種「不沮喪、不退縮」的語氣。前項多為條件句。

例

❶ 主張すべきことは相手が誰であっても主張すべきだ。それによって採用を取り消されるならそれまでのことだ。
應該堅持自己主張的時候，無論對象是誰都應該說出來。如果因為這樣不被錄取的話，那也沒什麼大不了的。

❷ 飛行機がだめなら、列車で行くまでのことだ。
如果不能坐飛機的話，那坐火車算了。

❸ 彼女が僕と結婚したくないのだったらしないまでのことだ。独身だからといって幸せになれないとも限らないのだ。
如果她不想跟我結婚的話就算了。單身生活也不見得不幸福。

接續 (2) 動詞「た形」＋までだ／までのことだ

意義 跟「～だけ（のこと）だ」（⇨ N2）的文法意義類似，表示只是因為前項的某個原因或契機才做了後項的事情，僅此而已，並沒有其他特別的意圖。

例

❶ 私は率直（そっちょく）な感想を述（の）べたまでです。特定（とくてい）の人を批判（ひはん）する意図（いと）はありません。
我只是很坦率的說出自己的感想，並不是有意把矛頭指向某個人。

❷ 甲：まあ、たくさんのお買い物ですね。何か特別な事でもあるんですか。
乙：いいえ、故郷（ふるさと）の物なので懐（なつ）かしくて、つい買い込んだまでのことなんです。
甲：哇，你買了好多東西啊。是有什麼特別的事嗎？
乙：沒有。因為看到家鄉的東西，總覺得很懷念，所以就不小心買了這麼多。

❸ A：昨日お見合（みあ）いしたんだって。
B：そうなのよ。
A：で、どうだったの、相手の人。
B：親がね、部長の顔立ててくれって言うから、立ててあげたまでなの。つまらない人よ。
A：聽說妳昨天去相親了。
B：是啊。
A：那，妳覺得對方怎麼樣？
B：我媽說，要給部長一點面子，所以才迎合他。其實那男的很無趣。

接續 (3) ◆（動詞）ば／たら／なら／と、それまでだ／それまでのことだ
◆ 動詞「た形」以上、これまでだ／これまでのことだ

意義 表示如果出現這種情況就全完了，就無計可施了。

例

❶ コンピュータに入れていても、うっかり消してしまったらそれまでだ。
即使輸入了電腦，如果一不小心刪掉，那就全完了。

❷ 勉強よりまず健康のことを考えるべきだ。試験に合格しても、病気になってしまったらそれまでだ。

健康比唸書還要重要。即使通過了考試，一旦病倒就不划算了。

❸ 銀行がもう金を貸してくれなくなった以上、この会社もこれまでだ。

既然銀行已經不貸款給他們了，那這家公司大概完了。

❹ せっかくの機会を逃（のが）してしまった。こうなった以上、もはやこれまでだ。

好不容易的機會卻錯過了。既然如此，也就只有死路一條了。

4-74

13 ～に(は)あたらない ＊ 犯不著……／沒必要……

接續 動詞「辭書形」＋に(は)あたらない

意義 說話者認為前項的事實要不是理所當然的，要不是司空見慣的，要不是不值得一提的等，所以對此認為做後項的動作是不合適的。

例

❶ 優秀な田中君のことだから、論文を一週間で仕上げたと聞いても驚くにはあたらない。

田中同學是很優秀的學生，所以聽到他在一週內把論文寫完，也沒有什麼好大驚小怪。

❷ わがチームが敗（やぶ）れたからと言って、嘆（なげ）くに（は）あたらない。相手のほうが技術もチームワークもわがチームよりずっと上なんだ。

雖說我們這一隊被對方打敗了，但是這也沒什麼好嘆息的。因為無論是在技術方面，還是在團隊合作方面，對方都比我們強得多。

❸ 彼の作品はオリジナルなものではなく、有名作家のコピーに過ぎない。だから、特に感心するにはあたらないと思う。

他的作品並非原創，只是模仿知名作家的作品而已。所以，我覺得沒什麼好敬佩的。

❹ 新人なのだから、一回ぐらいミスを犯（おか）したって、めちゃくちゃに非難するにはあたらない。初めの頃は誰でも同じだっただろう。

因為是新人，所以即使犯一兩次錯誤，也不必如此大肆指責。剛開始誰都不是這樣呢？

❺ 彼女の成功は親と恋人の援助（えんじょ）に負（お）うところが大きいのです。そんなにほめるにはあたりません。

她的成功和父母以及男友的援助是有很大的關係。所以大可不必如此地對她表示贊賞。

 14 ～に（は）及ばない ＊不必……／無須……

接續 ◆ 名詞＋には及（およ）ばない
◆ 動詞「辭書形」＋には及ばない

意義 相當於「～しなくてもいい」（⇨ N4）的意思，表示無須做到某種程度，無須做到某種地步。

例

❶ わざわざ来るには及びません。電話でけっこうです。
沒有必要特地來一趟。打個電話就行了。

❷ 今すぐ返事をするには及びませんので、よく考えた上で返事してください。
不必立即給我回覆，等你考慮好之後再告訴我吧。

❸ 勉強家のお子さんのことだから、きっと大学に受かるに決まっています。決してご心配なさるには及びませんよ。
你家孩子勤奮好學，一定能考上大學。所以不必太擔心。

❹ A：駅まで送りましょう。
B：いいえ、それには及びません。
A：我送你到車站吧。
B：不用了。

「～には及ばない」還有其他用法，請參考 P.151。

15 ～だけましだ ＊幸好……／好在……

接續 ◆ ナ形容詞「な形」＋だけましだ
◆ イ形容詞「辭書形」＋だけましだ
◆ 動詞「辭書形」＋だけましだ
◆ 各詞類「た形」＋だけましだ
◆ 各詞類「ない形」＋だけましだ

意義 表示前項雖然是不好的事情，但幸虧只停留於此而沒有惡化。

例

❶ 泥棒にかなりの額（がく）の現金を取られはしたが、命を取られなかっただけましだ。
雖然大量的現金被小偷洗劫一空，不過好在活著回來了。

❷ 今年は景気が非常に悪く、ボーナスが出なかった。しかし、給料がもらえるだけましだ。 | 由於今年非常不景氣，所以沒有拿到獎金。但是好在薪水可以照常領到。

❸ 風邪で喉が痛いが、熱が出ないだけましだ。 | 雖然因為感冒喉嚨痛，但幸好沒發高燒。

❹ 携帯は落としたが、幸いにもポケットに入れていたパスポートが無事だっただけましだ。 | 雖然手機不見了，但幸好放在口袋裡的護照沒丟掉。

4-75

16 ～たらきりがない／ばきりがない／ときりがない ＊ ……不絕／……不停

接續 ◆ 動詞「た形」＋らきりがない
◆ 動詞「ば形」＋きりがない
◆ 動詞「辭書形」＋ときりがない

意義 表示「如果提起前項來那就沒有終結、沒有止境了」的意思。

例

❶ 彼はいつも仕事が雑(ざつ)だ。間違いをあげればきりがない。 | 他做事總是很草率。要說他犯過的錯誤，那真是不勝枚舉。

❷ 人の欲望(よくぼう)を言えばきりがないものだ。 | 人的欲望是無止境的。

❸ その連中(れんちゅう)がやった悪事(あくじ)はいちいち数えるときりがない。 | 那幫人幹的壞事，真是數也數不清。

❹ あのおばさんに会ったが最後で、話し始めたらきりがない。 | 要是碰到了那位大嬸就慘了。她的話匣子一打開就沒完沒了。

17 ～て（は）かなわない ＊ (1)…得不得了／非常…… (2)……受不了

接續 (1) ◆ ナ形容詞「で形」＋かなわない
◆ イ形容詞「て形」＋かなわない
◆ 動詞「て形」＋かなわない

意義 接在表示「情感、感覺、願望」等意義的語詞後面，相當於「～てたまらない」(⇨N3)的意思，表示達到了說話者的感情或感覺上無法承受的程度。

例

❶ 夕べは暑くてかなわなかったので、寝つかれなかったのだ。

因為昨晚熱得不得了，所以一整晚都睡的很不安穩。

❷ こんなに狭い部屋の中に 40 脚(きゃく)も机が置かれて、窮屈(きゅうくつ)でかなわない。

在這麼狹窄的房間裡放 40 張桌子，也太擠了吧。

❸ 朝ご飯も昼ご飯も食べなかったので、今はお腹が空いてかなわない。

早餐午餐都沒吃，我現在簡直餓昏了。

接續 (2) ◆ ナ形容詞「で形」＋はかなわない
◆ イ形容詞「て形」＋はかなわない
◆ 動詞「て形」＋はかなわない

意義 助詞「ては」表示假定或既定條件。「かなわない」表示「受不了、吃不消」的意思。「～てはかなわない」表示無法承受某種延續或多次重復的狀態、行為等。

例

❶ 夏は体の調子を崩(くず)しやすく、私にとっては冬の方が過ごしやすい。そうは言っても毎日寒くてはかなわない。

我夏天時很容易生病，所以對我而言冬天要好過一些。話雖是這麼說，但每天都很冷，我也受不了。

❷ 猫の手を借りたいぐらいだ。こう忙しくては（とても）かなわない。

真是忙死我了。工作這麼忙實在是受不了。

❸ 面白いと言われたからといって、同じ冗談を何度も聞かされちゃかなわない。

雖說有趣，但是同樣的玩笑聽了好幾次也會讓人受不了。

18 ～て（は）やりきれない

＊ (1)(2)……得受不了／……得要死

接續 (1) ◆ ナ形容詞「で形」＋やりきれない
◆ イ形容詞「て形」＋やりきれない
◆ 動詞「て形」＋やりきれない

意義 跟「～てかなわない」的文法意義基本相同，表示難以承受前項的事情，用於消極意義的語境中。

例

❶ 人質(ひとじち)にされた息子は無事に帰れるかどうか、心配でやりきれない。

被當作人質的兒子到底能不能平安回家，實在是讓人非常擔心。

❷ 昼過ぎになると、暑くてやりきれない。　一過中午就熱得不得了。

❸ 毎晩 12 時まで残業をやらされるので、眠くてやりきれない。　每天晚上加班到 12 點，所以現在睏得不得了。

❹ 無責任な彼の態度に腹が立ってやりきれない。　看到他毫不負責任的態度，真是讓人十分的生氣。

接續 (2) ◆ ナ形容詞「で形」＋はやりきれない
◆ イ形容詞「て形」＋はやりきれない
◆ 動詞「て形」＋はやりきれない

意義 跟「～てはかなわない」的文法意義基本相同，表示無法承受某種延續或多次重復的狀態、行為等。用於消極意義的語境中。

例

❶ こう性質が気まぐれでは（とても）やりきれない。　脾氣這麼變化無常，讓人受不了。

❷ いくら不景気でも、給料がこう少なくてはやりきれないなあ。　公司再怎麼不景氣，如果薪水還是這麼少的話，我可受不了。

❸ 毎月、彼女にこう高級なプレゼントばかりねだられてはやりきれない。別れることにしようか。　如果她每個月還是這樣跟我要昂貴的禮物的話，我會吃不消。還是跟她分手吧。

4-76

19 ～ていたたまれない ＊ ……得受不了／非常……

接續 ◆ ナ形容詞「で形」＋いたたまれない
◆ イ形容詞「て形」＋いたたまれない
◆ 動詞「て形」＋いたたまれない

意義 跟「～てたまらない」（⇨ N3）、「～てやりきれない」的意思類似，表示生理上或心理上達到了難以忍受的程度。用於消極意義的語境中。

例

❶ 患者さんにご迷惑をかけまして、当方としましては遺憾でいたたまれません。　給患者造成了不必要的傷害，身為院方，我們深感遺憾。

❷ その映画を見るたびに、心が痛くていたたまれない感じだ。　每次看那部電影，我都會感到十分悲傷。

❸ 弱い相手に負けて、恥ずかしくていたたまれなかった。　輸給了那麼弱的對手，我真是羞愧難言。

❹ 今度の試験ではぼくだけが不合格で、本当に赤面していたたまれない。　這次考試，只有我一個人不合格。真的是沒臉見人。

20 ～に越したことはない　＊ 最好是……／莫過於……

接續
- 名詞＋に越したことはない
- ナ形容詞詞幹＋に越したことはない
- イ形容詞「辭書形」＋に越したことはない
- 動詞「辭書形」＋に越したことはない

意義 表示沒有比這個更好的了。

例

❶ 申請書の提出締め切りは明日の午後4時だが、早めに出せればそれにこしたことはない。　雖然申請表的提交截止日是明天下午4點，但是如果能提早的話那是再好不過的了。

❷ 体が丈夫にこしたことはない。何事も最後は体力が物を言うのだ。　身體健康最重要。因為無論做什麼，到最後還是取決於體力。

❸ 掃除の事を考えないかぎり、部屋は広いにこしたことはない。　只要不考慮打掃房間這件事，當然是房間越大越好。

❹ どんなに安全な地域であれ、ドアの鍵を二つつけるなど用心するにこしたことはない。　無論是在怎麼安全的地方，為了以防萬一，門最好是鎖上兩道鎖。

21 ～ほか（に）すべがない　＊ 只能……／只好……

接續 動詞「辭書形」＋ほかにすべがない

意義 跟「～するほかはない」（⇨ N2）類似，表示別無他法，只能如此的意思。

例

❶ 都合が悪いので、向こうの招待を遠慮するほか（に）すべがない。　因為時間的關係，我只好婉拒對方的邀請。

❷ 電車が止まった。こうなったうえは、タクシーを拾うほか（に）すべがない。　電車停駛了。既然如此，只好叫計程車。

❸ 友人に頼まれたのだから、引き受けるほか（に）すべがない。

因為是受好朋友之託，所以只好答應。

22 ～も同然 ＊ 幾乎等同於……／幾乎跟……一樣

4-77

接續 ◆ 名詞（＋も）＋同然（どうぜん）
◆ 動詞「た形」＋も同然

意義 雖然不是百分之百，但簡直跟所列舉的一樣。

例

❶ あとは表紙（ひょうし）をつけるだけだから、クラスの文集はもうできたも同然だ。

再來就只剩裝訂封面的工作，所以這本全班的作文集差不多等於完成了。

❷ 三割も安くしてあげるとすれば、ただも同然の値段になってしまう。

如果價格降三成，那幾乎等於免費了。

❸ 夫とは法律上夫婦だが、長年別居（ながねんべっきょ）しているので、離婚したも同然だ。

雖然在法律上和丈夫還是夫妻，但由於已分居多年，所以和離婚差不多。

❹ 試合が終わるまで後５分だ。わがチームはもう勝ったも同然だ。

距離比賽結束還有５分鐘。幾乎可以說我們這一隊贏了。

23 ～てもともとだ ＊ ……也無所謂／……也沒什麼

接續 ◆ ナ形容詞「で形」＋もともとだ
◆ 動詞「て形」＋もともとだ

意義 表示「出現不好的結果也無所謂，本來就沒有抱多大的希望」的意思。能用的ナ形容詞只有「だめ」「むり」等極少數語詞。作為強調形式，也可以說「～てもももともとだ」。

例

❶ 採用（さいよう）の条件には合わないが、だめでもともとだから、この会社に履歴書（りれきしょ）を出してみよう。

儘管不符合錄取條件，但是，因為也沒有什麼損失，所以試著向這家公司遞了履歷。

❷ 断られてもともとだと思って、電話で彼女にプロポーズしてみた。

就算被拒絕也沒什麼，想著想著，就在電話裡向她求婚了。

❸ 初めからあまり受かる可能性がなかったから、落ちてももともとだ。

因為一開始就覺得考上的可能性很小，所以即使考不上也無所謂。

 ～てしかるべき

＊ 理所當然……／最適合……／理應……

接續 動詞「て形」＋しかるべき（だ、名詞）

意義 表示「～するのは／～になるのは当然だ、適当だ」「～する／～になるはずだ」的意思。

例

❶ 誤りを犯したら、謝ってしかるべきだ。

犯了錯誤，當然要道歉。

❷ あの人のしたことを考えれば、罰せられてしかるべきだ。

想想他所做的事情，當然要受到懲罰。

❸ 所得が低い人には、税金の負担を軽くするなどの措置が取られてしかるべきだ。

對那些低收入的人，應該採取減免稅收之類的優惠政策。

❹ 状況が変わったのだから、会社の経営計画も見直されてしかるべきだ。

因為情況發生了變化，所以也必須重新考慮公司的經營計劃。

25 ～でもなんでもない／くもなんともない

4-78

＊ 根本不是……／根本算不上……

接續
- 名詞「で形」＋もなんでもない
- ナ形容詞「で形」＋もなんでもない
- イ形容詞「く形」＋もなんともない

意義 用於強烈的否定，表示根本不是那樣。多用於強烈批評的場合。

例

❶ 彼が作ったものは大作でもなんでもない。わたしに言わせれば、駄作だ。

他的作品根本不是什麼大作。如果要我說，只是敗筆之作而已。

❷ あんな人、好きでもなんでもないよ。誤解しないで。

你可別誤會，其實我一點也不喜歡像他那樣的人。

❸ 一人で暮らしているが、毎日やることがたくさんあるので、寂しくもなんともないよ。

雖然是一個人生活，但是，每天都有做不完的事情，所以一點也不覺得寂寞。

❹ 彼のことなんて知りたくもなんともありません。別れたからには、彼のことには関心を持っていません。

他的事情我一點也不想知道。既然已經分手了，我對他的事情已經不感興趣。

26 ～たものではない／たものでもない

＊ (1)絕不是(能夠)……／實在沒辦法…… (2)雖說是……，但也不能……

接續 (1) 可能動詞「た形」＋ものではない

意義 表示強烈的否定。用於表示「回過頭來想想才明白，那根本就不是能夠實現該動作的東西」的心情。

例

❶ こんなすっぱい蜜柑（みかん）、食べられたもんじゃない。

這麼酸的橘子，根本沒辦法吃呀。

❷ こんな下手な絵なんか、人に見せられたものではない。

這麼差的畫，根本不能拿出去見人。

❸ 親にお金を貸してなんて、言えたものではありません。

實在沒辦法開口跟父母借錢。

❹ あいつに任せたら何をしでかすか分かったもんじゃない。

如果讓他來做，真不知道他會做出什麼事情來。

接續 (2) 意志動詞「た形」＋ものでもない

意義 接在表示輕視或程度輕等意思的動詞後面，表示「雖然前項是事實，但也不能小看或過分貶低」等意思。

例

❶ 素人（しろうと）の作品といえども、そう貶（けな）したものでもない。

雖說是業餘作者的作品，但也不能輕視。

❷ そのテレビは古いことは古いが、見捨てたものでもない。

那台電視機舊是舊，但還不用丟掉。

❸ 彼らは若いなりにがんばっているから、見くびったものでもない。　他們雖然很年輕，但也很努力，所以不能小看他們。

 ～て（は）たまったものではない

＊（1）（2）……得不得了／非常……

接續（1）◆ ナ形容詞「で形」＋たまったものではない
◆ イ形容詞「て形」＋たまったものではない
◆ 動詞「て形」＋たまったものではない

意義 是「～てたまらない」（⇨ N3）的強調形式，表示達到了說話者的感情或感覺上無法承受的程度。

例

❶ 会社にいるが、やることがなくて、退屈（たいくつ）でたまったものではない。　雖然人在公司，但是由於沒事做，簡直無聊死了。

❷ 毎晩隣の家の犬が吠（ほ）えるから、夜は寝られないで、昼は眠くてたまったものではない。　每晚被鄰居家的狗叫聲吵得不能睡覺，所以白天睏得不得了。

❸ さっきからくしゃみが出てたまったものではない。ギョーザに胡椒（こしょう）を入れすぎたかな、それともだれか私の悪口を……。　從剛剛就一直打噴嚏，難過死了。是吃的餃子裡胡椒放太多？還是有誰在說我壞話？

接續（2）◆ ナ形容詞「で形」＋はたまったものではない
◆ イ形容詞「て形」＋はたまったものではない
◆ 動詞「て形」＋はたまったものではない

意義 是「～てはたまらない」（⇨ N3）的強調形式，表示無法承受某種延續或多次重復的狀態、行為等。

例

❶ 世の中がこう物騒（ぶっそう）ではたまったものではない。　社會這麼動盪不安的話，我們怎麼安心呀！

❷ A：おなかがこう痛くてはたまったものではない。　A：肚子好痛，好難受。
B：そんなに痛いなら、病院に行ったほうがいいよ。　B：那麼痛的話，還是去醫院比較好喔。

❸ 寄付請求が相次いできた。これ以上絞られてはたまったもんじゃない。

請求捐款的要求接踵而來。再叫我捐款我可會受不了。

28 ～て（は）たまるか／て（は）たまるものか

4-79

＊（1）怎麼能忍受……呢
（2）怎麼能忍受如此……

接續（1）動詞「て形」＋たまるか／たまるものか

意義 以反問的形式，表示說話者無法接受某事情或狀態。跟「～てたまったものではない」的意思基本相同。

例

❶ そんな男のいじめには我慢してたまるもんか。反撃することにしよう。

我怎能忍受被那種男人欺負？我要反擊。

❷ お前のような卑劣なやり方をする人間に負けてたまるか。

我能輸給像你這種使用卑鄙手段的小人嗎？

❸ このくらいの失敗で、あきらめてたまるもんか。

難道就因為這麼一點點失敗就放棄嗎？

❹ 相手チームよりずいぶん弱いと言われても、それで今度の試合をやめてたまるか。諦めないで、堂々と戦おうじゃないか。

雖然有人說我們的實力遠不及對方，但是，難道我們就因此不參加比賽嗎？別放棄，勇敢地奮鬥吧！

接續（2）動詞「て形」＋はたまるか／はたまるものか

意義 以反問的形式，表示無法承受某種延續或多次重複的狀態、行為等。跟「～てはたまったものではない」的意思基本相同。

例

❶ 生活がこう貧乏ではたまるものですか。こんな家で暮らしていけませんわ。

我怎麼能忍受生活如此貧困。在這樣的家裡我快過不下去了。

❷ 毎日残業させられて、たいへん疲れている。こうきつくてはたまるもんか。

每天被迫加班，累得筋疲力盡。工作這麼累人怎麼承受得了啊。

❸ これ以上税金を負担させられてはたまるものか。

如果再加重稅金的負擔，我們怎麼承受得了啊。

29 ～にもほどがある ＊ ……也得有個分寸

接續 ◆ 名詞＋にもほどがある
◆ 動詞「辭書形」＋にもほどがある

意義 名詞「ほど」表示分寸。這個句型表示說話者告誡對方做事情要有分寸，不要太過分。

例

❶ 何ですって？あたしのことを好きだって？おじさん、冗談にもほどがあるわよ。人のお父様でいらっしゃるし、あたしは15歳でしかないし……。
你說什麼？你喜歡我？這位叔叔，開玩笑也得有個分寸吧。你已經身為人父，況且我才15歲呢。

❷ 最近の仕事、ミスだらけじゃないか。おい、君、いいかげんにもほどがあるぞ。
你最近工作失誤連連吧。我說你呀，敷衍了事也該有個限度吧。

❸「先生の書いた本の草稿をぼくのUSBにコピーしてください」って？君ったら、よく言えるね。これは僕の3年間の苦心作なんだよ。ただで君にあげるの？欲張るにもほどがあるよ。
你說「請老師把您寫的書的草稿拷貝到我的隨身碟裡？」虧你說的出口。這可是我花了3年的心血才寫出來的作品，就這麼免費送給你？貪婪也該有個限度吧。

30 ～もいい加減に ＊ ……適可而止

接續 名詞＋もいい加減にしろ

意義 助詞「も」提示一個極端的事例。「～もいい加減にしろ」相當於「～もほどほどにしろ」的意思，用於批評對方的行為有些過分。除了「しろ」外，還可以用「せよ」「しなさい」等類似的說法。

例

❶ いたずらもいい加減にしろ。今度だけは許さないぞ。
調皮也不要太過分。今天我可不饒你。

❷「人を殺したい」なんて、おまえ、冗談もいい加減にしろよ。
說什麼想殺人？你這傢伙，開玩笑也該有個限度吧。

❸ お酒を飲むのもいい加減にしなさいよ。飲みすぎは体に悪いから。
喝酒也必須要適可而止。喝酒過量對身體不好。

4-80

31 ～もほどほどに ＊……也要有個分寸／……要適可而止

接續 名詞＋もほどほどにする

意義 跟「～もいい加減にしろ」的意思類似，用於告誡對方做任何事要拿捏尺度、分寸。

例

❶ 何事もほどほどにしたらいいと思います。 我認為無論做什麼事情都應該有個分寸。

❷ 遊びもほどほどにしなさい。勉強は第一だよ。 玩也要適可而止。畢竟唸書最重要。

❸ A：整形手術を受ける若い子が激増しているようだなあ。 A：接受整形手術的年輕人好像急遽增加。
B：でも、整形手術もほどほどにしないとね。 B：不過，整形也得該適可而止。

32 ～もそこそこ（に） ＊ 1. 匆匆…… 2.……要適可而止

接續 名詞＋もそこそこ（に）

意義① 表示急急忙忙或草率地做完前項的事情後，馬上去做後項的事情。

例

❶ 食事もそこそこ、彼はすぐ職場に戻った。 匆忙地吃完飯後，他馬上就回到工作崗位。

❷ 山田さんはお礼もあいさつもそこそこに、立ち去った。 山田他匆匆地說了幾句客套話後，就起身離開了。

❸ 時間がないので、花見もそこそこに、上野公園を出て行った。 因為沒有時間，所以匆匆忙忙看了幾眼櫻花後就走出了上野公園。

❹ 刑事は自己紹介もそこそこに、事件の経緯を説明し始めた。 警官簡單地做了自我介紹後，就馬上開始說明事件的經過。

意義② 表示說話或做事要有分寸，要拿捏好一定的尺度。

例

❶ 練習もそこそこにすればいい。時間の長さより効率（こうりつ）だ。
練習也要適可而止。比起時間的長短，效率更重要。

❷ 何事もそこそこに。やりすぎては逆効果（ぎゃくこうか）になることがある。
無論做什麼事情都應該有個限度。一旦過了頭往往會適得其反。

❸ 人への非難もそこそこにしてはどう。
責備別人的時候可以不要這麼過分嗎？

……有好有壞

33 ～も良し悪しだ ＊

接續 ◆ 名詞＋も良（よ）し悪（あ）しだ
◆ 動詞「辭書形」＋のも良し悪しだ

意義 表示做某事情好也有不好的地方，有利也有弊或憂喜參半，很難一下子作出判斷，因此值得考慮，值得商榷。

例

❶ 薬も良し悪しだから、慎重（しんちょう）に選ぶ、慎重に飲まなければならない。
藥這東西，有好有壞，所以我們必須做到慎重選擇，慎重服用。

❷ あんな役員と親しく付き合うのも良し悪しだ。
跟那種官員是否有必要深交，值得商榷。

❸ 飲みすぎも良し悪しだ。飲みすぎは、肥（ひ）満（まん）・不眠（ふみん）の元（もと）だといわれるが、しかし、飲みすぎることにより、摂食量（せっしょくりょう）が減り、かえって痩せるというケースもある。
喝酒過量有利也有弊。普遍認為，喝酒過量是肥胖、失眠等症狀產生的原因。但也有因為喝酒過量，食物的攝取量減少，結果反而變瘦的例子。

★ 練習問題 ★

問題 1　次の文の（　　　）に入れるのに最もよいものを、1・2・3・4 から一つ選びなさい。

(1) 納期(のうき)が厳しいのは理解できなくはないが、毎日、こう遅くまで残業を（　　）。

1　させていただいてはかなえない　　2　させてくださってはかなわない
3　させられてはかなえない　　4　させられてはかなわない

(2) 彼女は芸術家(げいじゅつか)か（　　）。ただのアイドル歌手だ。

1　でもありなんでもある　　2　でなくてなんだろう
3　でなくてはならない　　4　でもなんでもない

(3) そんなに（　　）。これから気をつければいい。

1　謝らないではおかない　　2　謝るにはおよばない
3　謝らずにはすまない　　4　謝るのもとうぜんだ

(4) 起こってしかるべき事故だったが、彼の機敏(きびん)な判断で（　　）。

1　避けるところだった　　2　避けてほしい
3　避けそうだった　　4　避けられた

(5) 一時帰休(いちじききゅう)と会社側が言っていたが、そのまま 2 年間ほどうちにいた。これでは（　　）。

1　失業するにはあたらない　　2　失業するにはおよばない
3　失業したも同然だ　　4　失業したのももともとだ

(6) 最近は店に来る客が急に増えたので、（　　）。そこでパートを二名増やした。

1　忙しくてやりきれなかった　　2　忙しくてはならなかった
3　忙しいというものではなかった　　4　忙しいではすまされなかった

(7) こんな不良品を売りつけられてはたまった（　　）。返金(へんきん)させてやる。

1　わけじゃない　　2　わけだから　　3　もんじゃない　　4　もんだから

(8) 予定より早めに仕事をやり遂(と)げるに越(こ)したことはないものの、（　　）品質が第一だ。

1　そのまま　　2　それより　　3　そのぶん　　4　それだけ

(9) A：社長はもう上海へ出張したそうだ。私が社長の奥さんから聞いたのだから、(　　)。

B：それなら、社長は今上海にいらっしゃるに決まっています。

1　確かめるまでもないかと思う　　2　確かめるまでもないと思う

3　確かめたまでのことだ　　4　確かめればそれまでのことだ

(10) 弟が大事にしている玩具を壊したのだから、新しいものを買って(　　)すまない。

1　もらわないでは　　2　やらないでは

3　いないでは　　4　しまわないでは

(11) いくら慌てていたからといって、人の子どもを自分の子どもと間違えるなんてとんでもない。勘違い(かんちが)(　　)わ。あなたったら。

1　にもほどがある　　2　もほどほどがある

3　にもそこそこがある　　4　もそこそこだ

(12) 親戚(しんせき)の家の引っ越しだから、(　　)と思って、一日休暇をもらった。

1　手伝わないではおかない　　2　手伝わないわけではない

3　手伝わないことにあたらない　　4　手伝うだけではすまない

(13) 相手がただ冗談で言っただけだから、そんなに(　　)。

1　気にせずにはおかない　　2　気にしても無理もない

3　気にせずにはいられない　　4　気にするにはあたらない

(14) ここの暑さには本当に弱った。(　　)暑くていたたまれない。

1　これ以下　　2　これ以上　　3　そんな以下　　4　そんな以上

(15) 二番目の子供を(　　)ぼく一人では決められない。

1　産むのではなかろうか　　2　産んでいはしまいか

3　産むかはやいか　　4　産むかいなか

(16) 今までの失敗と言うと、言い始めれば(　　)よ。

1　きりがない　　2　かいがない　　3　ほどがない　　4　までもない

(17) 火事で店のすべてが焼けてしまって大損(おおぞん)したが、全員無事で命が(　　)だけましだ。

1　助かった　　2　助からぬ　　3　助かる　　4　助かろうとする

(18) 欠陥品(けっかんひん)なんか市場に (　　)。会社の存亡(そんぼう)にかかわる問題だよ。

1　出さないものではない　　2　出せたものではない
3　出さないではおかない　　4　出せたにすぎない

(19) 余計なことだ。出(で)しゃばるのも (　　) よ。

1　むりがない　2　やむをえない　3　いいもの　4　いい加減にしろ

(20) 息子が帰らないものと思って、私と夫二人分の食事しか作らなかった。 でも、ご飯を食べかけたところに「(　　)」という息子の声がした。

1　おかえり　2　ただいま　3　おげんきで　4　きをつけてね

(21) 一度赤ちゃんが目を (　　) それまでだ。自分のことは何もできなくなる。

1　覚ますなら　2　覚ましたら　3　覚めるなら　4　覚めたら

(22) 人をほめるのもしかるのも (　　)。何事も (　　) しなければならない。

1　良し悪しだ／良し悪しに　　2　ほどほどだ／ほどほどに
3　良し悪しだ／ほどほどに　　4　ほどほどだ／良し悪しに

問題 2 次の文の ＿＿★＿＿ に入る最もよいものを、1・2・3・4 から一つ選びなさい。

(23) この ＿＿＿＿ ＿＿★＿＿ ＿＿＿＿ ＿＿＿＿ もんか。勇気を出して、病気と闘(たたか)おう。

1　病気で　2　死んで　3　たまる　4　くらいの

(24) 負けて ＿＿＿＿ ＿＿★＿＿ ＿＿＿＿ ＿＿＿＿ 戦うことにした。

1　相手と　2　もともと　3　だから　4　勇気を出して

(25) 正社員 ＿＿＿＿ ＿＿★＿＿ ＿＿＿＿ ＿＿＿＿ までのことだ。フリーターで働くのも悪くないと思う。

1　くれなければ　2　採用して　3　として　4　就職しない

(26) A：民主党がとうとう選挙に勝ったね。
B：それは選民たちの ＿＿＿＿ ＿＿★＿＿ ＿＿＿＿ ＿＿＿＿ でもないよ。

1　反感の表れ　2　に対する　3　以外の何物　4　自民党

(27) 政府は世論(よろん)の ＿＿＿＿ ＿＿＿＿ ＿★＿ ＿＿＿＿ 友好条約を結んだ。

1 と目されている　　2 非難を押し切って
3 敵国(てきこく)　　4 A 国と

(28) 案内人が ＿★＿ ＿＿＿＿ ＿＿＿＿ ＿＿＿＿ すべがなかった。

1 道が分からないし　　2 自分では
3 引き返すほか　　4 消えてしまったし

(29) 子供のひきこもりは ＿＿＿＿ ＿＿＿＿ ＿＿＿＿ ＿★＿ 起きている
のではなかろうか。

1 コミュニケーションの　　2 子どもとの
3 欠如(けつじょ)から　　4 親たちの

(30) けがをして、今晩の試合に ＿＿＿＿ ＿＿＿＿ ＿＿＿＿ ＿★＿ いは
しまいかと心配だ。

1 負けて　　2 出られなくなった
3 ぼくは　　4 相手チームに

第五章

敬　語

★壹★ 尊敬語

① 貴～

5-01

接續 貴（き）＋名詞

意義 尊敬語詞頭，主要用於信函等書面語。較為常見的有「貴店（きてん）、貴行（きこう）、貴学（きがく）、貴国（きこく）（⇨ N2）、貴殿（きでん）、貴紙（きし）、貴職（きしょく）、貴兄（きけい）、貴君（きくん）、貴意（きい）……」。

例

❶ わたくしの今日あるのは貴殿の御尽力（ごじんりょく）の賜物（たまもの）と感謝（かんしゃ）しています。　我能有今天，都要感謝您的大力幫助。

❷ その事につきまして、貴意を得たくお伺い申し上げます。　關於那件事，我想聽聽您的意見。

② 高～

接續 ご＋高（こう）＋名詞

意義 尊敬語詞頭，主要用於信函等書面語。較為常見的有「御高見（ごこうけん）、御高説（ごこうせつ）、御高配（ごこうはい）、御高評（ごこうひょう）、御高覧（ごこうらん）、御高著（ごこうちょ）、御高文（ごこうぶん）……」。

例

❶ 御高見をぜひ拝聴（はいちょう）させていただきたいと存じ上げます。　我想聽聽您的高見。

❷ 今度の写真展を御高覧いただきまして、誠にありがとうございました。　衷心感謝您蒞臨本次攝影展。

❸ 御高著を拝受（はいじゅ）いたしました。つきましては拙作（せっさく）を差し上げたいと存じます。　我已經收到您的大作了。因此，我也想向您獻上拙作。

③ 厚～

接續 ご＋厚＋名詞

意義 尊敬語詞頭，主要用於信函等書面語。較為常見的有「御厚意、御厚誼、御厚情、御厚恩、御厚配……」。

例

❶ 旧年中は、格別の御厚情を賜り、厚く御礼申し上げます。
過去的一年裡，得到各位的特別關照，在此深表謝意。

❷ あらためて先生に賜わりました御厚恩に感謝いたしております。
再一次感謝老師對我的大恩大德。

❸ 皆様におかれましては、ますます御清祥のこととお慶び申し上げます。日頃より弊社に対し、御厚配を賜りますこと、御礼申し上げます。
預祝各位身體日益康泰。衷心感謝大家對弊公司的深切關懷。

④ 尊～

5-02

接續 ご＋尊＋名詞

意義 尊敬語詞頭，多用於書信等書面語。較為常見的有「御尊父、御尊母、御尊兄、御尊家、御尊顔、御尊名……」。

例

❶ 御尊名はかねがね伺っております。今日はお会いできて、本当に嬉しく存じ上げます。
久仰大名。今日能在此與您相見，我很高興。

❷ 御尊父様のご逝去を悼み、謹んでお悔みを申し上げます。
沉痛悼念您外公的去世，在此深表哀思。

5 召す

接續 名詞＋を召す

意義 「着る、食べる、飲む、買う」等動詞的尊敬語動詞。多為慣用搭配，常見的有：「お着物を召す（＝着物を著る）／ご飯を召す（＝ご飯を食べる）／お酒を召す（＝酒を飲む）／お風邪を召す（＝風邪を引く）／お風呂を召す（＝風呂に入る）／お年を召す（＝年を取る）／お花を召す（＝花を買う）／タクシーを召す（＝タクシーを呼ぶ）／お気に召す（＝気に入る）」等。

例

❶ 小社では、お酒を召された方のために代行運転サービスを提供しております。
本公司有為酒後的司機朋友們提供代客駕駛的服務。

❷ この季節は、風邪を召される方が多い時期ですから、特にお気をつけください。
這個季節很容易感冒，所以請大家務必要小心。

❸ A：先生の奥様はどの方かご存じですか。
B：あそこのお年を召していらっしゃるご婦人です。
A：您知道哪位是師母嗎？
B：就是那邊那位有點年紀的夫人。

❹ いかがですか。こちらのお着物はお気に召されたでしょうか。
您覺得怎麼樣呢？這件衣服您喜歡嗎？

6 ～におかれましては

接續 名詞＋におかれましては

意義 接在身份、地位高的人的名詞後面，相當於「～には」（⇨ N2）的文法意義，表示尊敬。主要用於問候其健康狀況等場合。是一種很鄭重的書面語。

例

❶ 先生におかれましては、ますますお元気そうで何よりです。
老師身體安康，這對我們來說是最高興的事。

❷ 会長におかれましては、ますますご壮健の由、わたくしども一同喜んでおります。
得悉會長大人身體愈加康健，我們無比高興。

❸ 先生におかれましては、お体の具合が悪い由、卒業生一同心配しております。

得悉老師身體欠安，全體畢業生都十分擔心。

7 ～を賜る ＊ 承蒙賞賜……

5-03

接續 名詞＋を賜(たまわ)る

意義 動詞「与える」的尊敬語動詞，用於講述別人的動作。「～を賜る」跟「～をくださる」意思相同，但敬意更高。

例

❶ これからも変わらぬご交誼(こうぎ)を賜りますようお願い申し上げます。

希望能跟你們一如往常地保持來往。

❷ 毎度お引(ひ)き立(た)てを賜り、誠(まこと)にありがとう存じます。

每次都得到您的關照，深表感謝。

❸ どうか今後とも弊社(へいしゃ)に皆様方の暖かいお心を賜り、末永(すえなが)く御厚誼(ごこうぎ)の程お願い申し上げます。

今後也希望繼續得到諸位的熱情關懷，並希望能長期得到諸位的厚愛。

1 愚～

5-04

接續 愚＋名詞

意義 謙讓語詞頭，主要用於信函等書面語。較為常見的有「愚書、愚稿、愚見、愚考、愚息、愚妻、愚兄、愚者……」。

例

1. 以上は愚見でございましたが、ご清聴をありがとうございました。
以上為在下之拙見。謝謝諸位聆聽。

2. 愚書の発行に際して、あらためて貴社のご協力に厚く感謝いたします。
在拙作發行之時，再次感謝貴公司的大力協助。

3. 愚弟が12月12日(土)に結婚することになりました。その節、ぜひおいでくださいますよう願っております。
我弟弟預計12月12日星期六結婚。到時期待您的光臨。

2 小～

接續 小＋名詞

意義 謙讓語詞頭，多用於書信等書面語。較為常見的有「小社、小店、小誌、小紙、小著、小文、小稿、小宅……」。

例

1. 先生から、小紙に投書していただけるのは光栄の至りでございます。
老師您能投稿到本報社，真是我們的榮幸。

2. 先日、お送りした小稿が貴紙に掲載されたことは嬉しい限りでございます。
前幾天我寄給貴報的拙文，已經在貴報上刊登了。為此我深感喜悅。

③ 拙～

接續 拙＋名詞

意義 謙讓語詞頭，多用於書信等書面語。較為常見的有「拙著、拙稿、拙作、拙文、拙論、拙宅、拙者……」。

例

❶ 今日はここで一応「言語社会学研究」という拙稿の紹介をさせて頂きます。
今天想在此向諸位介紹一下拙稿《語言社會學研究》。

❷「原子力発電の良し悪し」という拙論が「東日本新聞」に掲載されています。
我所寫的一篇題為《核能發電的利與弊》的論文被刊登在《東日本新聞》的報紙上。

④ 粗～

5-05

接續 粗＋名詞

意義 謙讓語接詞頭，多用於書信等書面語，偶爾也用於較鄭重的口語中。較為常見的有「粗品、粗茶、粗酒、粗飯、粗筆……」。

例

❶ 粗酒ですが、お引っ越し祝いに故郷のお酒を持ってまいります。
送給您一份我的故鄉所生產的酒，作為祝賀您喬遷之喜的禮物。

❷ 粗菓ですが、どうぞ、お召し上がりください。
一點小點心，請您品嘗。

❸ 本店は本日ご来店のお客様に、粗品ながらお礼の品を呈上いたします。
我們今天將送給每位光臨本店的顧客一份小禮物。

⑤ 拝～

接續 拝＋名詞

意義 謙讓語詞頭，多用於書信等書面語。較為常見的有「拝見（N4）、拝聴、拝啓、拝復、拝借、拝読、拝謝（N2）、拝受、拝顔、拝承、拝呈、拝賀……」。

例

❶ ご厚恩に拝謝いたします。今後ともよろしくお願い申し上げます。

對於您的大恩大德，我深表謝意。今後還請多多關照。

❷ 書面にてお申し越しの御趣旨を拝承いたしました。

我已得知您來函中所提之事。

6 弊～

接續 弊＋名詞

意義 謙讓語詞頭，多用於書信等書面語。較為常見的有「弊社、弊店、弊校、弊院、弊紙、弊宅……」。

例

❶ この度は、弊校に対し、教具を多数御支援して頂き、誠に有難う御座います。

這次捐助本校許多教具，在此向諸位深表感謝。

❷ 行く年を見送り、新年を迎えるべく、弊紙編集主幹が選んだ今年の重大ニュースを5つご紹介しましょう。

為了送舊迎新，以下將向各位讀者介紹由本報主編編選、今年所發生的五大新聞。

7 ～にあずかる ＊ 承蒙……

5-06

接續 ◆ ご＋名詞＋にあずかる
◆ 動詞「連用形」＋にあずかる

意義 相當於「お（ご）～いただく」的意思，用於謙讓地講述自己或自己這方人員的動作、行為。

例

❶ わたくしが困った時には、まわりの方々から、御助言、御助力にあずかり大変感激しております。

在我處於困境時，承蒙周遭的人給了我許多意見及幫助，在此深表感謝。

❷ 旧年中は、格別の御恩恵にあずかり、厚く御礼申し上げます。本年も倍旧の御愛顧の程お願い申し上げます。

過去的一年裡，承蒙諸位的特別關照，在此深表謝意。並希望今年諸位也能多加賜予惠顧。

1 ～てござる

◎ 5-07

接續 動詞「て形」＋ござる

意義 是「～てある」(⇨ N5) 的禮貌語形式，表示事先做好了某種準備。

例

❶ わたしの車はこの先の駐車場に止めてございます。
我的車已經停放在前面的停車場了。

❷ 社長：あ、君。食事の用意はできてるの。
社員：はい、あちらのお部屋にすでに準備してございます。
社長：哦，對了，我問你。菜都已經準備好了嗎？
社員：是的。已經準備好在那間房間了。

2 ～ないでござる／ずにござる

＊ 1. 2. 還沒……

接續
- 動詞「ない形」＋でござる
- 動詞「未然形」＋ずにござる
- する⇨せずにござる

意義① 是「～ないである／ずにある」(⇨ N2) 的禮貌語形式，用來表示某事情、物品、現像等處於還沒出現或還沒完成的狀態。但不能用於主體為人的狀態。

例

❶ ローンはまだ返しきれないでございます。
我的貸款還沒有全部還清。

❷ その計画はまだ実施(じっし)せずにございます。
那個計劃還沒有開始實行。

❸ もう時間になりましたが、パーティーはまだ始まらないでございます。
雖然時間已經到了，但是派對還沒有開始。

意義② 是「～ないでいる／ずにいる」(⇨ N2) 的禮貌語形式，表示某人一直處於不做某行為的狀態。不能用於主體為物品、事物的狀態。

例

❶ (私は) 退院してからもう 1 ヶ月酒を飲まずにございます／ないでございます。

(我) 出院後，已經整整一個月滴酒未沾。

❷ (私たちは) がんばり続けてきたものの、まだ目的を達(たっ)することができないでございます。

儘管 (我們) 從沒有停止努力，但是仍尚未達到目標。

❸ うちの祖母(そぼ)は退院したとはいえ、まだ自由に歩くことができないでございます。

雖然我外婆出院了，但目前還不能夠自由行走。

在N1考題中所考的有關敬語的題目，多數屬於N2級別的敬語知識，所以本節「練習」中除了N1程度的敬語知識外，還包括N2程度的部分敬語知識。不過，儘管N1程度的敬語知識極少作為考題，但有時會出現在其他場合。比如「文字・語彙」「文法」題目的句子中，或者出現在「讀解」甚至「聽解」中，所以仍有必要練習和掌握。

★練習問題★

問題1 次の文の（　　）に入れるのに最もよいものを、1・2・3・4から一つ選びなさい。

(1) 寒さ厳しき折り、いっそうのご自愛を（　）。

1　お祈りいただきます　　2　お祈り申し上げます
3　祈ってやっていただきます　　4　祈ってやってくださいます

(2) 季節の変わり目でもありますので、お風邪など（　）ようお気を付けください。

1　召していない　　2　召しておらず　　3　召しますまい　　4　召しませぬ

(3) 部長から、約束のお客様が（　）教えるようにと言われていました。

1　お越しになったら　　2　お越しされたら
3　おいでいたしたら　　4　おいでいただいたら

(4) 早々とご丁寧な年賀状をいただき、恐縮に存じます。先生（　）、お健やかに初春をお迎えの由、心からお喜び申し上げます。

1　におかれましては　　2　にかかれましては
3　にあずかけましては　　4　にあずかりましては

(5) あなたはその仕事のコツを知っているのなら、山田さんに（　）いただけませんか。

1　教えてもらって　　2　教えていただいて
3　教えてござって　　4　教えてやって

(6) 平素は格別のご厚情（　）、厚く御礼を申し上げます。

1　にあがり　　2　をなさり　　3　にうかがい　　4　をたまわり

(7) 申し込み用紙はあちらに用意して（　）ので、ご自由にお取りになってください。

1　いたします　　2　ございます　　3　もうす　　4　おられます

(8) 毎々特別の（　）にあずかりまして、まことにありがとうございます。

1　愚見　　2　貴社　　3　お引き立て　　4　ごぶさた

(9) 弊店(へいてん)の入り口のところにあるロッカーにかばんを（　　）ので、ご利用ください。

1　お入れになれます　　2　お入れになります
3　お入れできます　　4　お入れいたします

(10) イベントの現場でご予約も（　　）ので、ご来場をお待ちしております。

1　うけたまわります　　2　かしこまります
3　お受けになります　　4　拝受されます

(11) 先生：今のところは親として温かい心で、失恋に悩んでいるお子さんを（　　）。
山田：はい、分かりました。今日はいろいろありがとうございました。

1　見守ってもらってください　　2　お見守りくださいます
3　見守ってやってください　　4　お見守りになります

(12) A：そのことを社長に（　　）。
B：はい、社長に会ったら、必ずお伝えいたします。

1　お伝え願いませんか　　2　お伝え願えませんか
3　お伝えいたしませんか　　4　お伝えいたせませんか

(13) 実物(じつぶつ)はあとで送りますが、今日はとりあえずサンプルをご覧に（　　）。

1　入れましょう　　2　入りましょう　　3　いましょう　　4　いりましょう

(14) A：御社(おんしゃ)の新製品のカタログを一部送ってくださいと山田社長にお伝えいただけませんか。
B：カタログの件ですね。確かに承りました。社長に伝えて（　　）。

1　ございます　　2　おられます　　3　おります　　4　おきます

(15) こちらが一方的(いっぽうてき)にではなく、相手の意見も語(かた)らせてやって（　　）。

1　いただけませんか　　2　いただきませんか
3　できませんか　　4　できないでしょうか

(16) 先日お世話になったお礼かたがた、家族の写真を（　　）。

1　お目にかかりましょう　　2　お見えになりませんか
3　お目にかけましょう　　4　お見えいただけませんか

問題 2 次の文の ＿★＿ に入る最もよいものを、1・2・3・4から一つ選びなさい。

(17) 貴社とのご契約を ＿＿ ＿＿ ＿★＿ ＿＿ 、できる限りの便宜(べんぎ)を図(はか)らせていただく所存でございます。

1 としましては　2 いただいた　3 暁には　4 こちら

(18) 私は英語に自信がありませんので、この ＿＿ ＿★＿ ＿＿ ＿＿ でしょうか。

1 翻訳を　2 お願い　3 メールの　4 できない

(19) 息子の車の ＿＿ ＿＿ ＿★＿ ＿＿ のは、技師の山田さんでした。

1 修理を　2 やって　3 くださった　4 手伝って

(20) セールキャンペーンは今日の午後5時 ＿＿ ＿★＿ ＿＿ ＿＿ ので、ご了承ください。

1 終了　2 にて　3 とさせて　4 いただきます

(21) 誤判(ごはん)がないように、すみやかに事件の ＿★＿ ＿＿ ＿＿ ＿＿ もらえませんか。

1 説明して　2 検事に　3 真相を　4 あげて

★ 問題解答 ★

第一章

問題 1 p.32

❶ 1 翻譯：你說你遇到幽靈?哪有什麼幽靈!

解析：「なんぞ」用於舉例；「とて」前接名詞時用「～だとて」的形式；「だの」則用「～だの～だの」的形式；「ですら」在此句裡意思不通。

❷ 1 翻譯：那個時候因為喉嚨太痛，甚至連水都無法下嚥。

解析：「とは」用於感嘆；「からの」前接數量；「といったら」用於感嘆或提示話題等。

❸ 2 翻譯：她發瘋似的往村子東邊的河邊跑去。

解析：「～ばかりに」表示「像……似的」；「こととて」和「ゆえに」表示原因；「やいなや」表示「剛……就……」。

❹ 3 翻譯：一邊喝杯咖啡什麼的一邊等他們吧。

解析：「なりとも」用於隨意舉例；「こそあれ」跟否定式謂語相呼應；「とて(も)」表示讓步；「ですら」表示極端事例。

❺ 2 翻譯：歌手也好，歌迷也好，都對演唱會的主辦單位有意見。

解析：「なり～なり」表示選擇，既「或者……或者……」的意思；「だに」和「すら」不能重復使用。

❻ 1 翻譯：父親才剛進門就馬上打開冰箱，拿出冰啤酒來喝。

解析：表示「剛……就……」意義的「なり」只能接在動詞的辭書形(現在式)後面。

❼ 4 翻譯：生活再怎麼困難，我從來也沒想過要靠竊盜過日子。

解析：只能用「盜みまでして」或「盜んでまで」的表達形式。

❽ 2 翻譯：因為還是小孩，所以即使有點調皮搗蛋也拿他沒辦法吧(也是情有可原吧)。

解析：「～てもしかたがない／てもしようがない」是固定句型，表示「即使……也沒辦法」。選項 1「難道就沒有辦法嗎？」，意思相反；選項 3 和 4 都表示不能原諒，並不符合題意。

❾ 4 翻譯：如果口袋塞滿記事本啦、錢包啦，鼓鼓的樣子很不好看。

解析：選項 1 表示「十分佩服」；選項 2 表示「沒關係」；選項 3 表示「很好看」。這三個均不符合前項的發展邏輯。

❿ 4 翻譯：一般都會認為因為是夫妻，所以不用說什麼也能瞭解對方的心思。

解析：「～ずとも」相當於「～なくても」，表示「即使不做或不出現前項也會產生後項」的意思。選項 1 意為「我認為要瞭解對方」；選項 2 意為「我認為要讓對方瞭解我」。這兩句都不符合由前半句應該得出的結論；選項 3 不符合生活常理。

⓫ 2 翻譯：你要是跟我說，我一定會幫你想辦法，可是你怎麼都不說呢？

解析：從後半句可以看出，說話者在埋怨對方沒有把困難告訴自己。「ものの」雖然表示轉折，但沒有「埋怨、責備」等意思，所以選項 1 和 3 不能選。沒有「相談に乗せる」的用法。

⓬ 1 翻譯：儘管不是有名的歌手，但她的歌曲卻被很多人翻唱。

解析：選項 2 的意思相反了。如果改成「名歌手だからこそ」則基本上是通順的；「～こそすれ」「～こそあれ」則須跟否定意義的謂語相呼應。

⑬ 2 翻譯：[A] 假日看是要來一趟旅行，還是找朋友聊聊天，你應該要（透過這些方式）轉換一下心情。
[B] 說的也是。好主意。

解析：從上下文可以看出，這是說話者「A」在規勸對方「B」。選項 1 意為「只不過是轉換心情而已吧」；選項 3 意為「不是轉換心情又是什麼呢？」選項 4 意為「正是換換心情吧」。這三個選項都沒有「規勸、提出建議」的意思。

⑭ 3 翻譯：那一帶已經完全沙漠化了，聽說連一枝草也看不到。

解析：謂語應該用主動型的否定形式。選項 1 和 2 屬於「使役被動」的用法，即「甲方逼著乙方做什麼」的意思，顯然不符合題意。選項 4 的助動詞「まい」後面不能接「そうだ」。

⑮ 4 翻譯：由於經濟不景氣，別說是調漲薪資，連獎金也沒了。

解析：「～どころか～ない」表示「別說是前項，就連後項也不能……」的意思。選項 1 和 2 都表示「盼望發獎金」，這跟題意不吻合。

⑯ 4 翻譯：借「現代化」之名，進行大規模的開發，結果這座城市的昔日面貌蕩然無存。

解析：這四個副詞的習慣搭配分別為「さぞかし～だろう」「さも～そうに」「あたかも～ようだ」「みじんも～ない」。

⑰ 2 翻譯：[A] 大學生活再怎麼無聊，我也不得不撐到畢業。
[B] 是啊，如果大學沒畢業，將來找工作會更難吧。

解析：選項 1 為「沒必要忍耐」；選項 3 為「沒法忍耐」；選項 4 為「不可以忍耐」。均不符合題意。

⑱ 4 翻譯：你為她做了很多事情，她對你只有感激，沒有理由恨你。

解析：「～こそすれ～ない」表示「只會出現前項，不可能出現後項」。選項 1 意為「有可能被她怨恨」；選項 2 意為「沒必要被她怨恨」；選項 3 意為「即使被怨恨也沒辦法吧」。

⑲ 1 翻譯：車子一上高速公路就快速猛衝。

解析：接續助詞「や」的謂語要用過去式，所以選項 2 和選項 3 為錯誤用法。選項 4 意思不通，因為「や」的後項必須為動作、行為。

⑳ 3 翻譯：那孩子一會兒要這一會兒要那，實在是太任性了，到底是像誰啊？

解析：接尾詞「～放題」表示「隨心所欲、為所欲為」等意思；沒有「わがままくさい」「わがままだらけ」的說法；選項 4 的意思相反了。

㉑ 1 翻譯：再怎麼忙，至少可以打個電話給我吧……

解析：副詞「いくら」跟「～ても／といっても／たところで」即跟表示讓步的表達形式相呼應。選項 2 為「雖說你不忙」。這跟後半句的意思不吻合。

㉒ 1 翻譯：跟那種男人約會，光想就覺得噁心，簡直想吐。

解析：「都合が悪い」「具合がよくない」表示「時間無法配合」「身體不適」；「雰囲気がよくない」表示「（周圍的）氣氛不對」。正確答案要反映說話者的心情感受。

㉓ 2 翻譯：那場比賽因為下大雨被迫暫停後，還沒有重新開賽。

解析：既然後半句是「還沒有重新開賽」，那就說明比賽一直停著。「～たなり」表示「前項出現後就再也沒有出現過後項」，即一直延續著某動作或狀態。其他三個選項都沒有反映出這個用法。

24 3 翻譯：因為我的字跡潦草，會讓您不容易閱讀，但還是希望您能試著辨識審閱拙稿。

解析：「～のほど（願う、祈る）」較常使用於寒暄語中，其他三個選項皆無此用法。

問題2 p.35

25 1 翻譯：再怎麼後悔，遺失的錢包也回不來了吧。

原文：どんなに後悔（こうかい）した　とて　失った　財布は戻る　★ことはない　のだろう。

26 4 翻譯：玩麻將沉迷到那種地步，恐怕已經戒不了了吧。

原文：そこまでマージャンに夢中　になって　しまっては　止めるに　★止められない　だろう。

27 4 翻譯：她始終低著頭不發一語地聽著母親說話。

原文：彼女は　俯（うつむ）いた　★なり　黙り込んで　いて、母の話を聞いていた。

28 1 翻譯：如果再多練習幾次就好了。就因為偷懶，才落到這個地步。

原文：もっと練習して　おけば　★よかった　ものを　怠（おこた）って　いたから、こんな結果になったんだよ。

29 2 翻譯：有時候就連父母也分辨不出自己的雙胞胎孩子。

原文：親ですら時には、自分の　双子（ふたご）を　区別できない　★ことが　ある。

30 3 翻譯：我小時候常常被父母說沒規矩。

原文：子どものとき、行儀（ぎょうぎ）が悪い　★のなんの　と　よく親に　言われた　ものだ。

第二章

問題1 p.46

1 2 翻譯：為了衣錦還鄉而努力。

解析：從句子的前後可以判斷，應該是表示「目的」的用法。其他三個選項均不表示目的。

2 3 翻譯：昨天才發生恐怖事件，而今天這個鎮上卻顯得格外平靜，好像什麼都沒有發生過。

解析：選項 1「無論昨天和今天」；選項 2「無論加害者和受害者」；選項 4「就好像昨天一樣亂哄哄的」。顯然這三個選項的意思均不符合句子的情境。

3 2 翻譯：從森林遭到破壞的現狀來看，土石崩落的發生是必然的。

解析：「べくして」只能接在動詞辭書形（現在時）後面。選項 3「起こっている」為進行式，後面不能接「べくして」。

4 4 翻譯：據說最近，「聯誼」這一種形式重新受到日本年輕人的青睞。

解析：這是說明對「合コン」（＝合同（ごうどう）コンパニー）這個詞所反映出來的現象。「なるもの」相當於「というもの」的意思，符合「釋義、解釋、說明」這一用法。「ざる」表示否定；「たるもの」前接「人物、團體」。如果把選項 3 改為「である」則可通。

5 2 翻譯：一般來說廉價商店出售的東西都是便宜沒好貨，但這家店的東西卻不是這樣。

解析：「安かろう悪かろう」是慣用表達形式，意為「好貨不便宜，便宜沒好貨」。

6 1 翻譯：無論得到多少賠償金，失去的健康和生命再也回不來。

解析：選項 3「不該讓健康和生命恢復過來」的意思在本句中意義不通；沒有「～ないべくもない」和「～ないべきだ」的用法。

7 3 翻譯：那個貪婪的政府高官任意揮霍國家的錢。

解析：選項3「ごとく」相當於「のように」的意思，即作狀語修飾後面的動詞。「ごとし」作謂語結束句子；「ごとき」後接名詞。

8 2 翻譯：像這樣的事情是我們所無法想像的。

解析：「ざり」後面不可以接名詞；「まじき」「まじく」要接在動詞辭書形後面。

9 4 翻譯：為了讓事業能夠成功，我做了各種嘗試。

解析：要用使役表達形式（促使事物發展變化的用法，可參考 N3 文法）。其他三個選項在此句為錯誤用法。

10 3 翻譯：收取廠商給的錢和物品之類的事，是身為一個公務員不該有的行為，必須杜絕。

解析：選項 1 意為「好像不是公務員」；選項 2 意為「常有的事」；選項 4 意為「並非公務員」。這三句的意思均不符合題意。

11 1 翻譯：作為明智的國家領袖，首先應該為國民盡心盡力。因為要靠國民繳納的稅金才能維持下去。

解析：選項 2 意為「也不是不盡心盡力」；選項 3 意為「即使力不從心也沒辦法」；選項 4 意為「儘管力量有限也只好工作，別無他法」。這三句語氣消極，不符合題意。

12 3 翻譯：本店無論是留學生還是國內的學生，時薪一律相同，所以請放心前來應聘。

解析：選項 1 和 2 的「～てはいかが」「～たらどう」均表示對他人的建議，故不符合此句的情境；選項 4 為錯誤文法。

13 2 翻譯：那是無法原諒的過錯，即使受到處罰也沒辦法。

解析：選項 1 意為「不得不原諒的過錯」；選項 3 意為「可以原諒的過錯」；選項 4 中的「～てならない」表示「無法承受……」，須接在表示「情感、生理」等意義的動詞後面。

問題 2 p.47

14 2 翻譯：透過窗戶眺望天空，只見月光皎潔。

原文：窓を通して空を見る　と　皓々(こうこう)　たる　★月(つき)が　輝(かがや)いている。

15 3 翻譯：牆上寫著「禁止在此處倒垃圾」。

原文：壁には　ここに　ゴミを捨てる　べからず　★と書いて　ある。

16 3 翻譯：說到那位議員平時的言行舉動，真讓人懷疑他到底夠不夠格擔任議員。

原文：あの議員の日ごろの　言動たるや　議員の　★資質(ししつ)を　疑(うたが)わせる　に十分である。

17 1 翻譯：我們公司為了提高生產效率，引進了電腦（管理）系統。

原文：わが社は　生産効率　をあげる　べく　★コンピューター　システムを導入した。

18 4 翻譯：那位老人老淚縱橫地哭訴養老金不夠用的嚴峻事實。

原文：その老人は、年金　問題の　厳しい　現実を　★涙ながらに　訴(うった)えた。

第三章

問題 1 p.59

1 3 翻譯：自從店裡被（電視）介紹後客源大增。真的是多虧了電視啊。

解析：應該是「電視」這一媒體的功勞，而不是「播報員」，更不是「本店」或「顧客」。

❷ __2__ 翻譯：當那位演員出現時，一群像是發了瘋似的粉絲們哭著對他狂叫。

解析：要用「～じみた＋名詞」的形式。這裡的「た」表示「狀態、樣子」；「～ぶる」表示「假裝、冒充」等意思，不能跟名詞「気違い」復合成動詞。

❸ __3__ 翻譯：儘管他的話聽起來像是辯解，不過他的心情是可以理解的。

解析：因為後面是動詞，所以須用「～て」來修飾，不能用其他選項的形式。例如：「太って見える」（看起來有點發胖）、「聲が遅れて聞こえる」（聲音聽起來有點遲疑）。

❹ __1__ 翻譯：雖然他平時的打扮看起來一副窮酸相，但實際上是個大富豪。

解析：雖然選項 1、2、3 均可以接在名詞後面，但多為約定俗成的慣用形式；選項 4「どおし」須接在動詞後面。

❺ __1__ 翻譯：父親拆下沾滿油漬的廚房換氣扇後，把它洗乾淨。

解析：「ごとき」用於比喻等；「がかり」不能跟表示「油膩、穢物」等意義的名詞復合；雖然「ずくめ」也可以用於消極意義的場合，但須跟抽象名詞復合。

❻ __2__ 翻譯：因為孩子生病了，所以我沒有去展覽會。

解析：從句子的前後關係來看，應該是因果關係。選項 1 的「ばかりに」雖然也表示原因（⇨ N2），但意為「將要生病」，但生病很難預測；選項 3 的「～てまで」表示「不惜採取極端手段」；選項 4「～たなり」的後項應該是「まだ治っていない」才對。

❼ __4__ 翻譯：普遍認為日本人在活用食材原味上，比其他國家更出色。

解析：選項 1「～ぐるみ」表示「夥同（其他人）」或「連同……一起」的意思；「まみれ」「ずくめ」在此句裡均詞不達意。

❽ __1__ 翻譯：這十年來一直埋頭工作，連回顧過往和感慨的時間都沒有。

解析：從句子的後半段來看應該是表示「某種持續的狀態」的意思。「そびれる」表示「失敗、錯過機會」；選項 3 和 4 均表示目的。

❾ __1__ 翻譯：整條商店街都在做年末促銷，所以街上到處是採買的顧客。

解析：既然是促銷，不可能漲價，即選項 2；選項 3 的意思相反了；選項 4 則意思不通。

❿ __3__ 翻譯：聽他的解釋，我總覺得從頭到尾都在辯解。

解析：「～としか思えない」「～としか思われない」（⇨ N2）表示「我總覺得……」的意思；選項 1 和 2 為錯誤用法；選項 4「～なくはない」是肯定句，但「しか」後面必須接否定形式。

⓫ __4__ 翻譯：父親他只透過眼鏡瞄了一眼我那待在起居室的女朋友。

解析：除了選項 4 外，其他的三個均不能跟「眼鏡」複合。

問題 2 p.60

⓬ __3__ 翻譯：林先生以棒球界最負盛名的教練身份廣為人知。

原文：林さんは野球業界　きっての　★コーチ　として　人々に　知られている。

⓭ __2__ 翻譯：大概是久別重逢的緣故吧，昨晚我們兩個人有說不完的話，結果都沒睡。

原文：久しぶりに会ったのか、ゆうべ私たち　二人は　★話に　夢中に　なって　寝そびれた。

⓮ __4__ 翻譯：爸爸他擺出一副學者的姿態開始為我解說英文文法。

原文：父は　★学者　ぶって　英語の文法　についての　解説を始めた。

⓯ __4__ 翻譯：我被西邊的天空所出現的紅色的美麗晚霞所吸引。

原文：西の空に　現れた　赤みがかった　★きれいな　夕焼(ゆうや)けに　心を奪(うば)われた。

16 __1__ 翻譯：當問他為什麼遲到時，他的回答總像是在辯解。

原文：遅刻の理由を　とわれると　彼はいつも　★言い訳　がましい　返事をする。

第四章 壹

問題1 p.72

1 __1__ 翻譯：寄宿家庭的生活體驗非常有意義。這段時間給您添麻煩了。

解析：「その節は」意為「在那段時間裡」；「その折に」意為「在那段時間的某一天」。這不符合說話者的意圖；沒有「その節が」和「その折が」的說法。

2 __2__ 翻譯：上個週末我去探望生病住院的阿姨，順便回了趟老家。

解析：選項1要用「お見舞いのかたわら」的形式；選項3要用「お見舞いがてら」的形式；選項4「矢先に」表示「正要做什麼的時候」，在本句子裡意思不通。。

3 __2__ 翻譯：求了五次婚，她終於答應了。

解析：「數量詞＋にして」表示「數量之多而且結果得來不易」的意思；選項1表示「身份、資格」等；時間名詞後面可以接「してから」表示「過了……時間之後」。例如：「30分してから」（過了半小時後）；選項4表示「以此時間為準再也不做之前做過的事情」。

4 __4__ 翻譯：10月1日起我被任命為營業一科科長。

解析：雖然有「でもって」的用法，但只用於「手段、方法」（見本章第四節）；沒有「にもって」「ともって」的用法。

5 __3__ 翻譯：結婚典禮的日子快到了，（這段時間）她專心地在減肥。

解析：選項1和2要用「時間名詞＋をもって」「時間名詞＋をかぎりに」；選項4如果去掉「から」後構成「結婚式を間近にして」的形式則大致上可以。

6 __1__ 翻譯：在山上迷了路，整整12個小時沒吃沒喝。就在筋疲力盡的時候被救難隊搭救了。

解析：只有「この／ここ～というもの」的用法，意為「這……時間以來」。

7 __3__ 翻譯：從今年4月份起，停止該商品的銷售。

解析：「時間名詞＋を限りに」的謂語一定是表示「結束、放棄、停止」等意義的句子。

8 __3__ 翻譯：周圍成了一片火海。眼看就要丟掉性命的時候，被消防隊員救了出來。

解析：選項1意為「自從丟了性命之後」；選項2為「在丟掉性命的那一剎那」；「～拍子に」的前後必須是「順勢、借勢、就勢」意義的關係，而且前項必須是已經發生的事情，而「～ようとする」表示「將要……」的意思。

9 __2__ 翻譯：嘗試了好幾次，可是每次都失敗了。

解析：從表示轉折意義的接續詞「にもかかわらず」來看，結果肯定是「失敗」。選項1意為「還好沒有失敗」；選項3和4都表示「當時有可能要成功」。

10 __3__ 翻譯：我才剛把菜端上桌他就狼吞虎嚥地吃了起來。大概是餓壞了吧。

解析：因為是「料理を～」，所以不能用自動詞「載る」，這樣可以排除選項1和2；「～はずみに」（包括「～拍子に」）的前後存在必然的「順勢」關係，而本句中「上菜」和「吃飯」沒有必然的「順勢」關係。

11 __3__ 翻譯：當他取得政權時，就表示那些被他視為眼中釘的人的末日要到了。

解析：選項 1 和 2 的謂語要用過去式；選項 4 的接續不對，也不符合句子的意思。

⑫ 4 翻譯：老師來拜訪我的國家時，讓我來當您的導遊吧。

解析：「そばから」多用在消極意義的場合，所以選項 1 和 2 不對；只有當「老師」來到了「我的國家」，才可以「當導遊」，所以選項 3 的時態不對。

⑬ 1 翻譯：聽說那個來自中國的李小姐在上海的日商當口譯的同時，還利用六、日的時間教日語。

解析：「かたわら」表示做主業的同時兼做副業或興趣愛好等。選項 2 屬於理所當然的分內事；選項 3 和 4 沒有「兼做」的含義。

⑭ 4 翻譯：我老公熱衷於賽馬，才剛領薪水就跑去賽馬場。

解析：選項 1 意為「僅僅買張馬票就可以了」；選項 3 意為「僅僅買張賽馬彩券解決不了問題」；選項 2 意為「對跑馬場即賽馬彩券不感興趣」。這三句不符合題意；「～へ足を向ける」相當於「～へ行く」的意思，即去賽馬場。

⑮ 4 翻譯：自從結婚以來，一天也沒有出過這個村子。

解析：句中的「一日として」必須跟否定式謂語相呼應。選項 1 和 3 所表達的意思是雙重否定即肯定；選項 3 意為「並非是出去」。雖然是否定形式，但意思不通。

問題 2 p.73

⑯ 3 翻譯：那個嫌犯剛要上飛機的時候，被埋伏已久的警察逮捕了。

原文：あの容疑者(ようぎしゃ)は飛行機に　乗り込もう　とした矢先に　★待っていた　警察に　逮(たい)捕(ほ)された。

⑰ 3 翻譯：在書店一邊等客人，一邊逛書展。

原文：本屋でお客様を　待ち　★がてら　書展を　見て　回った。

⑱ 2 翻譯：剛一摔倒，頭就撞到牆壁，結果額頭受傷了。

原文：転んだ　はずみに　頭を壁に　★ぶつけ　額(ひたい)に　けがをした。

⑲ 1 翻譯：這 20 年來，我一天也沒有忘記過她。

原文：20 年　このかた　★彼女のことを　一日も忘れた　ことが　ない。

⑳ 4 翻譯：您編寫的劇本即將被拍攝成電影。

原文：お書きになった　シナリオは　今回　映画化　★の運び　となりました。

㉑ 2 翻譯：今天早上，我彎腰抱起坐在地板上的孩子時（不小心）閃到腰。

原文：今朝、腰を屈(かが)めて　★床に座っていた　子供を抱き上げた　拍子(ひょうし)に　腰(こし)を痛(いた)めた。

第四章 貳

問題 1 p.83

① 4 翻譯：以（這次）悲慘的事故為契機，安全管理體制有了更進一步的強化。

解析：選項 1 意為「又不是什麼悲慘的事故」。這跟謂語的「強化安全管理」相互矛盾；選項 2 的後項多為消極意義的句子；選項 3 表示「以……為目標」；「～機に（して）」表示「以……為契機」，符合題意。

② 2 翻譯：現在我留學來唸日本語別科，就是為了參加這所大學的日本教學課程招生考試。

解析：「試験を受ける」的意思是「參加考試」。「試験に受かる」的意思是「考試通過」。沒有「試験を受かる」的用法。選項 1 和 3 為錯誤文法。

③ 4 翻譯：對我而言書就是的我的人生。一天不看書的話就感覺自己好像死了。

解析：根據後面句子的意思，「書」和「人生」應該是我中有你、你中有我的關係，除了選項 4 外，其他三個沒有這種意思。

④ 2 翻譯：你應該以當歌手為目標。因為你有這方面的才能。

解析：選項 1 表示「不應該」；選項 3 意為「你是為了當歌手」；選項 4 意為「因為你要當歌手」。這三句話跟後面句子的意思不吻合。

⑤ 1 翻譯：留在床單上的一點血跡成了破案的線索，因而鎖定了嫌犯。

解析：「～が手がかりになる／が手がかりとなる」「～を手がかりにする／を手がかりとする」是固定句型。

⑥ 1 翻譯：如果是小孩子的話可能還不會做，但你又不是小孩子，那樣的事情做不來嗎？

解析：沒有「～なのではあるまいし」的用法；選項 3 的意思反了。

⑦ 3 翻譯：不僅供晚餐，而且還有酬勞，所以學生們都很樂意幫忙。

解析：選項 1 和 2 為錯誤文法；「出まい」的意思是「不發酬勞」，這無法和與「不僅附晚飯」形成並列關係。

⑧ 1 翻譯：雖然知道孩子的學習負擔很重，但是，之所以讓孩子上補習班，就是為了他的將來著想。

解析：選項 2 意為「這才不讓孩子上補習班的」。這跟前面句子的意思不吻合。「～ばこそ」的後項必須是動作、行為，而選項 3 和 4 是斷定句。

⑨ 4 翻譯：當時，她家正好有親戚來。由於有別人在，結果沒能把我想說的話告訴她。

解析：從前面的情境來看，因為當時有外人在現場，受到了妨礙，所以應該是得到不理想的結果，因此選項 1 和 2 不對。不是選項 3 的「我不說」，而是選項 4「沒能開口」或「不好開口」。

⑩ 3 翻譯：由於富士山山頂的空氣比較稀薄，再加上登山者加快腳步急於登上山頂，所以會造成呼吸困難。基於上述原因，好像有不少人會患高山症。建議登山者登山時腳步放慢，而且要深呼吸。

解析：根據前項的敘述，應該會導致不好的結果。選項 1 和 2 的意思分別為「我不推薦爬高的山」和「我建議大家爬低的山」。從整個句子來看，問題的關鍵跟山的高度無關。選項 4 意為「可能不會患高山症」，可見意思相反了。

問題 2 p.84

⑪ 3 翻譯：可以說兩國之間頻繁的文化交流也是建立在互相理解的基礎上。

原文：両国の盛んな ★文化交流も 互いに 理解して のことだ と言えるでしょう。

⑫ 4 翻譯：在已經進入梅雨季的季節，家裡濕度高，總是濕漉漉的。這麼高的濕氣下最容易滋生的就是黴菌了。

原文：梅雨を迎えたは この季節は ★家の中も 湿度が高く じめじめ しがちだ。そうした湿気がもとで生えるのがカビだ。

⑬ 2 翻譯：既然決定了，就必須堅決執行。

原文：決定 したてまえ ★断固 として 実行 せねばならない。

⑭ 2 翻譯：因為正逢暑假，所以校園裡沒幾個學生。

原文：夏休み とあって キャンパスに ★学生の姿は まばら だった。

⑮ 1 翻譯：剛學的漢字馬上就忘了，我真糟糕。

原文：漢字を覚えた　そばから　忘れてしまう　★なんて　情（なさ）けないなあ　と思った。

第四章 參

問題1 p.98

❶ 2 翻譯：今天是假日，要不要唸書隨便你。

解析：「〜（よ）うが〜まいが」為慣用形式，其他選項為錯誤用法。

❷ 4 翻譯：即使對方是個孩子，也不應該敷衍地對待。

解析：「いかなる」意為「如何、怎樣」；「単なる」意為「僅僅是、只不過」；「あたかも」意為「宛如、好像」；「たとえ」常跟「ても／でも」等表達形式搭配使用。而「であれ」正是「でも」的書面語形式。

❸ 1 翻譯：從今以後你要幹嘛就幹嘛，我不想過問。另外，今後無論你發生什麼事也與我無關。

解析：「疑問詞〜（よ）うが」的後項多為「是你的自由」或「跟我無關」等意思的句子。這裡的動詞「知る」表示「與……有關」，多以否定形式「知ったことではない」或反問形式「知ったことか」出現。

❹ 2 翻譯：什麼地方不好，我做夢也沒想到，偏偏在這遇到他。

解析：「〜もあろうに」帶有「批評、驚訝」等語氣，後項多為消極意義的句子，所以選項 1 不符合。選項 3 和 4 都表示「預期之內」，這不符合題意，因為既然是預期之內的事情，就沒必要感到驚訝。

❺ 4 翻譯：因為被客戶催著交貨，所以雖然是假日，我也不得不讓員工加班。

解析：如果把句子中表示轉折的「とはいえ」改成表示原因的表達形式，選項 1「想請對方同意我們延期交貨」則成立；選項 2「逼著我們延期」和選項 3「員工們不願意加班」都不符合題意。

❻ 1 翻譯：儘管房子買了，結婚基金也準備好了，但最關鍵的結婚對象還沒有找到。

解析：表示轉折的「とは言い条」，後項應該是不理想的結果。主語「が」不能跟他動詞「見つける」形成主謂關系，因此選項 2 不對；選項 3「不久肯定會來到我身邊」和選項 4「不久只好來到我身邊」都無法跟前半句形成轉折關係。

❼ 3 翻譯：本來約好了下下周交貨，可是後來卻要求我們提前到本周交貨。這樣一來交貨期就變得很緊迫了。

解析：「ところを」相當於「なのに」的文法意義，表示轉折。選項 1「如果不努力生產的話」和選項 2「即使加油生產」無法形成「交貨期變得嚴峻起來」的先決條件。選項 4 的「のに」用法錯誤，必須是原因句。

❽ 2 翻譯：走廊上傳來腳步聲。我以為是我的客人，但是後來卻聽到腳步聲上了樓。

解析：「〜と思いきや」表示「原以為是這樣，其實不是這樣」的意思，即用於講述某種錯覺。選項 1 意為「趕緊為他開了門」；選項 3 意為「趕緊請人開了門」；選項 4 意為「一定是去了樓上」。

❾ 1 翻譯：如果是他開個展，我一定設法前去欣賞。

解析：「なんとかして」意為「設法、想辦法」；「なんとなく」常以「なんとなく〜そうだ／ようだ」的形式使用，表示「總覺得好像是……」；「なんとも」和「なんにも」要跟否定形式相呼應，表示「怎麼也不……」等意思。

❿ 2 翻譯：雖說那個國家比較晚引進市場經濟，但是經濟正在逐漸發展中。

解析：既然後項的意思是「經濟發展很快」，而且選項中都有表示轉折意義的「といえども」或「とはいえ」，那麼正確答案就應該是選項 2。選項 1 意為「儘管很早」；

選項 3 意為「儘管又早又晚」，意思不通；選項 4 意為「不早不晚」。

⑪ 3 翻譯：雖說我對目前的工作絲毫不感興趣，但是在工作難找的現在我不能輕易地辭去工作。
解析：既然知道「找工作」，那就應該不能輕易辭職才符合常理。選項 1 意為「只好辭職」；選項 2 意為「與其不辭還是辭掉的好」；選項 4 意為「不得不辭」。

⑫ 4 翻譯：如果時代好一點，我就不可能嫁到這種人家當媳婦。真是後悔莫及。
解析：從「だろうに」的「遺憾、後悔」等意思也可以看出說話者的心情。選項 1 和 2 均表示「喜悅、開心」的心情；選項 3 意為「不可以後悔」，這不符合題意，但是如果把「は」去掉則為正確答案，意為「後悔得不得了」，跟選項 4 同義。

問題 2 p.99

⑬ 1 翻譯：如果是大家閨秀的話，不知道點燃煤氣的方法也是情有可原。
原文：深窓（しんそう）の令嬢（れいじょう）とあっては、★ガスレンジの付け方　一つ　わからないのも　しかたない　だろう。

⑭ 4 翻譯：他一睡著，無論周遭再怎麼吵也絕對不會醒。
原文：彼は寝たら最後、★周りで　どんなに　騒いでも　絶対に　目を覚まさない。

⑮ 1 翻譯：教人知識比較簡單，然而一旦是教導做人的道理就沒那麼簡單了。
原文：学問を教えるのは簡単なことですが、いざ　人の道を説（と）く　となると　★そうは　いきません。

⑯ 3 翻譯：不管別人怎麼說，自衛隊就是軍隊這一點是不容辯駁的事實。
原文：誰が　何　と言おうと　★自衛隊が軍隊　であるのは　紛（まぎ）れもない　事実だ。

⑰ 1 翻譯：不管父母給不給我留學的費用，我都一定會設法去日本留學的。
原文：親が留学のための学費を　くれようと　くれまいと　ぼくは必ず　★なんとか　して日本へ留学に行く。

⑱ 1 翻譯：即使是社長，也不能無視員工的利益為所欲為。
原文：社長　としたところで　社員の利益を無視して　勝手に　★行動をする　ことはできない。

第四章 肆

問題 1 p.110

① 1 翻譯：只要有足夠的實力，就沒什麼辦不到的事情吧。
解析：「～をもってしても」的謂語為否定或消極意義的句子。選項 3 和 4 為錯誤文法。

② 4 翻譯：我懷著一份感恩的心在跟她交往。
解析：從句子的前後情境來看，應該是「以某種方式」做後項的意思。選項 1 和 2 用於提示話題，謂語多為評價意義的句子。選擇了沒有「方式、方法」的文法意義。

③ 1 翻譯：提起我兒子，真是隻懶蟲。
解析：「～と來た日には」是固定表達形式，不能隨意用其他形式。

④ 3 翻譯：你差點釀下大錯。作為一個有八年工作經驗的熟練工人，你今天是怎麼了？
解析：「をもって」「でもって」用於表示手段等，而句子中為人物；選項 4 用於高度評價強者，後項為「認輸、服氣」等意思的句子。

⑤ 3 翻譯：我們公司依據公司規章對員工進行獎懲制度。

解析：「に至っては」用於提示話題，而句子的「公司規章」不是主題部分，主題部分是「わが社」。「次第で」(⇨N2) 雖然也表示「依據、手段」等，但要接在如「情況、場合、努力、方法、心情」等意義的語詞後面，而且謂語為「依據前項的如何，後項也會發生相應的變化」等意義的句子。選項 4 的接續也不對。

⑥ 3 翻譯：這個工作看我們怎麼做（根據我們的做法），就會產生相應的結果。

解析：根據前項的意思，結果只有兩種，要不好要不壞。選項 1 意為「怎麼辦呢」（自言自語）；選項 2 意為「該怎麼辦才好呢」（疑問）；選項 4 意為「難道會有相應的結果嗎」，顯然意思相反了。

⑦ 2 翻譯：自從我失業，經常遭到家人的白眼。至於我妻子，甚至還對我說：「我看乾脆離開這個家吧。」

解析：「に至っては」用於提示人物或事物，後項多為過分的事情。助詞「まで」在此表示「極端事例」。「～とまで言う」或「～とまで言われる」要不用於高度評價，要不用於極端過分的場合。選項 3 和 4 都有「這樣說比較好吧」的意思。

⑧ 1 翻譯：在已經取得圍棋九段的她面前我們只有認輸的份。

解析：「にかかると」的後項必須是表示「認輸、順從」意義的句子。選項 2 意為「難道我會認輸嗎？」；選項 3 意為「讓你一步」或表示「贈品」；選項 4 意為「難道會讓你嗎？」或「難道會白白送給你嗎？」。

⑨ 3 翻譯：無論什麼時代，無論那個國家都一樣，很多歷史教科書是遵循行政當局的意見，為了討好統治者而編寫的。

解析：從句子前半部分的意思來看，後面應該涉及編寫歷史教科書的方法。既然是按照當局的意圖編寫，那麼只能寫統治者覺得合適（統治者覺得對自己有利）的東西。「～ように」表示「舉例」，也就是舉出方式方法的例子。其他三個選項都沒有舉例的文法意義。

⑩ 4 翻譯：不能允許國會這樣的機構強行通過議案。

解析：「ともあろう」的謂語要用「驚訝、震驚、不可思議」等表示憤怒、批判意義的句子。選項 1 意為「也難怪」；選項 2 意為「也沒辦法」；選項 3 意為「不可能發生吧」。

⑪ 2 翻譯：說起日本最近對來自 C 國留學生的資格審查，是越來越嚴格了。真是令人遺憾。

解析：表示從無到有、從小到大變化的趨勢時用「～てくる」形式。「～ていく」意為「還會發展下去」。選項 3「還是嚴格一點的好」和選項 4「越嚴格越好」都跟謂語「非常遺憾」相矛盾。

問題 2 p.111

⑫ 3 翻譯：出考題的時候，將根據出題基準出題。

原文：出題をする　に際しては　出題基準　にのっとって　★問題　が考えられている。

⑬ 2 翻譯：遇到那種女人，無論你有多少錢都不夠她花。

原文：そんな女　にあっては　★財布が　いくつあっても　足りない　よ。

⑭ 1 翻譯：聽說在生物學研究領域享有盛名的山田教授辭職了，真是令人遺憾。

原文：生物学研究において名高い（なだか）　山田教授が　ご辞職　★との由　残念に　たえません。

⑮ 4 翻譯：那種行為，即使依照常理判斷也知道是違反道德的。

原文：そんな　行いは　常識（じょうしき）　★に照らしても（て）　道徳違反（どうとくいはん）　だと分かる。

16 3 翻譯：我們應該以傳統為根基，並順應現實和順應社會的變化，進行創造的可能性。

原文：我々は伝統(でんとう)を踏(ふ)まえて ★現実と 社会の変化 に対応する 創造(そうぞう)の可能性を追求(ついきゅう)していこう。

第四章 伍

問題1 p.123

1 3 翻譯：不管是颳風還是下雨，每天都不缺席學校的課。

解析：選項1「不管下雨還是不刮風」，意思不通；「～といい～といい」要接在名詞後面；沒有「～のみか～のみか」這種並列式的用法。

2 3 翻譯：大女兒也快生孩子了，二兒子也快結婚了，所以下個月的開銷會變大。

解析：應該是前因後果的關係。儘管其選項1、2、4也有「原因、理由、依據」的用法，但在此的接續不對。

3 4 翻譯：加上金融危機的衝擊，有很多企業因為經營困難而感歎不已。

解析：「～もさることながら」用於遞進關系，即「不用說前者，後者也一樣」的意思。「～もあろうに」表示逆接，意為「雖然有……但是……」，顯然該句子的前後不是轉折關係。選項3「沒有任何（金融危機）」，這不符合後項的結果。

4 3 翻譯：我兒子一會說工作單調乏味啦，一會兒又說薪水少啦，反正就是不想上班。

解析：「やれ」常跟表示舉例意義的助詞「とか／やら／だの」搭配使用。選項1「～なり～なり」表示選擇。「～なぞ～なぞ」「～だに～だに」沒有這種重複性的用法。。

5 1 翻譯：好像有不少下屬抱著「無論結果如何，只要按照上司指示去做就行了」的想法。

解析：如果把選項2、3、4改為「どんな／どういう／どうした結果であれ」的形式則可作為正解。

6 2 翻譯：人們普遍認為，貧窮國家的孩子比起先進國家的孩子，不僅體力上，連學習上也比較差。

解析：從句子的整體來看，應該是「在學力方面也……（不如先進國家的孩子）」的意思。選項3可以用於表示「範圍、方面」等意思，但表達的是「在……方面是最好的」。選項1和4沒有表示「範圍」的意思。

7 2 翻譯：如果要在日本生活的話，那麼學會日語就不用說了，其他像是日本文化、日本人的生活習慣等等的知識也必須學習。

解析：「～はおろか」的後項多為消極意義的句子。選項3和4都用於提示話題，並加以評價的場合。

8 3 翻譯：無論是去年還是今年，A公司的經營都出現了虧損。

解析：因為後半句只說是「A公司」，所以排除選項1和2；沒有「～であって～であって」的用法。

9 2 翻譯：棉製的也好，絲製的也好，這終究是一條手帕。

解析：如果把選項1改為「～ことが変わらない」則大致上可以；「～に変わりない」表示「無疑是……」「正是……」的意思。選項3和4的意思相同，但只用於寒暄語，表示「你身體好嗎？」「近來可好？」等意思。

10 4 翻譯：無論是工作上還是學習上，如果有什麼擔心的事情，不用客氣，早點和人商量比較好。

解析：既然說話者勸對方最好找人商量，那麼也會建議對方「不要客氣」或「不用拘束」

才符合常理。選項 1、2、3 均含有「拘謹」的意思。

⑪ 3 翻譯：兒子：結婚也好，一個人生活也罷，這難道不是我的自由嗎？
父親：既然你這麼說，那就隨便你吧。

解析：選項 1 和 2 為錯誤文法；選項 4 意為「那可不是我一個人說了算啊」。這跟下面的對話不吻合。

⑫ 1 翻譯：[A] 世界著名的建築大師安藤先生，別說是研究所，就連大學也沒念過，可是還是成為東京大學的教授。
[B] 是嗎，他真了不起。

解析：根據兩人的對話，應該是「安藤先生雖然不具備……最後竟然……」的感歎語氣。選項 2 的意思相反。選項 3「儘管考上了大學」。既然是科班出生，那麼當教授應該不是讓人感到意外的事情。選項 4 的「ので」改成「のに」的話就可以成立。

⑬ 4 翻譯：她在留學期間就結婚的事情，不只朋友，就連她自己的父母都不知道。

解析：「(ひとり)～のみか」常跟後項的「～も／さえ(も)／すら(も)／まで(も)」搭配使用。

⑭ 2 翻譯：[A] 我在這個讓我沒夢想、沒希望，沒任何想做的事情的公司上班，真的是好痛苦啊。
[B] 不過，既輕鬆，薪水也不錯，這不是很好嗎？

解析：從對話內容來看，人物 A 對現狀應該抱著不滿情緒。選項 1「太難得的事情」跟說話者的心情不符；選項 3 用於對別人的推測；選項 4 用於推測，即「估計十有八九會痛苦」。 說話者有著切膚之痛，用推測不合適。

⑮ 3 翻譯：無論是交通事故，還是火災，今年以來有增無減，所以希望大家多加小心。

解析：既然建議別人需要特別注意（人身安全），那麼就說明此類事故在增加。選項 1 意為「必須要減少（事故）」；選項 2 意為「不得不減少（事故）」；選項 4 意為「差點增加了」。這三句都不符合題意。

問題 2 p.125

⑯ 2 翻譯：第一次做生意就失敗了，血本無歸。

原文：初めての商売だが、失敗して　元も子も　★ない　始末　だった。

⑰ 1 翻譯：啤酒就不用說了，威士忌她也很能喝呢。

原文：彼女は　ビールは　言うまでもなく　★ウイスキーも　けっこう　飲めるよ。

⑱ 2 翻譯：不僅是遭到縱火的那家店，火勢甚至波及到臨近的其他商店。

原文：放火(ほうか)された店　にとどまらず　火は　★隣接(りんせつ)した　周りの店　にも及(およ)んでしまった。

⑲ 1 翻譯：款式新穎再加上價格適中，使得那款手提包十分暢銷。

原文：そのハンドバッグは、デザインの　★斬新(ざんしん)さ　とあいまって　価格も　手(て)ごろだから、飛ぶように売れている。

⑳ 3 翻譯：中田選手的高超技術自然不在話下，而更難能可貴的是他卓越的領導力，所以日本國家代表隊不可能放他走。

原文：中田選手は、すぐれた技術　★もさることながら　リーダーシップ　も卓越(たくえつ)しているので、日本チームのメンバーから放(はな)せない。

第四章 陸

問題1 p.136

1 3 翻譯：那家餐廳無論是料理的口味還是店裡的氛圍，也許可以說無可挑剔，不過可惜的是，店員在接待客人時的態度上稍顯不足。

解析：從「と言えるかもしれないが」的「が」這一轉折條件來看，應該是表示讚賞的態度。選項 1 意為「不送給（物品）」等意思；選項 2 意為「不說話」；選項 4 意為「抱歉、對不起」。

2 2 翻譯：正因為地震是在沒有任何預警的情況下突然發生的，所以損失很慘重。

解析：「ともなく」表示「無意之中」等意思。沒有選項 1「～（も）ともなく」和選項 4「～（も）こともなく」的用法。選項 3「ことなしに」要接在動詞後面。

3 4 翻譯：好像有不少政府官員假借工作之名接受地方政府的款待。

解析：「仕事のようでは」（要看你怎麼工作）、「仕事するともなく」（不經意地工作）和「仕事にかまけて」（專心致志地工作）跟後面句子的意思不符。

4 1 翻譯：考慮到老年生活會很困難，所以我從年輕時就開始慢慢地存錢。

解析：「ともなしに」要跟疑問詞或動詞一起使用。「～を目指して」意為「以……為目標」；「とばかり（に）」意為「好像在說……」。

5 1 翻譯：那位老師的課很有趣，但有時說著說著就離題了。

解析：「きらいがある／きらいがない」是慣用句型。雖然選項 2 的形式是對的，但不符合謂語的「真令人擔心啊」。

6 3 翻譯：因為費了很大的功夫才拿到駕照，所以那份喜悅簡直無法形容。

解析：「～ようがある／ようがない」只能接在動詞連用形後面。

7 2 翻譯：來參加派對的人不多也不少，人數剛剛好。

解析：選項 1 意為「多多少少」；選項 3 意為「一會兒一會兒少」；選項 4 意為「多也好少也好」。這三句跟謂語的「人數正好」的意思不符。

8 4 翻譯：在酒席上，大家都興致勃勃地你一杯我一杯地相互敬酒。

解析：「～つ～つ」的接續有其固定不變的用法，請參考本 P132。

9 3 翻譯：不經意聽到從鄰居家傳來的音樂，我馬上就知道這是我們國家的音樂，所以懷念之情油然而生。

解析：從句子的整體意思來看，得知是自己國家的音樂屬於「意外發現」，所以需用助詞「と／たら」即「聞くと／聞いていると／聞いたら／聞いていたら」的形式。「では／なら／ても」都沒有這個文法功能。

10 2 翻譯：奶奶從鄉下拎來了滿滿一籃橘子給我。

解析：選項 1 為錯誤文法；選項 2「溢れんばかりの蜜柑」意為「橘子多得眼看就要溢出竹籃」，雖然帶有一點誇張，但表示橘子有很多。選項 3「溢れるきらいがある」（有滿出竹籃的危險）雖然看起來意思通順，但整個句子所反映的不是說話者「擔心、厭惡」的心情，所以不適合作為正確答案。選項 4 意為「一直在滿出來」。

11 4 翻譯：我跟他說話，但他卻把臉轉向一邊，似乎在說：「我不理你。」

解析：「～とばかり（に）」是用肢體語言或其他動作代替說話的表達形式。選項 1 和 2 實際上都開口說話了，所以不對；選項 4 的「言いたそうになった」和句子中的「とばかり」意思，重復使用了。

問題2 p.137

⑫ 3 翻譯：田中警官說：「關於事件的原因，我想起一件有關聯的事情。」
原文：田中刑事は、事件の原因 ★については 思い当たる ふしが あると言った。

⑬ 2 翻譯：也有人認為，憂鬱症是由於自我心態調節不當而造成的。
原文：うつ病は 気の持ち ようが悪い ★ことから 来ている という意見もある。

⑭ 4 翻譯：由紀子哭了，好像在說：「給我零用錢。」
原文：小づかい をください ★と言わん ばかりに 由紀子ちゃんは泣き出した。

⑮ 4 翻譯：每天都繞著家事轉，無法做任何自己喜歡做的事情。
原文：毎日 あれやこれや 家事に ★かまけて 自分の好きな ことは何もできない。

⑯ 1 翻譯：我認為跟那種人交往，只要做到若即若離就可以了。
原文：そんな人 とは 当(あ)たらず触(さわ)らずの ★お付き合いで 十分じゃないか と思うけど。

第四章 柒

問題1 p.153

❶ 1 翻譯：我們這裡八月最熱。不過到了九月中旬，就不會有像盛夏般的大熱天了。
解析：選項 2「にしかず」用於「A 不如 B」的場合；選項 3「ともなしに」表示「不經意地……」；選項 4 意為「比……更加」。既然已經提到「八月份最熱」，那麼「比九月更加……」就不成立了。

❷ 1 翻譯：直到大規模的遊行發生之後，公司才打算改善工廠的勞動環境。
解析：「～にいたって」表示「到了…… 時候總算才……」；「～ にいたっては」表示「到了……時候已經為時已晚」；「～ にいたっても」表示「即使到了…… 時候仍然……」；「～にいたるまで表示」「(從 A……) 到 B……」。

❸ 1 翻譯：不結婚呢覺得沒意思，可是結了婚呢，自由的時間也少了。
解析：很明顯，這是用於「不結婚」和「結婚」的對比。其他三個選項都沒有這個用法。

❹ 4 翻譯：外資企業蓬勃發展，而國營企業則紛紛倒閉。
解析：「發展」和「倒閉」是對比關係。雖然選項 2 也用於比較，但只用於「A 比 B 更好或更壞」的場合。選項 1 和 3 沒有對比的意思。

❺ 2 翻譯：連他本人都不知道，你又怎麼會知道呢？
解析：從後半句可以看出，「本人」並不知道 (事情的真相)。選項 1 和 3 都表示「有可能知道」；選項 4 雖然正確，但跟後面的「のだから」是錯誤的接續。

❻ 4 翻譯：A 學者的書，突顯出城鄉之間所存在的差距。
解析：選項 1 和 2 都表示程度，在此句裡不適合。選項 3 意為「以……線索」，如果把它作為正解，還缺少謂語。

❼ 3 翻譯：即使在事故發生後，還是沒有採取 (相關的) 安全措施。這個公司完全不把員工的生命當一回事。
解析：「に至って／に至っては／に至っても／に至るまで」等都要接在動詞辭書形後面。「起こす」是他動詞，前面不能用主語「が」。

❽ 3 翻譯：我把包包搞丟了。裡面的錢包就算了，可是公司的資料也一起弄丟了，這該怎麼辦。

解析：選項 1 用於提示話題，並在後面指出該情況的特別之處，但是本句的後項換了話題（公司的資料）；選項 2 用於前後不相符的場合，顯然用在此句子並不合適；「にしてからが」要接在人物、團體名詞後面。

9 2 翻譯：第二次跳遠也沒有超過 120 公尺。看來要拿冠軍是沒希望了。

解析：「この分では」的後項必須是否定或反應消極意義的句子。選項 1、3、4 都是表示肯定的意思。

10 1 翻譯：就算不能派給我十個人，至少希望能來八個人。

解析：副詞「せめて」要跟表示願望的形式相呼應。「～ないまでも」表示「即使達不到前項的高水準，但希望僅次於它的後項能實現」的意思。選項 2 意為「不希望來八個人」；選項 3 意為「難道我會要求來八個人嗎？」；選項 4 意為「沒希望來八個人吧」。

11 4 翻譯：那個運動員到目前為止都很努力，自從被選為奧運會候補選手後，記錄更是逐漸刷新。

解析：既然到目前為止都很努力，那麼被選為奧運會候補選手後的「他」就更應該做出成績了。選項 1 的「横ばい」是停滯不前的意思；選項 2 的「がんばりがきかない」是堅持不下去的意思；選項 3 意為「水準漸漸地在下降」。

12 1 翻譯：公司終於決定申請破產。事到如今已經無計可施。

解析：「ことここにいたっては」的後項多為「無計可施、無可救藥」等表示放棄、死心等意思的句子。「手を打つ」意為「想辦法、想對策」；選項 2 意為「或許還有辦法」；選項 3 意為「必須想辦法」；選項 4 意為「我不希望公司想辦法」。

13 1 翻譯：那個孩子雖然年紀還小，但是很能體諒父母的辛勞。。

解析：用在「雖然有一定的侷限性，但很積極」的情境中。選項 2 意為「不體諒」；選項 3 意為「即使無法體諒也沒辦法」；選項 4 意為「不可能無法體諒」。

14 2 翻譯：這樣的大獎，只有十分努力的他才能獲得。

解析：「～にしてはじめて」的後項要用主動型，所以選項 1 不正確；選項 3 意為「只有他才想拿獎」，但這不是想拿不想拿獎的問題。既然很努力，那麼就有希望得獎，所以選項 4「（獎項）難道能到手嗎？」不成立。

15 3 翻譯：雖然那位業餘歌手的歌唱得還不錯，但是終究比不上專業歌手啊。

解析：副詞「かりに」多跟「たら／ば」等假定形式搭配使用；副詞「なにしろ」多跟原因句搭配使用；副詞「しょせん」跟表示否定或消極意義的句子相呼應，意為「終究不能……」、「歸根到底也只不過……而已」。副詞「あたかも」多跟「～ようだ」等表示樣態意義的形式搭配使用。

16 4 翻譯：如果是在涼爽的日子大掃除我倒很樂意，大熱天的叫我打掃房子我會受不了。

解析：借助表示轉折的接續助詞「が」可以知道，前項和後項應該是對立意義的句子，即前項「樂意」，後項「不樂意」。選項 1、2 和 3 都有「能忍耐」的意思。

17 2 翻譯：早結婚，個人的自由時間就會減少。但是如果晚結婚，生兒育女會很辛苦

解析：前項的「早結婚」和後項的「晚結婚」是對立意義的關係，前後形成轉折關係。「それどころか」意為「不僅如此，而且」等，用於漸進關係；「すなわち」意為「即、也就是說」，用於解釋說明；「だからこそ」表示原因。

問題 2 p.155

18 2 翻譯：他是一個外表看不出來但其實很狡猾的傢伙。

原文：あいつは ★見かけ に似合わず とてもずるい やつだ ぞ。

⑲ 1 翻譯：她雖然稱不上是美女，但也魅力十足。
原文：相手は 美人 とは ★いえない までも チャーミングだ。

⑳ 4 翻譯：我老公現在跟孩子出生前簡直判若兩人，變得體貼多了。
原文：夫は 子どもが 生まれる前 と打って変わって ★ものすごく 優しくなった。

㉑ 1 翻譯：我定居在風土民情跟城市截然不同的山村裡。
原文：ぼくは にぎやかな都会 と比べ 趣(おもむき)を異にした ★山村に 住み着いた。

㉒ 2 翻譯：被下放到我們公司的他，其官員的劣根性展露無遺。
原文：天下(あまくだ)りでわが社に ★来ている 彼は 役人根性 を丸出しに した。

㉓ 2 翻譯：與其一個人在那裡悶悶不樂，還不如找人商量對策，從而找出解決問題的辦法。
原文：一人で くよくよして 悩むより ★人と相談して 解決の道 を探し出すにしくはない。

第四章 捌

問題1 p.167

① 4 翻譯：村子的環境之所以受到保護，這跟村民們的協助有很大的關係。
解析：「村子的環境受到保護」是句子的主題部分，而「～に負うところが多い」是固定句型，「が」也是謂語中的所謂「小主語」，所以用「～は～が」的形式。

② 4 翻譯：既是觀光景點，同時也是當地居民的休憩場所，這座公園充分的被使用著。
解析：「観光地」和「住民の憩いの場所」是並列關係，即兩個功能同時並列。而能表示這種關係的只有「にして」。選項 1 和 3 意為「不顧……」、「無視……」等；選項 2 表示依據。

③ 1 翻譯：究竟有多少能不計較個人利益得失，為國民鞠躬盡瘁的政治家呢？
解析：「～を無にする」意為「辜負……」；「が機になる」意為「……為契機」；「が手がかりで」意為「……為線索」。顯然這三個選項不符合題意的要求。

④ 3 翻譯：科長生氣的對我說：「只遲到一次就算了，但連續遲到兩、三次的話就無法原諒。」
解析：「～ならまだしも」表示「程度輕的前項尚可，但程度重的後項則不可」的意思。選項 1 意為「可以原諒」；選項 2 意為「只好原諒」；選項 4 意為「好像不會原諒」。因為是「科長」自己的意志，所以不能用帶有傳聞意思的「好像」

⑤ 2 翻譯：那個留學生不顧學業，只顧著打工賺錢。這樣下去的話，還能畢業嗎？
解析：選項 1 和 3 意思相同，表示依據、根據，在此句不能用；選項 4 雖然也有「不顧……」的意思，但多用在積極含義的句子裡。

⑥ 3 翻譯：別人的事情我管不著，但唯獨對自己的家人我沒有懷疑的理由。
解析：句型「～に限って～ない」（⇨ N2）用於「唯獨對此人絕對信任」的語境中。選項 1 意為「拘泥於……」；選項 2 意為「不拘泥於……」；選項 4 意為「不僅僅是 A……而且 B 也……」，用於並列的句子裡。

⑦ 4 翻譯：因為是很重要的比賽，所以我不顧 38 度的高燒參加了運動會。
解析：選項 1 表示「依據……」；選項 2 表示「不依據……」；選項 3 表示「關係到……（的重大問題）」。這三個選項都不符合句意。

⑧ 1 翻譯：先別聊了，準備進入今天的會議主題吧。

解析：表示「前項暫且不談，先做後項」的意思，謂語多用表示「勸誘、意志、命令」等形式的句子，不能用過去式，所以選項 2 為錯誤用法。選項 3(即使進入正題也沒轍)和 4(無奈只好進入正題)語氣消極，不適合。

9 4 翻譯：首相不顧在野黨的批評和指責，始終堅持執政黨的主張。

解析：身為執政黨的首相，既然是不顧在野黨的批評和指責，那就不可能服從在野黨(選項 1)或貫徹在野黨的意圖(選項 3)，也不可能跟自己的執政黨唱反調(選項 2)。

10 4 翻譯：他不聽朋友的勸告買了 A 公司的股票，結果損失慘重。

解析：既然後項是「損失慘重」，就肯定買了股票。選項 3 意為「幸好沒買」。

11 3 翻譯：要說我的將來會怎樣，這取決於這次比賽的結果如何。

解析：「～を無にする」表示「辜負……」，接在表示「好意、期待」等意義的名詞後面；沒有選項 2 的用法；選項 4「～にこしたことはない」表示「最好是……」「莫過於……」的意思，不能接疑問詞。

12 3 翻譯：不重視別人意見的上司不可能得到別人的尊重。

解析：從助詞「から」(相當於助詞「に」的文法意義，表示「受到來自……、被……」的意思)可以看出，應該用被動型的表示形式。選項 2 為尊敬語接尾詞。

13 1 翻譯：有不少人希望公司不要根據應聘者的學歷，而是根據應聘者的實力來招募員工。但是實際情況並非如此。畢竟現在是重視學歷的社會。

解析：從「～と思っている人が少なくないが実際は～ なのだから」可以看出，有很多企業在招募員工時首先是根據應聘者的學歷而不是實際能力。但作為應聘者應該是希望企業「不要拘泥於學歷，要依據能力」。

問題 2 p.168

14 3 翻譯：不被框架束縛而活的人，才是擁有自由的人。

原文：枠組(わくぐ)みに ★とらわれずに 生きる 人こそ 自由な人間である。

15 2 翻譯：車型暫且不論，就車子的性能而言，日本的汽車可以說勝過歐美的汽車。

原文：スタイルの点では ともあれ ★性能(せいのう)の点 について 言えば 日本の自動車は欧米(おうべい)の車に勝(まさ)っていると言える。

16 1 翻譯：那孩子無視老師和父母的警告，跟不良少年打交道。

原文：あの子は先生と 親の注意 をなおざりにして ★不良少年 と付き合って いる。

17 4 翻譯：日本(人)的風俗習慣可以說跟日本獨特的氣候有很大的關係。

原文：日本の風俗(ふうぞく)は 日本の ★独特の 気候に よるところが 大きいと言える。

18 1 翻譯：多年的努力成為泡影，企業終究是倒閉了。

原文：企業 ★は 長年(ながねん)の 努力(どど)が 無になって とうとう潰(つぶ)れてしまった。

19 2 翻譯：跟過去不同的是，越來越多人不拘泥於以往的穿戴形式，而以西式服裝的審美觀決定穿著。

原文：これまでと異(こと)なるのは、従来(じゅうらい)の 約束事(やくそくごと) ★にこだわらず 洋服感覚で 着る人が 増えたことである。

第四章 玖

問題1 p.182

1 2 翻譯：人年輕的時候是最好的時光。青春不會有第二次。

解析：「～うちに」表示「趁著前項的時間做後項」等意思（⇨N3、N2），後面要用動詞。「場合に／場合は」雖然也有「時間、時候」的意思，但更常表示「情況、狀況」（⇨N4、N3、N2），此處不能用。

2 3 翻譯：應該沒有像計算機那麼普及的東西了吧。相反的，算盤早已經不流行了。

解析：「普及」和「衰落」是對立意義的現象，只有選項3才具有作對比的文法意義。「先方」意為「對方、他人」等；「両方」意為「雙方」等；「片方」意為「單方面、單個」等。

3 4 翻譯：好不容易回家鄉一趟，卻每天一直下大雨，結果哪裡也沒去成。

解析：選項1為錯誤用法；選項2的「～見込みだ」意為「預計做……」；選項3「行っているうちが幸せだ」意為「在……的時候是最幸福的」。這兩個選項都不符合題意。

4 2 翻譯：那個男人給我的紙條上寫著：「我愛你。」

解析：「見込む」要用「～を見込む」「～と見込む」的形式；「至る」要用「～に至る」的形式；「辿る」要用「～に／へ辿る」的形式。

5 4 翻譯：經過嚴格的選拔，終於決定2012年倫敦奧運會參賽選手的名單。

解析：「～をおいて」要跟否定形式相呼應；「～を限りに」用於截止的時間或用於如「～声／力を限りに」等表示竭盡全力的場合；「～を皮切りに」表示「以……為契機，隨後接二連三做了或發生了同類的事情」，而這句話的後項沒有連續發生的事件。

6 4 翻譯：那個男的到底是誰？我從來沒有被那種人這樣數落過。真是氣死我了。

解析：「～覚えはない」只能接在動詞過去式和被動型後面。

7 2 翻譯：聰明能幹的她工作還不到五年就從分公司的一名普通員工晉升到總公司的部長一職。

解析：既然承認是「有能な彼女」，那麼結果應該是積極的。選項1意為「應該不會晉升到部長吧」（如果把選項1改成「至るまで出世した」也可成為正確答案）；選項3意為「難道會晉升為部長嗎？」；選項4中的「始末だ」只能用於消極意義的場合。

8 1 翻譯：手工藝品展示會上展示了很多只有專業工匠才做得出來的精美作品。

解析：「ならでは」的後項必須是主動型的否定形式。選項3和4為錯誤文法。

9 4 翻譯：無論身處怎樣的逆境，他追求藝術的熱情絲毫沒有弱減。

解析：副詞「どんな」除了「どんな～ても」（讓步）、「どんな～か」（疑問）的固定的文法形式外沒有其他的用法。

10 3 翻譯：他被解雇後十分消沉，每天借酒消愁。

解析：沒有「～はめだ」的用法。「～始末だ」必須接在動詞的辭書形（現在時）後面，表示「落到……地步」的意思。

11 2 翻譯：除了高橋以外還有誰有希望拿到金牌呢？

解析：「～をおいて」的後項必須是表示否定形式或反問形式的謂語。如果把選項3改為「考えられない」（難以想像）也可以作為正確答案。

12 1 翻譯：根據東京電力的通知，由於電力的供需狀況，預計明天仍然會分五區實施有計劃的停電措施。

解析：「一途を辿る」要接在表示「變化、發展」等意義的語詞後面，而「停電を行う」沒有這個意思；沒有選項 3「～ためしがある」的用法；「ならでは」要接在名詞後面。

13 3 翻譯：劇團以在東京的演出為開端，在全國進行了巡迴演出。

解析：「～をかわきりに」的後項必須是表示「連續發生」意義的句子，所以另外三個選項都不對。

問題 2 p.183

14 3 翻譯：我兒子頻繁跳槽，從來沒有在一家公司裡做超過半年。

原文：息子は転々と会社を変える。一つの 会社に ★半年と 続いた ためしが ない。

15 3 翻譯：都怪我說自己打字很快，結果被指派製作班會的名冊。

原文：入力のスピードに ★自信がある といった ばかりに クラス会の 名簿を作らされるはめになった。

16 4 翻譯：這一年來，我們在社會課學到了從原始時代到現代主要國家的歷史。

原文：この一年、社会科の時間は ★原始時代 から 現代に至る までの 世界の主な歴史を勉強した。

17 1 翻譯：跟逐漸發展的中國不同的是，日本的經濟持續衰退。為此而感歎的日本人該不會只有我一個人吧。

原文：どんどん発展している 中国にひきかえ 日本の経済は ★衰退の 一途を辿っている と嘆いている日本人は私一人だけではないだろう。

18 2 翻譯：從一名跑龍套的演員開始，後來成為知名演員的他，在市長選舉中勝選，當上了 A 市的市長。

原文：端役 をふりだしに 名俳優 ★になった彼は 市長選 に勝ち、A 市の市長に当選した。

第四章 拾

問題 1 p.201

1 4 翻譯：連孩子都看不起我了，想想真懊惱。

解析：「極み」「至り」要用「～の極み」「～の至り」的形式；「からある」前接數量詞。

2 1 翻譯：自從地震發生以來，村裡的人沒有過上一天安穩的日子。

解析：從句子的大致意思可以推斷出，應該是「一天也沒……」的意思。「數量詞＋として～ない」相當於「～も～ない」的意思，表示全面否定；「にしては」用於比較的句子，表示轉折（⇨ N2）；「となって」表示「轉變、成為」等意思，在此句意義不通；「にあっては」意為「處於……時期（狀況、職位）」等意思。

3 4 翻譯：這次我一定要通過 N1 考試（給大家看看）。

解析：可用於強調數量、次數等，而其他三個選項沒有這個文法意義。

4 2 翻譯：聰明能幹的他輕而易舉地做完了那件對一般人來說非常困難的工作。

解析：「～てかかる」和「～てのける」的前接動詞都有相對固定的語詞，用法比較狹隘，背下來比較容易分辨。「～てよこす」相當於「～ てくる」的語法意義，用於「對方為說話者做某事情」的場合，所以在此句裡意思不通。「～てやまない」多使用表示情感或祝福意義的動詞。

5 3 翻譯：儘管我查了好幾本辭典，但是都沒有那個字。大概是錯別字吧。
解析：既然懷疑那個字是「錯字」，那麼在辭典上就有可能查不到。選項 1 意為「辭典裡大概沒有吧」。這樣的推測只有在查辭典之前才會有。

6 1 翻譯：雖然那只是我無意之中說的話，但是畢竟已經傷害了對方，所以我現在後悔不已。
解析：句子的前後是轉折關係，除了選項 1 外，沒有其他。

7 2 翻譯：雖然除了這裡沒有其他（值得）想去的地方，但是，畢竟我已經在都市住了太久，所以我還是想搬到樹多一點的地方去住。
解析：「これといって～ない」是固定句型。前項應該是表示存在意義的詞，而不是動作，所以不能用選項 4。

8 4 翻譯：今天早上，我跟平時一樣跟朋友說了聲「早」。可是沒想到，那位朋友卻回答說：「你是誰呀？」，便撇過臉去就不理我了。我的心情別說有多悲哀了。
解析：連老朋友都不理「我」了，難道此時此刻會有好心情嗎？所以選項 1 和 2 不能用。「すまない」表示「對不起」。無論對方還是「我」都沒有這個心情。

9 2 翻譯：也不穿件大衣就在這漫天飛雪中行走，簡直是胡鬧。不把身體凍壞才怪。
解析：這裡的「とは」跟「なんて」同意，表示驚訝的意思，後項多用「難以置信」等感嘆的句子。「なんぞ」跟「など」同意，表示「等等之類」，用於舉例。「には／にも」的用法較多，唯獨沒有「とは」的文法功能。

10 1 翻譯：雖然為第二次的考試失敗感到十分懊惱，但是我不會放棄。
解析：從謂語的「絕不放棄」來看，前項應該是轉折句，而不是原因句。「～てはばからない」表示毫無顧忌地做事情，所以在這個句子裡不能成立。

11 4 翻譯：明天終於要結婚了。沒有比這更高興的了。
解析：「～ことこの上ない」是固定的表達形式，不能用其他形式名詞。

12 4 翻譯：他的行為說是厚顏無恥也行，缺乏常識也行，總之真不知道該如何評價才好。
解析：表示選擇性的評價時只有「～というか」或者「～といおうか」的用法。

13 4 翻譯：幫不上大家一點忙，為此我深感悔恨。
解析：「～といって～ない」要接在疑問詞後面或用「これといって～ない」的形式；「～として～ない」要接在疑問詞或數量詞後面。選項 3 為錯誤用法。

14 3 翻譯：稻米是農民血汗的結晶，所以一粒也不能浪費。
解析：前項和後項是因果關係。「ないし（は）」表示選擇，意為「或者……」；「だからって」即「だからといって」表示轉折，意為「雖說……但是……」。

15 4 翻譯：零下 20 度的寒冷天氣對出身自南方的我難以忍受，但是對於在北海道出生和長大的他來說簡直就是家常便飯。
解析：選項 1 和 3 用於講述程度高，不符合題意；「というところだ」用於講述程度輕，符合題意。沒有「というかぎりだ」的用法。

問題 2 p.202

16 4 翻譯：說起今年的經營情況，基本上屬於原地踏步。
原文：今年の　経営状況　というと　★横ばい　という　ところだ。

17 2 翻譯：盲目砍伐森林，是極其愚蠢和無知的行為。

原文：むやみに ★森林を切る 行動は 愚鈍で 無知の の極みです。

18 2 翻譯：他誇下海口，說這次一定要成功給大家看看。

原文：彼は、今度こそ 成功して ★みせる と言って はばからない。

19 1 翻譯：他牙一咬，買給妻子價值 8 千萬日元的鑽石項鏈。

原文：彼は 思い切って 8千万円 からの ★ダイヤモンドの ネックレスを妻に買ってあげた。

20 1 翻譯：想起自己的孩子因為在超市順手牽羊而被抓的事情，真是覺得沒臉見人。

原文：自分の子どもがスーパーで ★万引きして 捕まった と思うと 恥ずかしい限りだ。

第四章 拾壹

問題1 p.219

1 4 翻譯：颱風逼近，想出航也沒辦法。

解析：因為助語是「を」，所以要用他動詞「出す」的意向形。

2 3 翻譯：雖然設計上沒有任何問題，但是行程上可能有待商榷。

解析：「～には無理がある」是固定句型，表示「什麼……地方有待商榷」的意思。

3 2 翻譯：雖然有所懷疑，但由於缺乏足夠的證據證明那個學生考試作弊，所以只好讓他及格。

解析：「にたらぬ」意為「不足以……」，在此句中的意思相反了；「にしのびない」表示「不忍心……」；「にかたくない」表示「不難想像、不難推測」等意思。

4 1 翻譯：多虧你用手肘碰了我給我暗示，否則我差點說了不該說的話。

解析：副詞「あわや」跟「～ところだった／そうになった」的表達形式搭配使用。「まるっきり」表示「完全不……」；「もはや」表示「已經……」；「いまだに」表示「現在仍然……」。

5 1 翻譯：我們公司如果沒得到銀行的幫助，在這經濟非常不景氣的時候就會很難生存下去吧。

解析：「～ことなしには」跟表示否定或消極意義的謂語相呼應，而選項 2、3、4 都含有「不難生存下去」即可以生存下去的意思。

6 3 翻譯：雖然很喜歡那個東西，想買卻買不起。

解析：「～（よ）うったって」的謂語必須是主動型的否定形式，所以選項 1 不對。選項 2 和 4 屬於雙重否定即肯定句。

7 4 翻譯：既沒有開空調，而且門窗都關著，難怪感到悶熱。

解析：選項 1 和 2 表示「做事情的價值」；沒有「～のも無理がある」的用法。

8 2 翻譯：對方拿出錢來對我說：「這是報答您的」，然而我總覺得他別有居心，所以沒有貿然收下他的錢。

解析：既然懷疑對方「別有居心」，那麼就不能或不肯收下對方的錢。選項 1 意為「不得不收下」；選項 3「並非不收」和選項 4「不是不收」在此句裡意義不通。

9 3 翻譯：雖然全力搶救那個受重傷的少女，但搶救無效，最後還是沒能救活她。

解析：既然最後還是死了，那麼搶救工作就等於徒勞。選項 1「～のも無理がない」表示「難怪……」「即使……也是情理中之事」；沒有選項 2「～のも無理がある」的說法。

⑩ 1 翻譯：因為物價逐漸攀升，所以迫使公司重新調整了原來的預算方案。

解析：選項 2 和 4 為錯誤文法；選項 3「～を禁じえない」表示「禁不住……」的意思，前面要用表示情感意義的名詞。

⑪ 2 翻譯：不難理解那些服役三年都不能回家的士兵們的思鄉之情，但也是沒有辦法的事情。

解析：選項 1「禁不住（理解）」；選項 3「被迫（理解）」；選項 4「不忍心理解」。這三個都不符合題意。

⑫ 3 翻譯：受到如此讚美，實在有點擔當不起，在此表示衷心的感謝。

解析：「身に余る言葉をいただく」是用在受到恩惠時的謙讓語表現。受到對方的讚美，自然應該表示感恩。選項 4 意為「或許會感謝」，暗示不想感謝。

⑬ 2 翻譯：垃圾亂成這樣，我沒有辦法一個人收拾。

解析：表示收拾垃圾首先應該用他動詞，所以選項 1 和 3 用錯了；選項 4 意為「不忍心收拾」，不符合題意。

⑭ 4 翻譯：由於公司經營不善倒閉了。如果只對股東說聲抱歉是解決不了問題的。

解析：「ではすまされない」是固定用法，不能使用其他三個選項。

⑮ 2 翻譯：因為不知道她的電話號碼，所以即使想跟她聯絡也沒辦法。

解析：選項 1「對於聯絡辦法無法言喻」，選項 3「不外乎是聯絡」和選項 4「只不過是聯絡而已」都不符合題意。

⑯ 2 翻譯：只要稍加修理就還能用，所以不忍心當垃圾處理掉。

解析：選項 1 和 3 都跟動作行為的「價值」有關，在本句裡不能用。選項 4「むりがある」不能接在動詞辭書形後面。

問題 2 p.220

⑰ 2 翻譯：不禁同情起那個不知道母親已經去世，還天真地在玩耍的孩子。

原文：母の死 ★を知らず 無邪気(むじゃき)に 遊んでいる 子供に 哀(あわ)れみを禁じ得なかった。

⑱ 3 翻譯：人們都說，如果沒有反覆的嘗試，想要取得成功是很困難的。

原文：試行錯誤(しこうさくご) なくしては 成功を おさめる ★のは 難しいと言われている。

⑲ 3 翻譯：喝得酩酊大醉，躺在車站前的那個男人的樣子，真的是不堪入目。

原文：酔(よ)っ払(ぱら)って駅前に ★横に なっている 男の姿は 見る にたえない。

⑳ 4 翻譯：這是一個值得研究的主題，所以很有研究價值。

原文：このテーマは研究 に値する 重要なもの だから ★研究の しがいがある。

㉑ 2 翻譯：緊急情況下可以自行根據自己的判斷進行處理。

原文：非常の 際には ★自分の 判断で 事を処置しても さしつかえない。

㉒ 4 翻譯：雖說是經濟大國，但是如果不進口石油，（經濟）一天也無法維持下去。

原文：経済大国 とはいえ 石油の輸入 なしでは ★一日もやって ゆけない。

第四章 拾貳

問題 1 p.244

❶ 4 翻譯：不是不能理解交貨期已經很緊迫，但是每天都加班到這麼晚的話，實在是吃不消。

解析：過度的加班對普通員工來說並不樂意，但也沒轍，也可以說是迫於無奈，所以應該

用被使役的表達形式。沒有「〜てはかなえない」（選項 1 和 3）的表達形式；「〜させていただく」意為主動要求加班，這不符合說話者的心態。

2 4 翻譯：她根本算不上什麼藝術家，充其量也只是個偶像歌手而已。

解析：從後項的意思可以看出，說話者並不認為「她是位藝術家」。選項 1 為錯誤用法；選項 2 意為「不是（藝術家）又是什麼呢」；選項 3 意為「必須是（藝術家）」。

3 2 翻譯：你用不著道歉。以後小心點就好了。

解析：從後項可以看出，說話者原諒了對方的過錯，或沒有太在意對方的過錯。選項 1、3 和 4 都有「必須道歉」的含義。

4 4 翻譯：一場原本會發生的事故，由於他機靈的判斷才得以避免。

解析：選項 1 和 3 都表示「差點避免了」；選項 2 意為「希望避免」。這三個都不符合題意。「〜で〜（ら）れる」表示「因……而被……」的意思。例如：「医者の必死の手当てで命が救われた」（由於醫生拼命地搶救，患者才被救活過來）。

5 3 翻譯：儘管當初公司對我說是留職停薪，但是這一下就兩年多。這種情況跟失業沒什麼兩樣。

解析：「〜にはあたらない」的前面要用情感意義的動詞或認知意義的動詞。選項 2 意為「沒必要失業」，這不符合題意；選項 4 意為「我原本就想說失業也無所謂」，但這無法跟前面的「これは」形成通順的句子。

6 1 翻譯：最近顧客突然變多，實在忙得不得了。所以就新招聘兩名工讀生。

解析：既然顧客多，又增加了店員，那生意肯定很忙。選項 2 意為「不可以太忙」；選項 3 意為「並不是很忙」；選項 4 意為「不可以太忙」。

7 3 翻譯：竟然把品質這麼差的東西賣給我們，簡直無法接受。我非要店家退錢給我不可。

解析：「〜て（は）たまったものではない／て（は）たまるものか」是固定形式的句型，所以其他三個選項不符合該句型的文法意義。

8 2 翻譯：最好是比預計時間提前完成工作，不過比起時間品質還是最重要的。

解析：依據表示轉折意義的「ものの」，說明後者比前者更重要。「そのまま」表示不變的狀態；「そのぶん」表示相應的結果；「それだけ」表示程度。這三個都不符合題意。

9 2 翻譯：[A] 聽說社長已經去上海出差了。我是從社長夫人那裡聽來的，所以我認為你沒有必要再去確認了。

[B] 這麼說來，社長現在確定在上海了。

解析：選項 1 意為「你不去確認一下嗎？」。這跟說話者堅定的信心相違；選項 3「所以我就確認了一下而已」。這無法跟前半句「社長の奥さんから聞いたのだから」形成不了因果關係，因為既然夫人已經告訴了自己，為什麼還要向夫人打聽呢？選項 4 意為「如果你去確認就完蛋了」，這跟兩人的對話的意思內容不吻合。

10 2 翻譯：我把弟弟心愛的玩具給弄壞了，所以得買新的賠給他。

解析：選項 1 為「請弟弟買」，意思相反了；選項 3 和 4 在本句中不能跟後面的「すまない」構成句型。

11 1 翻譯：再怎麼慌張，也不應該把別人的小孩誤認為是自家的小孩吧，真是胡鬧。搞錯也要有個分寸，我說你啊！

解析：另外三個為錯誤用法。

12 1 翻譯：因為是親戚要搬家，不得不幫忙，所以我就（跟公司）請了一天假。

解析：既然謂語是「於是我就（跟公司）請了一天假」，那就表示說話者決定去幫親戚搬

家。如果把選項 2 改為「手伝わないわけにはいかない」則可成立；選項 3 的「～にあたらない」不能接在「手伝う」這類動詞後面，即使能接，「沒必要幫忙」的意思也不符合題意；選項 4 認為「光幫忙是不夠的」。那還要做什麼？後面並沒有交代。

13 4 翻譯：對方只是開玩笑才說的，你不必太在意。
解析：既然說話者強調的是「對方只是開玩笑而已」，那麼就應該是化解矛盾的思維。選項 1 和 3 的意思類似，表示「不可能不在意」；選項 2 意為「即使你在意也情有可原」。

14 2 翻譯：實在受不了這裡的酷暑。再這樣熱下去的話真的無法忍受。
解析：只有在氣溫繼續升高的情況下才會受不了。沒有選項 3 和 4 的說法。

15 4 翻譯：要不要生第二胎，這不是我一個人能夠決定的。
解析：選項 1 和 2 都有「(我妻子)會生第二胎嗎？」的意思。生孩子是夫妻倆的事情，不能單方面推測對方的意願；選項 3 意為「剛生下孩子就……」，不符合謂語的意思。

16 1 翻譯：說起我到目前為止的失敗經驗，那真是不勝枚舉。
解析：「～(れ)ば」跟其他三個選項無法形成句型。

17 1 翻譯：由於發生火災，那家店被燒得一乾二淨且損失慘重，不過幸運的是，所有的員工都倖免於難。
解析：「だけましだ」要接在動詞過去式後面。

18 2 翻譯：絕對不能把有瑕疵的東西流入市場。因為這關係到我們公司存亡的問題。
解析：既然後項提到「關係到公司存亡」，那麼就不能把品質不好的東西推向市場。選項 1 和 3 都有「要推向市場」的含義；選項 4 意為「只不過會推向市場而已」，意思不通。

19 4 翻譯：不關你的事，少管閒事！
解析：從「余計なことだ」可以看出，說話者在批評對方多管閒事，後面應該是怪他多嘴的句子。其他三個選項不能表達此意。

20 2 翻譯：我以為兒子不會回家，所以只做夠我跟我老公兩個人吃的菜。可是沒想到，就在我們飯都吃得差不多的時候，從門外傳來了一聲「我回來了。」
解析：從接續詞「でも」來看，後項應該出現了跟預期相反的事情。「おかえり」不應該是「兒子」說的話，而是「父親或母親」說的才對。「おげんき」和「気をつけてね」是用於出門時或告別時的寒暄語。

21 2 翻譯：一旦小寶寶醒了就麻煩了。自己的事情什麼都沒辦法做。
解析：「目を覚ます」(他動詞)、「目が覚める」(自動詞)是慣用句。沒有「～ならそれまでだ」的用法。

22 3 翻譯：讚美別人或責備別人都有利有弊。無論做什麼事情，都必須拿捏好分寸。
解析：「～のも良し悪しだ」和「～もほどほどに(する)」是固定句型。另外三個選項為錯誤用法。

問題2 p.246

23 1 翻譯：難道因為這點毛病就等死嗎？鼓起勇氣，跟病魔搏鬥吧。
原文：この くらいの ★病気で 死んで たまる もんか。勇気を出して、病気と闘(たたか)おう。

24 3 翻譯：即使是輸了也沒什麼，所以我要鼓起勇氣跟對方拼了。
原文：負けて もともと ★だから 勇気を出して 相手と 戦うことにした。

25 2 翻譯：如果不能被錄取為正式員工，大不了不要工作。當個自由工作者也沒什麼不好。
原文：正社員 として ★採用して くれなければ 就職しない までのことだ。フリーターで働くのも悪くないと思う。

26 2 翻譯：[A] 民主黨終於贏得選舉了。
[B] 這正是體現出選民們對自民黨的反感。
原文：[A] 民主党がとうとう選挙に勝ったね。
[B] それは選民たちの 自民党 ★に対する 反感の表れ 以外の何物 でもないよ。

27 1 翻譯：政府不顧輿論的譴責，跟一直以來被視為敵國的 A 國簽訂了友好條約。
原文：政府は世論（よろん）の 非難を押し切って 敵国（てきこく） ★と目されている A 国と 友好条約を結んだ。。

28 4 翻譯：導遊不見了，自己又不知道路，所以只好打道回府。
原文：案内人が ★消えてしまったし 自分では 道が分からないし 引き返すほかすべがなかった。

29 3 翻譯：孩子的自閉行為，是不是由於父母跟孩子缺乏溝通所造成的呢？
原文：子供のひきこもりは 親たちの 子どもとの コミュニケーションの ★欠如（けつじょ）から 起きているのではなかろうか。

30 1 翻譯：因為受傷而不能參加今晚比賽的我，擔心我們這一隊會不會輸給對方。
原文：けがをして、今晚の試合に 出られなくなった ぼくは 相手チームに ★負けて いはしまいかと心配だ。

第五章

問題 1 p.257

1 2 翻譯：現在還十分寒冷，請保重身體。
解析：選項 1「請您祈禱」，意思相反了，應該是選項 2「我為您祈禱」；選項 3 和 4 意為「請您為別人祈禱」，完全不符合說話者的意圖。

2 4 翻譯：進入季節轉換之際，希望您注意身體，別感冒了。
解析：「召しませぬ」相當於「召しません／召さない」。「～ないように」(⇨ N4) 用於祝願或提醒對方，不能接在持續體否定形式後面（選項 1）。

3 1 翻譯：部長說：「如果約好的客人到了，請告訴我一聲。」
解析：選項 2 和 3 為錯誤用法。選項 4「如果我們請對方來」，雖然本身意思通順，但放在本句中不能成立。

4 1 翻譯：很早就收到您的賀年卡，實在不敢當。得知老師您也精神飽滿地迎接了新年，非常開心。
解析：其他三個並不構成尊敬語的表達形式。

5 4 翻譯：如果您知道做那項工作的訣竅，可以請您教教山田嗎？
解析：因為是「山田さんに」，所以是表示施恩給山田，只能用「～てやる／てあげる」的形式。

6 4 翻譯：平常得到您的特別關照，在此表示衷心感謝。

解析：選項 1 和 3 作為敬語有「去、來」的意思，在此句意思不通；尊敬語動詞「なさる」的前面必須是動作動詞，而「厚情」並不是。

7 2 翻譯：申請表我們已經準備好在那裡了，請各位自由領取。

解析：既然可以隨便拿，那就表示申請表已經準備好了。選項 1 和 3 為錯誤用法。「～ておられる」用於對別人的動作的尊敬，顯然不符合題意。

8 3 翻譯：總是得到您的特別關照，在此深表謝意。

解析：「愚見」屬於謙讓語，在此不能用；「貴社」後面不能接續「にあずかる」，因為反映不出任何意思；「ごぶさた」是「久疏問候」的意思。

9 1 翻譯：您的皮包等物品可以寄放在本店入口的寄物櫃，請多加利用。

解析：這是涉及對方（顧客）可以不可以，即允許對方做什麼事情的說法，所以不能用選項 2；選項 3「我能幫您存放」和選項 4「我來幫您存放吧」跟謂語的「ご利用ください」矛盾。

10 1 翻譯：在活動現場我們也受理預約，期待各位的光臨。

解析：選項 2 沒有「辦理」的意思；因為是說話者的行為，所以要用謙讓語，而選項 3 是尊敬語表達形式；選項 4 是錯誤文法，因為「拝受」是謙讓語，而「される」是尊敬語，不能同時使用。

11 3 翻譯：[A] 現在這個時候，請作為父母的你們以溫暖的心守護正在為失戀而煩惱的孩子。
[B] 我明白了。今天很謝謝您。

解析：這是說話者請求對方做某事的說法。選項 1 意為「請別人守護」，顯然不符合題意；如果把選項 2 和選項 4 分別改成「お見守りください」「お見守りになってください」則成立。

12 2 翻譯：[A] 能不能請您把那件事情轉告給社長？
[B] 好的，我如果見到社長，一定會轉告。

解析：從聽者的回答可以看出，這是請求對方做某事的說法。選項 1 為錯誤用法；選項 3 和 4 為謙讓語用法。

13 1 翻譯：實品之後會送來給您，今天請您先看一下樣品吧。

解析：只有「ご覧に入れる」的固定說法，不能用其他三個選項的語詞代替。

14 4 翻譯：[A] 可以轉告您的社長寄給我們一份貴公司的新商品目錄嗎？
[B] 商品目錄啊。好的，我知道了。我一定會轉告社長。

解析：「伝えてござる」表示「我已經轉告了」，這不符合題意，因為如果已經轉告了，那麼說話者就不會提出請求了；「伝えておられる」是尊敬語，不能用，因為是講述自己的行為；「伝えておる」表示「正在轉告」，這也不符合題意；「伝えておく」表示「我會按照您的意思轉告」。

15 1 翻譯：我們不能只顧自己的看法，是不是也應該聽聽對方的意見呢？

解析：選項 2、3 和 4 為錯誤用法。也可以用「（語らせ）てやってくださいませんか」的形式，文法意義相同。

16 3 翻譯：前幾天得到您的關照，這次去拜訪您的時候，順便給您看一看我家人的照片吧。

解析：選項 1「お目にかかる」是尊敬語，意為「我拜見您」；選項 3「お目にかける」是謙讓語，意為「給您看」；選項 2 和 4 的意思相同，都是表示請別人過來，這不符合題意。

問題２ p.259

⑰ 4 翻譯：在跟貴公司簽訂完合約後，我們一定會儘量為貴公司提供各種便利的服務。

原文：貴社とのご契約を　いただいた　暁には　★こちら　としましては、できる限りの便宜（べんぎ）を図（はか）らせていただく所存でございます。

⑱ 1 翻譯：我對自己的英文能力沒有自信，所以能不能請您幫我翻譯這封電子郵件呢？

原文：私は英語に自信がありませんので、この　メールの　★翻訳を　お願い　できない　でしょうか。

⑲ 2 翻譯：幫我兒子修車的是技師山田先生。

原文：息子の車の　修理を　手伝って　★やって　くださった　のは、技師の山田さんでした。

⑳ 1 翻譯：促銷活動於今日下午５點結束，敬請見諒。

原文：セールキャンペーンは今日の午後　５時　にて　★終了　とさせて　いただきます　ので、ご了承ください。

㉑ 3 翻譯：為了不造成錯誤的判決，你趕快把事實的真相告訴檢察官吧。

原文：誤判（ごはん）がないように、すみやかに事件の　★真相を　検事に　説明して　あげて　もらえませんか。

★ 索引 ★

● あ

● か

● さ

● た

● な

●は

●ま

●や

●わ

●を

●ん

合格必勝!N1新日檢：必考文法總整理/劉文照, 海老原博著.
-- 三版. -- 臺北市：笛藤出版, 2021.11
面； 公分
ISBN 978-957-710-839-5(平裝)
1.日語 2.語法 3.能力測驗
803.189　　110018819

2021年11月23日 三版第1刷

編　　著	劉文照・海老原博
編　　輯	羅巧儀
編輯協力	立石悠佳・陳秀慧・陳湘儀
封面設計	王舒玗
內頁設計	徐一巧
總 編 輯	賴巧凌
編輯企劃	笛藤出版
發 行 所	八方出版股份有限公司
發 行 人	林建仲
地　　址	台北市中山區長安東路二段171號3樓3室
電　　話	(02) 2777-3682
傳　　真	(02) 2777-3672
總 經 銷	聯合發行股份有限公司
地　　址	新北市新店區寶橋路235巷6弄6號2樓
電　　話	(02) 2917-8022
傳　　真	(02) 2915-6275
製 版 廠	造極彩色印刷製版股份有限公司
地　　址	新北市中和區中山路2段340巷36號
電　　話	(02) 2240-0333・(02) 2248-3904
劃撥帳戶	八方出版股份有限公司
劃撥帳號	19809050
定　　價	新台幣 340 元

合格必勝！
JLPT Japanese-Language Proficiency Test
しんにほんごのうりょくしけん
新日本語能力試驗

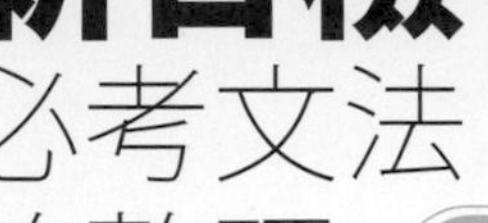

新日檢 N1
必考文法
總整理

文法複習
音檔QR Code